KB093450

Fantasy Library IX

신검전설

聖劍傳說1
SEIKEN－DENSETSU 1
by Toshiyuki Sato

Original Japanese edition published by Shinkigensha
Korean Translation rights arranged with Shinkigensha
through Best Agency, Seoul

지은이 · 사토 도시유키 외/옮긴이 · 이규원/펴낸이 · 이정원/펴낸곳 · 도서출판 들녘/초판 1쇄 발행일 · 2000년 7월 25일/초판 5쇄 발행일 · 2010년 7월 12일/등록일자 · 1987년 12월 12일/등록번호 · 10-156/주소 · 경기도 파주시 교하읍 문발리 파주출판단지 513-9/ 전화 · (영업) 031-955-7374, (편집) 031-955-7381/ 팩시밀리 · 031-955-7393 / 홈페이지 · ddd21.co.kr/값은 뒤표지에 있습니다. 잘못된 책은 구입하신 곳에서 바꿔드립니다.

ISBN 89-7527-179-X (04830)

신검전설

사토 도시유키 외 지음

이규원 옮김

들녘

들어가는 말

세계 각지의 신화와 전설은 대개가 싸움에 얽힌 이야기다. 그래서 그 이야기에는 신들과 영웅들이 썼던 무기가 여럿 등장한다. 이 책은 저들이 썼던 검, 창, 활들 가운데 대표적인 것을 소개한다.

이 책에 소개되는 무기들은 대부분 고대 민족 신화 및 중세 유럽의 기사 이야기에 등장한다. 현대 판타지는 그러한 전설을 바탕으로 이야기가 만들어지고 있으므로 이 무기들의 내력이나 묘사는 현대 작품들에 그대로 계승되고 있다고 해도 좋다.

아울러 일본에서 예로부터 전해지는 명도(名刀)와 요도(妖刀)도 소개했다. 『고사기(古事記)』 등에 기록된 일본 신화에는 서양 신화와 유사한 검이나 창에 얽힌 일화가 등장한다. 겜페이(源平) 전투(1180년부터 10년 동안 일본 전국에서 전개된 내란) 혹은 전국 시대 이후 근대에도 세계에 자랑할 만한 일본도가 숙련된 대장장이의 손으로 만들어졌다.

우선 많은 전설에서 무기가 어떤 역할을 하는지에 대해서 참고삼아 간단히 설명해두겠다. 물론 이 무기들에 대해 어떤 이미지를 품고 어떤 상징을 느끼는지는 독자들의 상상에 맡긴다.

신들의 무기는 곧 대자연의 힘

메소포타미아와 이집트 신화, 그리스 · 로마 신화, 북구 및 켈트 신화, 인도 신화 등 고대의 다신교 신화에서 신들은 저마다 특정한 자연 현상을 자신의 신격(神格)으로 가지고 있다. 그리고 그 신격을 상징하는 무기를 가진다.

태풍의 신이 들고 있는 창이나 도끼는 곧 날카로운 벼락이나 귀청을 찢을 듯한 천둥, 사납게 요동치는 회오리바람이나 돌풍이다. 태양신의 금빛 활은 곧 찬란하게 쏟아지는 양광이다. 또 전쟁의 신이 들고 있는 검은 전사들의 무기 바로 그것이다. 또한 뱀이나 남성 생식기의 상징이며 풍요신의 상징이기도 하다.

그들은 이 무기를 이용하여 지상에 위력을 과시한다. 사람들은 신들의 무기를 흉내 내어 무기를 벼려내고 그것을 받듦으로써 대자연을 숭배했다.

신들의 무기를 만든 신도 간과할 수 없다. 그들은 대장장이의 신이며, 대자연의 힘이 아니라 인간의 기술이 신격화된 존재다. 석기 연마, 금속 정련 등 고대 사회에도 현대와 마찬가지로 군사 기술은 늘 최첨단 기술이었으며, 검이나 방어구 제작술과 지식은 일부 직인들만이 가지고 있었다. 민족과 국가에 승리를 안겨주는 무기는 그 제작술이 신에서 비롯된 것이므로 언제나 신성시되었다.

영웅의 무기, 민족의 신격화

고대 그리스 이전의 문명에도 민족의 영웅은 있었다. 그러나 그들이 이름난 무기를 가지고 있었다는 내용은 거의 볼 수 없다. 영웅이 신에게 받은 무기를 들고 승리를 거둔다는 전설은 그리스 신화에서 그 기원을 찾아볼 수 있다.

그리스인의 이야기는 시대가 흐르면서 로마인과 켈트인, 게르만인, 나아가서는 아시아 지역으로 전해졌다. 그리고 4세기의 민족 대이동으로 유럽 전역으로 침투되어갔다.

영웅이란 민족의 규범을 벗어난 초인이며, 그에 걸맞게 탁월한 업적을 이루어 우상이 되고, 민족의 결속과 지배의 중심이 되는 인물이다. 따라서 영웅은 무엇보다도 먼저 특이한 출생담을 가져야 한다. 그것은 때로는 불륜이나 근친상간처럼 민족의 터부를 범하는 형식일 수도 있다. 영웅은 본격적으로 활약하기 전에 먼저 사회로부터 박해를 받게 마련이다. 신의 손길에 의한 처녀 수태도 영웅에게 그러한 특이성을 부여하는 한 방법이었다.

특수한 내력을 가지고 태어난 영웅은 자신이 영웅임을 증명할 필요가 있다. 바위에 박힌 검을 뽑고, 부러진 마검을 다시 벼려낸다는 따위가 그것이다. 이렇게 그들은 특수한 존재라는 증거를 스스로 얻어낸다.

그들은 특수한 태생에 걸맞은 특수한 재능을 가지며, 신성한 무기를 얻어내어 자신을 증명한다. 그리하여 용, 거인, 악마, 사악한 마법사 따위와 겨룬다. 여기서 승리함은 곧 그를 낳은 민족의 승리다. 영웅이 가진 무기는 곧 민족의 승리를 상징한다.

다양한 신화와 전설

이 책은 신과 영웅이 휘둘렀던 무기에 주목할 것이며, 신화 자체의 일화는 꼭 필요한 만큼만 소개하기로 하겠다. 다만 독자의 이해를 돕기 위해 신과 영웅들이 등장하는 신화와 전설을 간단히 정리해보겠다.

그리스 · 로마 신화

고대 그리스인들이 만들어낸 풍부한 신화 체계는 그 원천을 중근동 및 고대 이집트 신화에서 더듬어볼 수 있다. 몇천 년 동안 여러 지방에서 전승되어온 그 이야기들이 그리스인에 의해 기록으로 남겨져 로마 제국으로, 그리고 그뒤 유럽 사회로 전해졌다.

그리스 신화는 먼저 세계 탄생에서부터 신들의 탄생 그리고 신들이 거기에 먼저 살던 거인족을 쓰러뜨리고 지배권을 차지하는 이야기로 시작된다. 이어서 신들로부터 인간이 태어나고 영웅이 태어난다. 메두사를 죽인 페르세우스나 헤라클레스, 아르고 호를 탄 용사들이 그런 영웅들이다.

그리고 전설은 그 자손의 시대로 시간을 바꾸어간다. 이쯤에서 역사적 사실인 트로이 전쟁을 중심으로 영웅담이 시작된다. 트로이 전쟁은 기원전 13세기경 미케네 문명 시대에 실제로 있었는데, 그뒤 도리아인의 침입으로 거의 4백 년에 걸친 암흑 시대를 거친 뒤 기원전 8세기에 고대 그리스인에 의해 먼 과거의 기억으로서 서사시로 기록된다. 그리하여 무적의 전사 아킬레우스를 비롯하여 여러 지방의 왕들이 영웅으로 등장하고, 신들까지 전쟁에 가세하는 화려한 이야기가 만들어진다.

트로이 전쟁 뒤, 시대는 역사로 기록되는 단계로 들어서면서 신화의 역할은 막을 내린다. 다만 그리스 문화의 영향을 받은 로마는 트로이 전쟁에서 살아남은 아이네아스의 후일담을 지어내고 이를 자신의 건국 신화에 붙들어 맨다.

게르만 · 켈트 신화

게르만인 및 켈트인은 아득한 고대부터 유럽의 광활한 지역에 살면서 그리스 · 로마 문명과 접촉해왔다. 그들은 자신의 유구한 신화와 그리스인이 전한 중근동의 고대 신화, 그리고 그뒤 어느새 침투한 기독교의 영향을 받으면서 풍부한 이야기를 만들어냈다.

게르만 신화 역시 세계 창조에서 시작된다. 수렵 민족의 신들과 농경 민족의 신들이 전쟁을 벌이고 화해하며, 각 신들의 모험들이 묘사되고, 마침내 신화의 종말인 '신들의 황혼'을 예언하며 막을 내린다.

여기에는 수많은 영웅들이 등장한다. 그 영웅들은 고대의 왕들인데, 그들은 민족의 대표로서 다양한 위업을 남겨 후세에 전승되었다. 선조의 이주와 전쟁, 권력 투쟁 등이 아득한 기억으로서 전설이 된 것이다.

인도 신화

고대 인도 문명은 유럽과 아시아 모두에 커다란 영향을 주었다. 페르시아에서 온 아리아인과 중앙 아시아에서 남하한 유목민 등이 융화된 인도 문명은 세계 4대 문명의 하나인 인더스 문명에 뿌리를 둔다. 그리하여 인도 문명에서는 다양한 신들이 싸움을 벌이며 공존하는 복잡한 신화 체계가 형성되었다.

인도의 신들은 그뒤 중국과 동남아시아 그리고 일본에까지 전해졌다. 지금도 일본의 신사 중에는 고대 인도의 신을 모시는 곳이 있다.

일본 신화

오늘날까지 전해지는 일본 신화는 야마토 조정이 편찬한 『고사기(古事記)』와 『일본서기(日本書紀)』라는 역사서를 가장 커다란 전거로 하고 있다. 일본 신화를 일러 '기키(記紀) 신화' 라 일컬음은 바로 이에 연유한다.

이 두 기록은 외부에서 건너와 키나이(畿內)에 통일 왕조를 연 천손족(天孫族)의 시각에서 기록되었는데, 여기에 기록된 신화는 남방계 해양 민족의 신화, 중국 남북부 농경민의 전승, 중앙아시아 유목민의 전설 등 매우 다채로운 지역에서 영향을 받은 흔적이 있다. 물론 일본의 토착 개념도 녹아들어 있다.

이러한 잡다한 신앙은 통일 정권에게는 매우 탐탁지 못한 것이었다. 그래서 천손족은 여러 신앙의 요소들을 자기 신앙에 적극적으로 편입시켰다. '기키 신화' 는 그 과정에서 완성되어갔다. 천손이 강림할 때 많은 토착신(구니츠카미[國津神])이 나타나 천손에 협력하기도 하고 토벌되기도 하는 것은 그 신화들이 정리되고 통합되었던 흔적일 것이다. 일본 신화는 일본인의 뿌리를 이루는 여러 민족의 신앙을 모티브로 한 혼합적인 신화다.

이 책의 구성

이 책은 그러한 세계의 신화와 전설에 등장하는 무기를 해설하되, 그 무기를 각각의 의미에 따라 다음 네 가지로 분류한다. 따라서 각 무기는 그것이 등장하는 신화나 전설의 범주와는 무관하게 나열될 것이다. 통일된 신화 체계 속에서 그 무기가 어떤 위치를 차지하는지 궁금하다면 권말의 참고 문헌을 참조하여 원전을 찾아보기 바란다.

1. 신검

신의 무기는 곧 신의 상징이며, 다신교에서 신이 상징하는 자연의 힘을 시각화한 것이다. 신들의 검이나 창이나 활은 지상에 있는 우리 인간에게 은총과 재앙을 가져다주는 태양, 벼락, 비 따위를 나타낸다.

세계 각지의 민족은 조상 숭배, 동물 숭배를 특징으로 하는 원시 종교를 거쳐 대자연을 인격화한 복수의 신을 받드는 다신교를 신앙하게 되었다. 이는 대체로 강력한 부족이 전투를 통해 주변 부족들을 지배하고 중앙집권적인 국가를 건설해나가는 과정과 함께 한다. 국가는 민족을 지배하기 위해 여러 신으로 인격화된 자연을 제 편으로 내세운다. 또한 신의 힘은 신관을 통하여, 혹은 신의 일원인 왕을 통하여 나라에 임한다고 주장한다.

결국 다신교 신앙의 신들은 강대한 국가 지배력을 뒷받침하고 사람들을 공통된 사상으로 묶어내는 한 수단이었다고 보인다. 그러한 신들은 태양빛이나 벼락과 같은 힘을 은총으로도, 파괴의 흉기로도 사용할 수 있다.

신들의 무기는 이러한 지배력을 상징하는 것이었다.

2. 성검

영웅이 가진 성스러운 무기. 이것은 왕권의 상징일 수도 있고 민족의 승리를 상징하는 것일 수도 있는데, 어쨌거나 그것을 가진 자가 영웅임을 증명해 주는 표식이다. 영웅이 될 조건을 갖추지 못한 자는 이 무기의 사용이 허락되질 않는다. 또한 마력은 영웅에게 영광을 부여하는 장치다.

대부분의 성검은 신이나 요정처럼 인간이 아닌 존재에 의해 벼려진다는 내력을 가진다. 그 무기가 초자연적인 힘을 갖는 것도 그에 연유한다.

또한 그것은 초자연적인 방법으로 영웅에게 전달된다. 예를 들면 그 검이 바위나 나무에 요지부동으로 박혀 있는데 진짜 영웅만이 뽑을 수 있다거나, 영웅이 강대한 적을 타도하고 나서 발견하게 된다는 식이다. 즉, 그가 선택된 자라는 것을 주위가 인정하지 않을 수 없는 사건을 통해서 성검은 이 세상에 등장하는 것이다.

또 성검은 영웅이 승리하고 지배 권력을 확립하는 데 힘이 되어줄 뿐만 아니라, 영웅이 자기 지위를 유지하려면 반드시 지켜야 하는 규정을 가지고 있다. 이 무기를 얻은 영웅은 그 위력과 함께 규정을 지켜야 한다는 사명도 부여받는 셈이다. 그 규정을 어길 때 영웅은 파멸하고 성검은 다시 다른 세계로 돌아간다.

3. 마검

성검과 마찬가지로 영웅이 가지는 무기지만 여기에는 마력이 깃들여 있다. 그 마력은 영웅에게 영광보다는 파멸을 가져다줄 때가 많다. 마검에 깃들인 힘은 우리 인간의 욕망과 잔학성, 영웅을 해치는 슬픈 운명을 상징한다.

마검 역시 신이나 요정 같은 초자연적인 존재가 벼리어낸다. 그들은 마검에 무서운 힘을 부여하는 한편 그것을 차지하는 자에게 대가를 요구한다. 강대한 힘을 얻는 자는 그에 상응하는 희생을 치러야만 하는 것이다.

그 대가란, 그 검으로 하여금 피를 보게 하는 적, 또는 그 검이 가진 힘을 빼앗으려고 하는 적이 등장한다는 식의 파괴적인 저주다. 영웅은 그 저주를 다스려 처음에는 영광을 얻지만 결국에는 피하지 못할 운명의 그물에 걸려 파멸해간다.

4. 명검

영웅이 가진 무기 중에는 신비한 마력은 없어도 그의 영광을 상징하는 것들도 있다. 신과 고대의 영웅들이 활약하던 전설의 시대가 지나가고 과학과 기술이 발달하더라도 무기를 만드는 장인의 기술은 여전히 신성시되었다. 이러한 장인이, 인간이 도달할 수 있는 최고의 경지를 체현한 것이 바로 명검이다.

빼어난 경지에 달한 명인의 기술은 마침내 신의 영역에 닿는다. 그리고 그 명검의 이름은 그 위력에 실린 공포와 함께 널리 세상에 알려진다. 명검은 궁극의 경지에 오르고자 하는 인간의 강렬한 의지를 표현하는 것이다.

차례

명 검

부록 – 일본의 신검 · 마검 · 명검

제1장

신검

켈트 신화의 주신 루가 가진 빛의 창

브류나크

Brionac

DATA

| 소유자 : 광명의 신 루 | 시대 : 고대 켈트 | 지역 : 아일랜드 | 출전 : 켈트 신화 |
| 무기의 종류 : 창 |

암흑의 전쟁신 발로르를 죽인 루. 아일랜드의 영웅 쿠 훌린의 아버지이기도 하다. 이 광명의 신은 창을 무기로 가지고 있었다. 그 창은 루의 힘인 빛을 상징하는 무기로서, 적이 아무리 멀리 있어도 죽음의 광선을 쏘아 보낼 수 있었다.

투아하 데 다난

광명의 신 루는, 켈트 신화에서도 아일랜드를 중심으로 숭배받았던 투아하 데 다난 가운데 하나다. 투아하 데 다난이란 '여신 다누의 일족' 이라는 뜻이다. 그들은 머나먼 섬에서 아일랜드로 건너온 침략자였는데, 숱한 전투에 승리하여 거인족 포워르를 완파하고 아일랜드를 지배하는 신들이 되었다.

광명의 신 루는 이 신족 가운데 하나로서 그 전쟁에서 용맹무쌍하게 활약했다. 그리고 마지막 적수였던 발로르의 사안(邪眼)에서 약점을 찾아내어 그를 죽였다.

그뒤 이들 신으로부터 쿠 훌린과 핀 마쿨과 같은 영웅들이 탄생하여 전설의 후반부를 이어갔다.

광명의 신

루는 훗날 자신이 죽이게 되는 암흑의 마신 발로르의 손자다. 그는 발로르의 아름다운 딸과, 바다의 신 마나난 밑에서 일하던 아버지 사이에서 태어났다.

그는 강건하게 성장하여 투아하 데 다난의 일원이 되었다. 루는 자기가 어떤 능력을 가지고 있는지 여러 신들에게 자랑하고 다녔다. 그는 마력과 지혜 등 많은 힘을 가지고 있었지만 그런 능력들이라면 이미 다른 신들도 가지고 있었다. 그러나 그는 감히 말한다. "그렇다면 그 모든 능력을 혼자서 다 가지고 있는 자가 있는가?" 라고. 이리하여 그는 만능의 힘을 가진 뭇 신들의 우두머리 자리에 올랐던 것이다.

그의 온몸은 찬란하게 빛났다. 그 빛이 너무나 눈부셔서 사람들은 그 모습을 바로 보지 못한다. 그는 세상을 비추는 태양의 힘을 상징했던 것이다.

빛의 창

신화에 등장하는 신들의 무기는 그 신이 상징하는 자연의 힘을 나타낸다.

루가 가진 브류나크는 그의 힘인 태양광을, 그리고 하늘의 벼락을 뜻한다. 그 생김새는 보통 창이 아니라 끝이 다섯 갈퀴나 되는 어부의 작살이나 농부의 쇠스랑과 닮았다. 이 창을 던지면 그 끝이 다섯 줄기 빛이 되어 각기 다른 적을 공격할 수 있었다. 게다가 루가 그렇게 바라기만 하면 창은 목표물이 아무리 멀어도 자동적으로 날아가 맞혔다.

때문에 이 창을 가진 루에게는 '긴 팔' 이라는 별명이 붙게 되었다. 그의 팔은 아무리 멀리 있는 적이라도 결코 놓치지 않았기 때문이다.

신들의 자손

루는 빛을 나타내는 신격이다. 루의 자손으로는 저 유명한 영웅 쿠 훌린이 있는데, 그 역시 아버지를 이어 빛의 수호자로서 활약하게 된다.

어둠에 싸인 아일랜드에 찾아와 빛을 비추어주는 존재, 이것이 바로 루다. 루의 빛이 닿지 않는 곳은 없으며, 그의 창은 지금도 땅에 무수히 꽂히고 있다. 그는 우리를 따뜻하게 비추어주고 잡균까지 소독해주는 태양의 은총을 상징한다.

루의 다른 무기들

만능의 힘을 가진 루는 빛의 창만 가진 것이 아니었다. 여기에서 그가 사용한 무기를 두 가지만 소개하겠다.

빛의 검 프라가라흐

루는 고대 켈트 신이 그랬던 것처럼 창뿐만 아니라 검도 가지고 있었다. 그의 편수검(片手劍)은 프라가라흐라고 하는데, 그 빛나는 칼날은 어떠한 갑옷이라도 두부 자르듯 자를 수 있을 만큼 예리했다. 그뿐만 아니라 루가 그렇게 원하기만 하면 칼집에서 저절로 빠져나와 그의 손으로 미끄러져 들어갔으며, 그것을 던지면 스스로 되돌아오는 신비한 능력도 가지고 있었다. 때문에 이 검은 앤서러(answerer), 즉 '맞받아치는 칼' 이라 불리기도 한다.

마탄(魔彈) 타흘룸

루가 가진 또 다른 무기로서, 암흑의 신 발로르를 쓰러뜨린 석탄(石彈) 타흘룸이 있다. 태양탄이라고도 하는데, 여기에는 루의 마력이 깃들여 있다.

투아하 데 다난의 마지막 적이던 암흑의 신 발로르는 가공할 사안(邪眼)을 가지고 있었다. 그 눈꺼풀은 여러 사람이 들어올려야 열 수 있을 만큼 크고 무겁다. 그리고 일단 열리면 그 눈에 비친 것들을 다 죽이고야 마는 위력을 가지고 있었다.

하지만 이 사안은 그의 유일한 약점이기도 했다. 그래서 루는 그늘에 숨어 타흘룸을 준비했다. 그리고 발로르를 꾀어내어 그가 자기를 겨냥해서 눈꺼풀을 여는 순간을 노려 마탄을 던졌다. 마탄은 눈꺼풀이 막 열리던 발로르의 사안에 제대로 적중했다. 그리하여 발로르는 죽고 신들은 승리를 거두었다.

DATA

| 소유자 : 지혜의 신 오딘 | 시대 : 고대 게르만 | 지역 : 독일 및 북구 | 출전 : 에다 |
| 무기의 종류 : 창 |

켈트의 광명의 신 루와 마찬가지로 고대 게르만 민족의 지혜의 신 오딘도 창을 가지고 있다. 그 창은 오딘의 또 하나의 신격인, 가공할 파괴력을 가진 번개를 상징한다. 그는 이 창으로 적을 쓰러뜨리고 영웅의 성검을 부러뜨린다.

게르만의 주신 오딘

오딘, 독일에서 보탄이라 불리는 이 신은 북유럽 게르만 민족이 숭배하던 신들의 우두머리다.

그는 신의 나라 아스가르드, 그리고 영웅의 나라 발홀의 주인이다. 그 발치에는 죽음의 사자 발키리아가 따르고, 그녀들이 발홀로 데려온 전사들도 따르고 있다. 그의 자리는 이 발홀의 중심에 있으며, 거기에서 전세계를 한눈에 굽어볼 수 있다. 때문에 그의 지혜는 전세계에 두루 미친다.

오딘이 처음부터 주신이었던 것은 아니다. 본래는 단순히 태풍의 신이었다. 하지만 그는 탐욕스럽게 지식을 흡수하고 마술, 시가, 나아가 사랑 등 모든 지혜를 배워나갔다.

신화에서 그는 낡은 검은 로브를 몸에 걸치고 모자를 한쪽 눈이 가려지도록 깊숙이 내려쓴 노인의 모습으로 등장한다. 그 한쪽 눈은 그가 지혜의 샘물에서 무한한 지식을 얻기 위해 샘물 관리인에게 담보로 넘겨주었던 것이다.

오딘은 슬레이프니르라는, 다리가 여덟 개 달린 준마를 타고 언제든 하늘을 날 수 있었다. 그의 한쪽 손에는 늘 은색 창이 쥐어져 있었다. 그것은 그가

가진 벼락의 힘을 상징하는 것이기도 하다.

아스 신족과 반 신족이 싸웠을 때, 오딘의 창 궁니르가 전쟁의 도화선에 불을 당겼다. 바이킹은 먼저 지휘관이 적진에 창을 던지는 것을 신호로 전쟁을 시작하는 관습이 있었는데, 이는 오딘이 창을 던져 전쟁이 시작된 데서 유래한 것이다.

생김새

궁니르라는 이름의 유래에 대해서는 여러 설이 전해지는데, 뭔가를 뚫는다는 말에서 유래했다는 설이 유력하다.

이 창은 매우 커서 말을 타고 쓰는 데도 부족할 게 없고, 던질 수도 있다. 그리고 그 겨냥은 결코 빗나가는 일이 없었다.

그 창끝은 소인이 단련한 철로 만들어져 있다. 날카롭게 벼려낸 창끝에는 마력을 가진 룬 문자가 새겨져 있는데, 그 마력 덕분에 뚫지 못할 갑옷이 없었다. 물푸레나무로 만든 자루도 매우 단단해서 어떠한 무기도 이 창을 부러뜨릴 수 없었다.

전쟁의 신, 혹은 태풍의 신 오딘이 가졌던 이 창은 번개를 상징한다. 하지만 그는 시와 사랑의 신이기도 하다. 시와 웅변의 신일 때 그의 창은 예리하게 가슴을 찌르는 풍자를 상징한다. 그리고 사랑의 신일 때 그것은 여성을 찌르는 남근을 상징하는 것이기도 하다.

오딘의 창에는 이런 일화도 있다. 그가 세계를 뒤덮을 만큼 거대한 물푸레나무 이그드라실에 목을 매고 제 몸을 제물로 바쳐 지혜를 얻는다는 전설이다. 이때 그는 궁니르로 제 옆구리를 찔러 스스로 고통을 주었다. 이 설화는 성서에 나오는 예수의 모습을 닮았다. 아더 왕 전설에 등장하는 성스러운 창('성스러운 창' 편 참조)과 오딘의 궁니르도 공통된 부분이 있다.

성검 그람을 꺾은 창

오딘은 언젠가는 신들의 시대가 끝나고 자기들이 사라지리라는 것을 알고 있었다. 그래서 그는 미래 세계를 개척할 영웅을 낳으려고 소인이 벼려낸 성검 그람을 지그문트라는 남자에게 건네주고, 그에게 미래를 맡기려고 했다. 하지만 지그문트는 자기 누이와 사랑에 빠져 아이까지 낳고 말았다. 이에 화가 난 오딘의 아내 프리그는 근친상간으로 태어난 아기를 미래의 영웅으로 키울 수는 없다고 남편을 닦달했다.

오딘은 어쩔 수 없이 전장으로 나아가 지그문트의 성검 그람을 궁니르로 공격하여 파괴하고 만다.

그람은 산산조각이 나고 말았다. 하지만 이 파편은 나중에 모두 모아져서 다시 성검으로 단련된다.('그람' 편 참조).

신들의 미래를 자기 창으로 파괴한 오딘에게는 '신들의 황혼' 이라 불리는 종말이 기다리고 있었다.

신들의 황혼

일반적으로 신들의 황혼이라 불리는 '라그나뢰크' 는 신들의 나라 아스가르드로 거인족과 괴물들이 무지개 다리를 건너 습격해온다는, 처절한 파멸의 이야기다.

이 전쟁에서 오딘은 태양조차 삼킨다는 거대한 늑대 펜리르와 싸우게 된다. 그 옆에서는 천둥신 토르가 큰뱀과 싸우고 있었지만, 오딘도 토르도 눈앞의 적과 싸우느라 여념이 없어 서로를 도울 수 없었다. 오딘은 궁니르로 늑대 옆구리를 찌르지만 펜리르는 물러서지 않고 그의 창과 함께 오딘을 삼켜버렸다.

이리하여 오딘은 죽었다. 하지만 이 신들의 황혼이 언제 있었는지는 알 수 없다. 어쩌면 장차 올지도 모른다.

게르만 민족의 마음에는 지금도 오딘과 그 창이 살아 있는지 모른다.

DATA

| 소유자 : 천둥신 토르 | 시대 : 고대 게르만 | 지역 : 독일 및 북구 | 출전 : 에다 |
| 무기의 종류 : 해머 |

북구의 신들이 쓰는 무기로서 오딘의 창과 함께 잘 알려진 것이 천둥신 토르의 해머 묠니르다. 오딘의 창이 날카로운 번개라면 묠니르는 엄청난 천둥이다. 토르는 그 엄청난 굉음과 위력으로 사람들에게 가장 인기 있는 신이었다.

천둥신 토르

토르는 북구 이외의 게르만 민족에게는 돈너라 불리며, 원래는 오딘과는 다른 지방에서 숭배되었던 북구의 태풍신이다.

하지만 오딘이 지혜를 익혀 뭇 신들의 우두머리가 되자, 토르는 결국 따로 태풍을 관장하는 신이 되었다.

토르는 로마의 신 주피터(유피테르)와 동일시되었다. 그래서 지금도 영어권 및 독일어권의 '목요일(Thor's day, 즉 Thursday)' 이라는 말은 그의 이름에서 유래한다.

그는 기질은 거칠지만 매우 솔직하고 남에게 쉽게 속기도 하는, 인간미 있는 성격을 가지고 있었다. 또한 대단한 애주가이기도 했다. 이런 점들 때문에 민중들 사이에서 인기를 누렸을 것이다.

토르가 가졌던 묠니르는 과연 어떤 무기였을까?

생김새

토르의 해머 묠니르는 매우 단단한 돌 또는 쇠로 머리를 만들었다고 하며

자루는 물푸레나무로 만들었다. 매우 무겁고 거대한 무기였지만 평상시에는 토르의 주머니에 들어갈 만큼 작아지는 편리한 특징을 가지고 있다.

그 위력은 천둥이라기보다는 태풍 속에서 천둥소리와 함께 일어나 지면을 할퀴는 바람과 같다. 집과 나무들을 온통 휩쓸어서 납작하게 짜부라뜨리고 만다.

오딘의 날카로운 창과 토르의 무거운 해머는 곧 두 신의 성격을 그대로 나타내는 듯하다.

또한 묠니르는 아무리 먼 목표물이라도 어김없이 명중한 뒤 부메랑처럼 주인의 손으로 돌아온다. 이 무기 덕분에 토르는 비무기(飛武器)를 든 적과 얼마든지 맞설 수 있었다.

이 해머는 싸움터에서만 힘을 발휘하는 것이 아니다. 묠니르에게는 결혼하는 여성에게 축복을 주는 힘도 갖고 있다. 즉, 남성의 심볼로서 다산을 약속하는 것이다.

또 이 해머에는 없어서는 안 되는 부속품이 있다. 쇠로 만든 장갑인데, 이 장갑을 끼고 묠니르를 쥐면 실수로 떨어뜨린다든지 무거워 들지 못하는 일이 없다. 이 무서운 무기를 사용할 때 꼭 필요한 도구다.

묠니르란 '부수다' 라는 뜻으로, 오딘의 '뚫다' 라는 뜻과 좋은 대조를 이룬다.

토르와 거인 흐룽그니르

어느 날 거인 흐룽그니르가 신들의 나라에 찾아와 방약무인하게 행동했다.

이에 화가 난 토르는 그에게 거인의 나라로 돌아가라고 말한다. 하지만 이 거인은 싸워보지도 않고 순순히 물러설 위인이 아니었다. 흐룽그니르는 토르에게 결투를 청하며, 큰소리 치려면 나를 이긴 뒤에 하라면서 도전해왔다.

흐룽그니르의 무기는 너무나 크고 무거워서 거인이 아니면 다루지도 못할 숫돌이었다. 그는 이것을 가볍게 들어올려 토르를 향해 힘차게 던졌다. 토르도 이에 질세라 묠니르를 던진다.

두 무기는 공중에서 격렬하게 부딪쳤다. 하지만 묠니르의 머리는 매우 견고하므로 숫돌이 깨지고 말았다.

숫돌을 깬 묠니르는 그대로 무섭게 날아가 흐룽그니르의 머리통을 부수어 버린다.

토르는 싸움에는 이겼지만 흐룽그니르가 던진 숫돌 조각이 이마에 박혀 죽는 날까지 뽑아내지 못했다.

거인의 함정

토르가 가진 무적의 해머도 그 효과를 발휘하지 못한 적이 있다.

어느 날 토르는 거인국으로 갔다. 그리고 숲 속에서 거인의 왕과 마주쳤다. 거인의 왕은 토르를 보자 웃는 낯으로 다가와 함께 걷자고 제의했다. 토르가 좋다고 하자 거인은 길을 가면서 자꾸 그에게 시비를 걸어왔다.

첫 번째 시비는, 당신이 그렇게 대단한 장사라면 자기가 갖고 있는 자루의 매듭을 풀어낼 수 있느냐는 것이었다. 토르는 혼신의 힘을 다해 자루의 매듭을 풀려고 했지만 매듭은 꿈쩍도 하지 않았다. 토르는 화가 나서 그날 밤 자고 있는 거인의 머리를 묠니르로 내려쳤다. 엄청난 충격을 받았을 터인데도 거인은 그저 머리를 긁적이면서 눈을 떴을 뿐이었다.

다음날 두 사람은 술 마시기 시합을 벌였다. 토르는 각진 잔에 가득 채운 술을 단숨에 털어 마시려고 했지만 아무리 마셔도 잔의 술이 비어지질 않았다. 거인은 이런 토르의 모습을 보면서 킬킬거렸다. 그날 밤도 토르는 분을 이기지 못하고, 자고 있는 거인의 머리를 다시 해머로 내려쳤지만 거인은 머리를 잠깐 긁적일 뿐이었다.

그 다음날 거인은 귀여운 고양이를 데려왔다. 그리고 이 고양이를 안아 올릴 수 있겠느냐고 물었다. 토르는 고양이 한쪽 발만 겨우 들고는 힘이 부치고 말았다. 거인은 토르를 또 비웃었다. 토르는 다시 거인을 묠니르로 내려쳤지만 거인은 아프다는 소리 한마디 하지 않았다.

사실 이것은 모두 거인이 마련한 함정이었다. 자루 매듭은 마법으로 굳게 매어져 있었고, 술을 담은 잔은 바다로 통하고 있었다. 고양이는 사실 지구를 둘둘 감을 만큼 커다란 미드가르드 큰뱀(요르문간드)이었다. 그리고 그가 묠니르로 세 번 때렸던 것은 거대한 산이었다.

거인은 가공할 적 토르가 자기 나라에 다시는 찾아오지 않도록 그에게 수치심을 안겼던 것이다. 그는 썰물이 지도록 바닷물을 마셨으며, 죽을 힘을 다해 큰뱀의 꼬리를 들어올렸던 것이다. 그리고 그의 해머는 바위산 한쪽을 움푹 꺼지게 만들었던 것이다.

그의 결점은 힘이 모자란 것이 아니라 그 힘을 믿고 우쭐댄다는 것이었다.

도난당한 해머

토르는 자기 분신이라고도 할 수 있는 그 소중한 해머를 도난당한 적이 있다. 사정은 이러했다.

어느 날 아침 토르가 눈을 떠 보니 주머니에 들어 있어야 할 묠니르가 사라지고 없었다. 범인은 스림이라는 거인이었다. 당황한 토르는 스림에게 해머를 돌려달라고 부탁하지만 스림은 돌려받고 싶으면 여신 프레이야를 내게 시집 보내라는 당치 않은 요구를 들이밀었다.

토르는 프레이야에게 거인에게 시집을 가달라고 부탁하지만 그녀는 대노하며 거절한다. 그래서 토르는 스스로 새색시로 꾸미고 거인의 나라로 간다.

거인은 모습을 바꾼 토르를 새색시로 알고 반긴다. 거친 말투하며 술을 엄청나게 마시는 양이 아무래도 수상쩍었지만, 함께 따라온 교활한 로키 신이 번지르르한 언변으로 수습해 거인도 그렇게 믿고 말았다.

마침내 결혼식이 시작되었다. 스림은 새색시를 축복하기 위해 토르한테서 훔쳐온 묠니르를 내왔다. 새색시의 다산을 기원하며 해머를 휘젓는 것은 오랜 관습이었다.

토르는 자기 해머를 보더니 즉시 정체를 드러내고 그것을 빼앗아 스림의 머리를 부수어버리고 말았다.

이리하여 묠니르는 다시 토르에게 돌아오게 되었다.

미드가르드 뱀과의 결전

오딘의 아들 발드르가 죽고 신들이 멸하는 날이 되었다. 이것이 바로 신들의 황혼이다. 신의 나라로 통하는 무지개 다리를 거인과 괴물들이 우르르 건너온다. 토르의 마지막 결전이 시작되는 것이다.

토르의 적수는 일찍이 그가 꼬리를 들었던 미드가르드 뱀이다. 이 큰뱀은 몸뚱이로 지구를 한 번 휘감을 수 있을 만큼 몸이 길고 이빨에 맹독을 품은 무서운 적이었다.

그는 이 거대한 적과 용감하게 맞서 오랜 격투 끝에 마침내 마법의 해머 묠니르로 큰뱀에게 최후의 일격을 가했다. 하지만 그때는 이미 토르의 체력도 한계에 달해 있었다.

지칠 대로 지친 토르는 큰뱀이 죽는 순간 토해낸 맹독을 미처 피하지 못한다. 온몸에 독이 퍼진 그는 불과 아홉 발자국을 떼고는 꽈당 쓰러지고 말았다.

이리하여 토르의 목숨은 끝나고 그가 가지고 있던 해머는 그의 아들들에게 물려졌다고 하나, 이제 그것이 어디에 있는지는 아무도 모른다.

아내를 얻는 대신 승리를 놓치다

승리의 검

Sword of Victory

DATA

| 소유자 : 풍요의 신 프레이 | 시대 : 고대 게르만 | 지역 : 북구 및 독일 | 출전 : 에다 |
| 무기의 종류 : 검 |

북구 신화에 등장하는 이 이름 없는 검은 프레이 신이 가지고 있던 것이다. 그는 한 아름다운 여성을 사랑했는데, 그 사랑 때문에 자기 보물인 검을 포기하고 말았다. 그는 신들의 황혼이 도래하여 최후의 결전을 벌일 때 이를 크게 뉘우치게 된다.

반 신족의 신 프레이

북구 신화에 등장하는 프레이는 오딘, 토르와 함께 견주어지는 중요한 신이다. 하지만 프레이는 이 신들하고는 뿌리가 다르다. 오딘과 토르는 아스 신이라는 전쟁의 신족이지만, 프레이는 풍요와 평화의 신인 반 신족이다. 아스 신족이 수렵 민족의 신인 데 반해 반 신족은 농경 민족의 신이다.

일찍이 아스 신족과 반 신족은 서로 격렬하게 싸웠다. 신화학으로 볼 때 이는 두 민족의 다툼을 상징한다. 즉, 두 민족이 싸워 한쪽이 승리하게 되면서 신앙이 통합되었던 것이다.

이 전쟁에서 처음에는 반 신족이 우세했지만 결정타를 가하지 못해 지리한 장기전이 되었다. 마침내 전쟁에 이골이 난 신들은 이 상황을 타개하고자 휴전을 협의한다. 그 결과 반 신족과 아스 신족은 서로 몇몇 신을 인질로 교환하고 화해하게 되었다. 프레이는 이렇게 해서 아스가르드로 오게 된다. 프레이와 함께 바다의 신이며 프레이의 아버지인 뇨르드와 그의 딸, 즉 프레이의 누이인 프레이야도 아스가르드로 온다.

프레이는 반 신족에서는 전쟁을 주관하는 신이었다. 그러나 반 신족이 아스 신족과 화해하자 전쟁을 주관하는 그의 역할도 끝이 났다. 그리고 이때부터 사랑과 평화가 그의 속성이 되었다.

프레이의 사랑

프레이는 풍요의 신이다. 북구에서 발견되는 그의 조각상에는 거대한 남근이 달려 있다. 지혜의 신 오딘도 여성에게 무른 약점을 가지고 있었는데, 프레이 역시 아름다운 여성을 사모하여 정신을 못 차리던 때가 있었다.

어느 날 프레이는 오딘의 옥좌 흘리드스캴브에 앉아 온 세상을 굽어보고 있었다. 사실 이 특권은 오딘과 그 아내 프리그에게만 허용되는 것이었다. 프레이는 세계를 굽어볼 권리도, 그런 마음의 준비도 되어 있지 않았다.

그가 거인의 나라를 굽어보고 있자니 한 아름다운 여성이 거인의 집으로 들어가고 있었다. 그녀가 팔을 뻗기만 해도 주위가 온통 환한 빛을 발할 정도로 아름다웠다.

프레이는 그녀에게 첫눈에 홀딱 반하고 말았다. 그리고 꼭 아내로 삼겠다고 결심한다. 하지만 그는 어찌 해야 할지 알 수 없었다. 짝사랑에 가슴앓이를 하느라 정신을 차리지 못하게 된 것이다. 이를 걱정한 아버지 뇨르드가 하인 스키르니르를 프레이에게 보냈다. 프레이는 이 스키르니르를 보내는 것이 탐탁지는 않았지만, 자기의 애절한 마음을 털어놓으며 스키르니르에게 도와달라고 부탁한다.

스키르니르는 그 청을 수락했지만, 프레이를 위해 움직이려면 그 여자가 있는 거인의 나라로 가야 하는데 그것이 쉽지 않았다. 그는 부탁을 들어주는 대신 거인의 나라를 둘러싼 화염의 장벽을 뛰어넘을 수 있는 말과 프레이가 가지고 있던 검, 거인도 죽일 수 있는 승리의 검을 달라고 제안한다.

사랑에 눈이 먼 프레이는 이 제안을 수락하고 그 검과 말을 스키르니르에

게 양보했다. 스키르니르는 이 두 가지를 이용하여 거인국으로 들어가 프레이가 사랑하는 게르드를 설득하기 시작했다.

게르드는 거인의 딸이므로 애초부터 프레이 신에게 시집갈 마음이 없었다. 스키르니르가 영원한 젊음을 주는 황금 사과를 내밀어도 그녀는 본 척도 하지 않았다. 검을 뽑아들고 겁을 주어도 요지부동이었다.

스키르니르는 마지막 수단으로 마술을 걸어 협박한다. 그녀에게 저주를 내려 사랑도 출산도, 남녀간의 모든 환락도 빼앗겠노라고 위협했던 것이다. 어지간히 완강하던 게르드도 이 협박에는 곤혹스러웠는지 마침내 프레이의 색시가 되겠다고 승낙했다.

이 말을 전해들은 프레이는 떨 듯이 기뻐하며 자기에게 시집 올 신부의 모습을 상상하느라 자기가 포기해버린 검일랑은 까맣게 잊고 말았다.

생김새

프레이의 승리의 검은 날렵하게 생겼으나 펜싱에서 쓰는 칼이나 일본도처럼 생기지는 않았다. 칼날이 길고 양날을 가진 바이킹의 검이었다. 다만 그 칼날이 보통 칼처럼 폭이 넓지 않고 가늘었다.

이 검은 프레이가 일찍이 반 신족으로서 살았던 요정의 나라 알브헤임에서 가져온 것이다. 이 검을 벼려낸 사람은 게르만의 마검으로 잘 알려진 소인이었다.

찬란하게 빛나는 칼날에는 아름다운 장식과 룬 문자가 새겨져 있다. 이 룬의 마력으로 이 검은 저절로 칼집에서 스르르 빠져나와 적진을 휘젓고 다닐 수도 있었다. 상대가 거인이라도 이 검은 혼자서 맞설 수 있을 만큼 위력적이었다.

프레이는 풍요의 신이므로 이 검이 남근의 상징이라는 것은 어렵지 않게 짐작할 수 있다. 하지만 '승리의 검' 이라는 이름을 생각하면, 그는 이 검을 잃은 뒤 풍요의 신이 되었다고 보는 것이 적절하다. 승리의 검은 그가 반 신족의 전쟁신이었을 즈음의 상징이었던 것이다.

그는 사랑과 욕망을 위해 이 검을 버렸다. 이 검을 주고 아내를 얻었는지는 모르지만, 아내를 얻는 대신 싸울 힘을 잃어버린 것이다.

불꽃의 거인과 싸우다

신들의 황혼 때 프레이는 불꽃의 거인 수르트와 맞서 싸웠다('거인 수르트의 검' 편 참조). 거대한 불꽃 기둥 수르트는 한 손에 타오르는 검을 쥐고 있었다.

승리의 검만 있었다면 프레이는 수르트를 쉽게 이길 수도 있었다. 이 검은 홀로 날아다니며 거인을 쓰러뜨리는 위력을 가지고 있었기 때문이다.

하지만 프레이는 이미 오래 전에 아내를 얻기 위해 이 검을 포기했다. 때문에 그는 이 전쟁에서 부득이 순록 뿔을 무기로 삼아야 했다.

지는 싸움인 줄은 뻔히 알고 있었지만 그는 거인을 상대로 격렬하게 싸웠다. 수르트는 아스가르드 입구에서 프레이에 가로막혀 한 발도 안으로 들어가지 못했다. 프레이는 제 몸이 불에 타기 시작하고 힘이 다하여 쓰러질 때까지 자신의 제2의 고향이 화염에 휩싸이는 것을 막아낸 것이다.

프레이의 숨이 끊어지자 수르트는 자기 위력을 유감없이 발휘했고, 거인의 뒤를 따르던 '불꽃의 자식' 들도 날뛰기 시작했다. 그리하여 신들의 나라는 그 화염에 멸망하고 말았다.

검을 버리고 얻은 사랑

프레이가 전쟁을 그치고 사랑과 평화 속에서 살아간 것이 라그나뢰크에서 신들의 패배를 결정지었다. 북구 신화는 전쟁의 기록이며, 승리를 원치 않는 자에게는 죽음이 기다리고 있을 뿐이다.

하지만 신들의 황혼은 애초에 그들이 거인과 소인을 힘과 지략으로 굴복시키고 승리를 거듭해온 것이 발단이었다. 싸움을 계속하는 자는 언젠가 패배를 맞이하게 된다. 프레이는 호전적인 신들 가운데 홀로 평화를 찾아냈다. 하지만 그도 역시 신인지라 결국은 신들의 운명을 감당해야만 했다.

멸망을 감수하면서 전쟁을 포기한 프레이는 북구의 신들 가운데서도 특이한 자리를 차지하고 있다.

DATA

| 소유자 : 광명의 신 헤임달 | 시대 : 고대 게르만 | 지역 : 독일 및 북구 | 출전 : 에다 |
| 무기의 종류 : 검 |

헤임달은 북구 신들이 사는 아스가르드의 입구에 늘 앉아 있는 문지기다. 그의 검 부르트강은 그의 예리한 안력과 함께 아스가르드로 찾아오는 거인이나 괴물과 언제든 싸울 준비를 하고 있었다. 또 그의 검은 숫양의 뿔로서 생식의 상징이기도 하다.

천리안 헤임달

신화에서는 그다지 중요시되지 않는 헤임달이지만, 그래도 아스가르드의 문을 지키고 도난당한 보물을 되찾는 커다란 역할을 담당한다.

광명의 신 헤임달의 모습은 매우 아름답다. 그는 금빛으로 빛나는 치아와 머리카락을 가지고 있으며, 찬란하게 빛나는 말을 타고 있다. 그의 머리에는 숫양의 뿔이 나 있었다.

그의 거처는 무지개 다리 가까운 곳에 있는 히민뵤르그라는 높은 산으로, 거기에서 신의 나라로 오는 침입자를 늘 경계하고 있다.

그의 눈은 아무리 먼 곳이라도 볼 수 있을 만큼 밝고, 그 귀는 초목이 자라는 소리까지 다 들을 수 있었다. 그는 이 능력으로 신들의 황혼 때 아스가르드로 밀려오는 거인과 괴물들을 일찌감치 발견하고 뿔나팔을 불어 모두에게 전투가 임박했음을 알렸다.

헤임달의 검

헤임달은 숫양의 뿔을 가지고 있었다. 이것이 바로 '헤임달의 검'이다. 그래서 '헤임달의 머리' 하면 곧 검을 뜻한다. 이는 헤임달이 본래 뿔을 가진 양의 신이었기 때문이며, 그 뿔은 남근을 상징한다. 그의 검 부르트강은 본래 남근을 뜻하는 말이었다.

하지만 『에다』에서는 헤임달의 이런 의미가 희미해지고, 암흑을 상징하는 로키의 대립자, 즉 광명의 신으로 등장한다. 헤임달이 더 이상 풍요의 상징으로 다루어지지 않으며, 또 검을 휘두르는 일도 거의 없어진다. 그가 이 검을 휘두른 것은 신들의 황혼 때뿐이다.

로키와의 일 대 일 승부

아스가르드의 난봉꾼 로키는 라그나뢰크 때 신들을 배반하기 이전부터 이미 헤임달의 숙적이었다. 로키는 여신 프레이야로부터 훔쳐낸 보물을 헤임달에게 빼앗긴 이후로 헤임달을 증오하고 있었다.

거인들이 무지개 다리를 건너 아스가르드로 쳐들어올 때 제일 먼저 적을 발견한 것은 헤임달이었다. 그는 뿔나팔을 불어 신들에게 경보를 발하고 자신은 거인과 함께 온 로키를 맞이하여 싸우기 시작한다.

로키와 헤임달은 거의 호각지세를 이룬다. 싸움은 언제 끝날지 알 수 없이 계속되다가 마침내 헤임달의 검이 로키를 찌른 순간 로키의 검도 헤임달을 베었다. 두 사람은 서로 일격을 가하고 함께 쓰러졌다.

암흑의 상징 로키와 광명의 신 헤임달의 싸움은 수많은 신화에 등장하는 빛과 어둠, 여름과 겨울의 끝없는 싸움을 나타낸다.

DATA

| 소유자 : 지혜의 신 인드라 | 시대 : 고대 인도 | 지역 : 인도, 이란 | 출전 : 베다 |
| 무기의 종류 : 창 |

고대 아리아인의 신 인드라는 네 팔에 여러 무기를 들고 있다. 그 무기는 모두 비와 은혜의 신 인드라의 상징, 즉 태풍을 부르는 번개를 나타낸다. 인드라의 창은 아리아인에게 작물의 열매를 맺게 하고 부정을 씻어내는 힘을 주었다.

아리아인의 신

인드라는 고대 인도에서도 특히 오래된 신 가운데 하나다. 이란 등지에 살던 아리아인이 인더스 문명을 자랑하는 고대 인도인을 침략했을 때 그들과 함께 인도로 들어왔다.

그뒤 인도에 불교 시대가 도래한 후에도 계속 숭배를 받았으며, 일본에서는 제석천으로서 지금도 신사에 모셔지고 있다.

그의 모습은 머리카락부터 발끝까지 온몸이 금색 혹은 다갈색으로 빛난다. 팔은 네 개나 되며, 그 가운데 두 팔은 활을, 나머지 두 팔은 창과 금강저(金剛杵)를 들고 있다. 그는 네 개의 상아를 가진 하얀 코끼리를 타고 다닌다. 인드라는 번개와 함께 비를 불러 작물을 열매맺게 한다.

인드라의 무기

앞에서 말했던 것처럼 인드라는 늘 세 개의 무기를 들고 있다. 하지만 결국 활과 창과 금강저는 모두 그의 상징인 번개를 나타내는 것이다.

금강저는 바주라라 불리며, 불교에서는 많은 신격이 이것을 손에 들고 있다. 아마도 인드라의 무기는 본래 창이었는데, 인도로 온 뒤 어느샌가 바주라가 보태어졌을 것이다.

바주라건 인드라의 창 비자야건 그것이 악을 물리치고 사람들에게 은총의 비를 내려주는 것임은 앞에서 말했다. 하지만 인드라는 그의 가장 큰 싸움이었던 브리트라라는 용과의 싸움에서는 이 무기를 사용하지 못했다.

브리트라를 죽이는 인드라

브리트라는 인드라의 지배를 뒤덮으려고 하는 트바슈트리라는 남자가 낳은 거대한 용이다. 인드라는 이 용을 죽이려다가 오히려 잡아먹히고 만다. 인드라는 이때 용케 살아났지만, 이대로는 브리트라를 이길 수 없을 것이라고

생각했다.

그래서 그는 동료 신 비슈누에게 도움을 청했다. 인드라는 비슈누의 조언에 따라 브리트라와 휴전 협정을 맺는다. 휴전 협정의 내용은, 인드라는 낮이건 밤이건 철이나 나무나 돌로 만든 무기 또는 젖은 무기나 마른 무기로 브리트라를 공격하지 않는다는 것이었다.

하지만 이 협정에는 함정이 있었다. 인드라는 해질 무렵, 즉 해는 이미 졌지만 아직 밤이 되지 않은 시간을 골라 바다에 솟아 있는 거대한 거품 기둥을 집어들었다. 이 거품 기둥은 쇠도 나무도 돌도 아니고, 또 마른 것도 젖은 것도 아니었다.

인드라는 이것을 무기로 삼아 브리트라를 죽였다. 사실 이 거품 기둥은 비슈누 신의 수많은 화신 가운데 하나였다. 인드라는 이렇게 용을 죽일 수 있었지만 자신의 무기는 전혀 쓰지 못했다.

인도 신화에서 신의 무기는 신이 가진 도구라기보다는 그 신격을 상징하며, 무기의 힘은 신 자체의 힘이었다.

DATA

| 소유자 : 파괴의 신 시바 | 시대 : 고대 인도 | 지역 : 인도, 일본 |
| 출전 : 인도의 여러 종교 | 무기의 종류 : 창 |

힌두교의 신 시바에게는 두 가지 무기가 있었다. 바로 그의 파괴력을 상징하는 파스파타와 삼지창 피나카다. 이것들은 사납게 분노한 시바의, 상상을 불허하는 파괴를 상징하는 가공할 무기인 것이다. 이것은 선악에 개의치 않는 시바의 힘을 나타낸다.

힌두교의 주신 시바

시바는 힌두교의 3대신 가운데 하나이며, 비슈누와 함께 인도 신화의 중심을 이루는 신격이다. 그는 불교에서도 신앙되어, 밀교의 만다라에는 '이사나천(伊舍那天)' 이라는 이름으로 등장한다.

시바는 인더스 문명 시대부터 숭배되던 인도 고유의 파괴신이다. 일찍이 인도로 들어온 아리아인의 신 아수라 등과 격렬한 전쟁을 벌인 적도 있다. 또 인도에서 불교가 발흥했을 때도 시바는 마지막까지 붓다에 귀의하지 않고 저항을 계속했다고 한다.

하지만 시대가 흘러 힌두교의 지배가 시작되자 사람들은 시바를 주신으로 숭배하게 된다. 파괴의 신 시바는 무서운 힘을 상징한다. 더 정확하게 말하자면 시바는 힘 자체라고 할 수 있다. 그는 세계를 창조하고 지배하고 수호하고 파괴한다.

힌두교에서 그는 수행승의 모습으로 묘사되며, 피나카라 불리는 삼지창을 들고 있다. 그러나 불교에서는 열 개의 팔, 네 개의 얼굴, 세 개의 눈을 가진 무서운 모습으로 등장한다. 그의 피부는 파랗고 창을 들지 않은 손에는 핏방울이 떨어지는 해골 잔을 들고 있다.

파괴력

시바가 가지고 있는 창이 실제로 사용되는 장면은 거의 등장하지 않는다. 그 창은 시바의 파괴력을 상징하는 것이다.

실제로 많은 신화에 등장하는 시바의 무기는 그 세 번째 눈동자다. 그의 세 번째 눈은 눈꺼풀이 열리면 강렬한 빛을 발하여 무서운 전광과 함께 적을 파괴해버린다. 이것이 바로 시바의 위력이다.

생각하기에 따라서는, 시바가 들고 있는 삼지창은 그의 힘을 상징하며, 창의 세 갈퀴는 세 개의 눈을 나타낸다고도 할 수 있다. 또는 삼지창 피나카가 아니라 파스파타라 불리는 또 하나의 창이 그의 힘을 상징하는 것인지도 모른다. 그렇다면 파스파타란 곧 그의 안력(眼力)을 상징하는 것일 수도 있다.

마왕 라바나를 죽인 빛의 활

사릉가

Sarnga

DATA

| 소유자 : 태양신 비슈누 | 시대 : 고대 인도 | 지역 : 인도 | 출전 : 인도의 여러 종교 |
| 무기의 종류 : 활 |

비슈누는 힌두교의 태양신이다. 그는 열 개의 화신으로 잇달아 모습을 바꾸며 수많은 일화를 남겼다. 그 가운데 인도의 왕 라마가 되어 마왕 라바나를 죽인 이야기가 있다. 그는 인간의 모습을 하고 빛의 활로 라바나를 죽였다.

태양신 비슈누

비슈누는 태양의 광휘를 신격화한 신이다. 불교에서는 그다지 주목을 받지 않았지만 인도에서는 3대신 가운데 하나로서 시바와 더불어 독실한 숭배를 받는다.

그는 우주를 세 걸음으로 건넜다고 하며, 인드라의 훌륭한 협력자로서 함께 아수라와 싸운 적도 있는데 시대가 흐르면서 그 지위가 높아져갔다.

비슈누는 브라마 신이 되어 우주를 만들고, 비슈누가 되어 우주를 유지하며, 루드라(시바)가 되어 우주를 삼킨다고 되어 있다. 우주가 삼켜지면 세계는 전부 바다가 되고 비슈누는 아난타 용 위에서 잠이 들게 된다.

힌두교에서는 우주가 생성과 소멸을 주기적으로 반복한다고 생각한다. 우주가 창조되고 유지되고 파괴되는 것을 반복하는 주기는 2천 4백만 년이며, 우주가 소멸하면 잠들어 있던 비슈누의 배꼽에서 연꽃이 피어나고, 그 연꽃에서 창조의 신 브라마가 출현하여 새로운 우주를 만들기 시작한다.

열개의 화신을 가진 신

비슈누는 천 개의 머리를 가졌다고 하는 아난타 용이라는 나가(naga : '뱀'이란 뜻의 산스크리트어) 위에 앉아 있다. 불교의 만다라에서는 네 개의 팔을 가진 모습으로 묘사되고, 손에는 각각 바퀴, 곤봉, 소라, 연꽃을 들고 있다.

또 힌두교 전승에 따르면 그는 한 손으로 태양을 뜻하는 원반을 들고 다른 세 손으로 사릉가라는 활과 난다카라는 검을 들고 있다.

또 비슈누는 가루다라는 새를 타고 다녔는데, 이는 인도네시아의 가루다 항공으로 잘 알려져 있는 이름이다. 이 새가 매우 예사롭지가 않아서, 죽 늘어앉은 신들을 물리치고 인드라가 소유한 암리타(불사의 영약)를 빼앗은 일도 있다. 그러자 가루다의 용맹함에 감탄한 비슈누는 그에게 영원한 생명을 주고 자신의 탈것으로 삼았다.

비슈누는 다양한 화신을 가지고 있다. 작은 종파의 여러 신들과 지방의 영웅들이 점차 비슈누와 동일시된 탓이다. 이는 또한 비슈누 자체가 그러한 형상을 통해서 타자의 요소를 자기 것으로 받아들여 세력을 강화해나간 것을 잘 보여준다.

이는 곧 유구한 신들과 민간 전승이 정통성을 얻게 되는 과정이기도 했다.

그의 열 개 화신은 물고기, 거북, 멧돼지, 반인반사자, 소인, 크리슈나(신성한 목동), 붓다, 칼키(아직 나타나지 않은 미래의 화신), 파라슈라마(도끼를 든 라마), 라마 등이다.

비슈누는 이 화신들 가운데 인도의 왕 라마의 모습을 취했을 때 마왕 라바나와 싸우게 된다.

라마의 화신과 라바나의 싸움

비슈누의 화신 라마는 인도 북동부에 있던 코사라 국의 왕 다샤라타의 아

들로 태어났다.

후사를 얻지 못하던 왕은 신들에게 아들을 점지해달라고 부탁했다. 때마침 그 즈음 신들은 비슈누에게 마왕 라바나를 멸해달라고 애원하므로 비슈누는 왕의 아들로 다시 태어났던 것이다. 라바나는 머리가 열 개 달린 괴물로, 신과 악마를 비롯하여 그 누구에게도 죽음을 당하지 않는다는 특수한 은총을 누리고 있었다.

왕은 라마를 왕위에 앉히려고 했지만 둘째 왕비가 자기 아들이며 라마의 이복동생인 바라타를 왕위에 앉혀달라고 왕에게 요구했다. 왕은 이 왕비 덕분에 위기를 모면한 적이 있어 무엇이든 두 가지 소원은 들어주마고 약속한 적이 있었다. 라마는 부왕의 그 약속이 거짓이 되지 않도록 하기 위하여 의붓어머니가 바라는 대로 숲 속으로 사라졌다. 왕이 죽자 바라타는 어머니의 책략이 싫어 왕위에 오르기를 거부하다가 형 라마가 귀환할 때까지 대리 왕으로서 국정을 보게 되었다.

라마가 숲 속에서 잠시 지내고 있는데 그곳에 마왕 라바나의 누이동생 슈르파나카가 나타나 라마를 보고 첫눈에 반하여 구애를 했다. 그러나 라마는 이를 거절한다. 슈르파나카는 미칠 듯이 분노하여 라마를 공격하지만 오히려 혼이 나고 만다. 슈르파나카는 오빠 라바나에게 복수를 부탁했다. 이에 라바나는 라마의 아내 시타를 유괴하여 자기들이 사는 랑카로 데려가버렸다.

라마는 아내를 찾아나서서 숲에 사는 락샤사(악마나 악귀로서, 한국 불교에서는 '나찰' 이라고도 한다) 카반다의 조언에 따라 원숭이 나라에 도움을 청한다. 원숭이 나라의 전사 중에는 하누만이라는 원숭이가 있었다. 그는 라바나가 시타를 끌고 날아가는 것을 보았다는 말을 듣고 라바나의 수도 랑카로 잠입한다. 하누만은 라마의 아내를 발견하고 그녀에게 라마의 이야기를 전한 뒤, 한바탕 소동을 피우고 라마에게 돌아온다.

라마 부대는 시타를 되찾기 위해 랑카 원정을 감행한다. 이 전쟁은 매우 치열하여 원숭이 나라의 군대에서도 많은 사상자가 나고 락샤사 군대도 쿤바카르나, 인드라지트 등 쟁쟁한 용사들을 잃었다.

그리고 마침내 라마와 라바나의 일 대 일 승부가 시작되었다. 라마는 들고 있던 활을 당겨 라바나의 악마와 같은 열 개의 목을 잇달아 쏘아 떨어뜨렸다. 하지만 떨어진 자리에서 곧바로 새 목이 쑥쑥 생겨났다.

그러자 라마는 비슈누의 활을 들었다. 이 활로 쏘는 화살은 날개가 달려 있고 화살촉은 태양의 빛과 화염으로 만들어져 있었다. 또 그 무게는 산 두 개를 합친 것만큼 되었다.

천하의 라바나도 태양신의 화살을 맞자 잠시도 버티지 못하고 몸이 찢어져 죽고 말았다. 한편 라바나를 죽인 화살은 방향을 바꾸어 라마 곁으로 돌아왔다.

전쟁이 끝나고 라마는 아내를 되찾고, 그뒤 오래도록 왕국을 다스렸다.

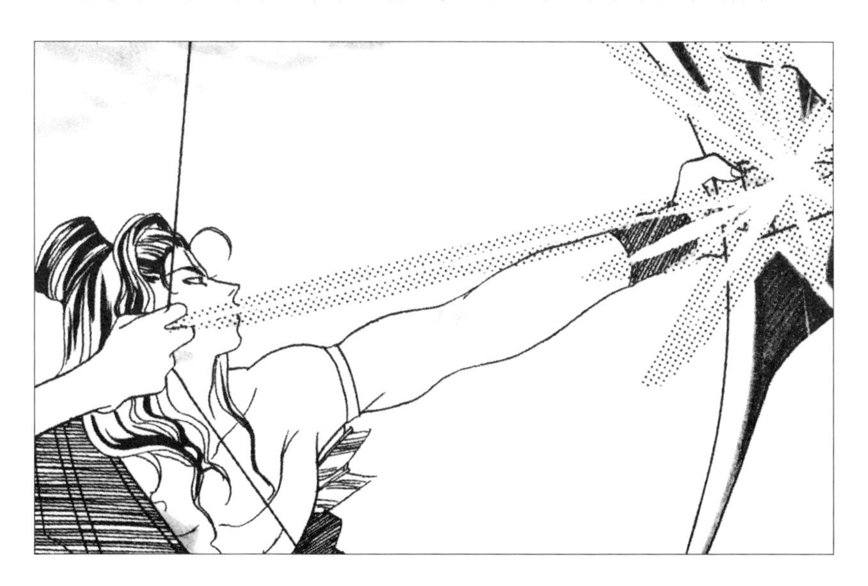

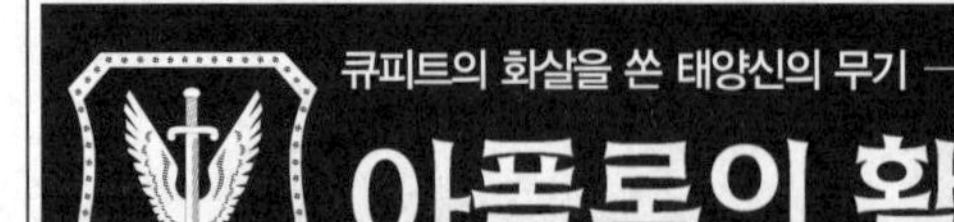

큐피트의 화살을 쏜 태양신의 무기

아폴론의 활

Bow of Apollon

DATA

| 소유자 : 태양신 아폴론 | 시대 : 고대 그리스 | 지역 : 그리스, 로마 | 출전 : 그리스 신화 |
| 무기의 종류 : 활 |

아폴론이 다프네를 사랑한 것은 사랑의 신 에로스(로마에서는 큐피트)가 쏜 사랑의 화살에 맞았기 때문이다. 그러나 그 화살을 쏜 활은 아폴론의 것이었다. 아폴론은 자신의 힘을 상징하는 자기 무기에 의해 사랑의 함정에 빠졌던 것이다.

태양신 아폴론

아폴론은 그리스의 태양신이다. 그는 올림포스 열두 신 가운데 하나이며 제우스의 아들이고 달의 여신 아르테미스의 오빠이기도 하다.

그는 해가 솟는 섬 델로스에서 태어났다. 낳고 보니 그 모습이 너무나 아름다웠으므로 그의 어머니는 제우스의 아내 헤라가 질투할까 두려워하여 아폴론을 숨겨서 키웠다.

그는 온몸이 금빛으로 빛나고, 그가 타는 이륜전차와 말, 들고 있는 활과 화살 그리고 하프까지도 반짝반짝 빛이 났다. 그는 모든 어둠에 빛을 비추는 지혜를 가지고 있었고 세상의 모든 것에 빛을 비추어 훤히 볼 수가 있었다. 그 빛은 미래까지도 비추어낼 수 있어 그리스 사람들은 아폴론을 모신 델피 신전에 공물을 바치고 미래를 점쳤다.

또 시, 음악, 조형 등 온갖 재능을 타고나 예술의 신으로도 알려져 있다.

아폴론의 활

아폴론의 무기는 태양광을 상징하는 활과 화살이다. 그것은 과녁이 아무리

APOllON

멀리 있어도 어김없이 맞히며 치명상을 줄 수 있는데다가 그 화살은 상처를 치유할 수도 있었다.

이와 같은 효과를 지닌 무기는 다른 신화나 전승에도 많이 등장한다. 태양광은 모든 것을 불태워버릴 수 있다. 하지만 그 빛은 또한 식물을 키우고 동물을 키우며 겨울의 추위나 질병에서 인간들을 지켜준다.

아폴론의 활은 이렇게 태양의 은혜를 상징하며 늘 그와 함께 묘사되고 있다.

아폴론의 원형은 이집트의 태양신 호루스라고 한다. 호루스는 그 눈동자로 마술적인 빛을 지상에 쏘았다. 그의 안광은 신들이 그리스로 온 뒤 어느샌가 아폴론이 가진 금빛 활이 되었고, 그는 둘도 없는 명사수로서 활과 화살의 신으로 일컬어지기도 했다.

아폴론의 큰뱀 격퇴

아폴론은 그 무기를 사슴 따위를 사냥하는 데 쓰고 있었다.

그러나 어느 날 대지를 휩쓴 홍수 속에서 많은 동식물과 함께 피토스라는 큰뱀이 탄생했다. 아폴론은 이를 격퇴한다.

피토스는 아폴론의 화살을 피해 파르나소스 산 기슭에 있는 동굴로 숨었다. 하지만 사악한 생물이 태어난 것을 안 아폴론은 피토스를 용서하지 않았다.

그는 수천 줄기의 빛의 화살을 피토스에게 쏘았다. 그의 화살을 잇달아 맞은 피토스는 검은 독혈을 콸콸 흘렸다.

아폴론은 이 승리를 기념하여 8년에 한 번 벌어지는 경기대회인 피티아 축제를 열기로 했다. 이 경기대회는 오래도록 계속되다가 저 유명한 올림피아 축제의 이듬해에 개최하게 되었고, 우승자에게는 월계수로 만든 관을 수여했다.

에로스와 아폴론

이렇게 활로 큰뱀을 격퇴한 아폴론은 자기 활 솜씨에 자신감을 가지게 되었다.

그러던 어느 날 큐피트 혹은 에로스라 불리는, 사랑과 욕망을 주관하는 신이 그의 활에 시위를 당겨 화살을 쏘려는 것을 보았다. 그는 어린애처럼 생긴 에로스가 자기 활을 들고 있는 것에 화가나 이렇게 말했다.

"큰뱀을 물리친 그 활은 오직 나만이 쏠 수 있다. 어린애는 그런 위험한 물건을 만지는 게 아니니, 횃불 장난이나 하려무나."

평소 아폴론이 자기 무예를 우쭐대는 것이 못마땅했던 에로스는 악동의 본성을 드러내어 그를 잠깐 혼내주자고 생각했다.

에로스는 등에 맨 전통에서 화살 두 대를 꺼내들었다. 그 가운데 하나는 그 화살에 맞은 자를 애욕에 빠지게 하는 화살로서 금색에 날카로운 촉을 달고 있었다. 다른 한 대는 납으로 만든 둔한 촉이 달린 화살로, 이것은 애욕을 식혀주는 효과를 가지고 있었다.

에로스는 아폴론의 활을 들고 파르나소스 산 꼭대기까지 힘차게 날아올라 갔다. 그리고 그곳에서 아폴론을 겨누어 금색 화살을 쏘았다. 화살은 힘차게 날아가 아폴론에게 명중하여 그의 골수까지 관통하고 말았다. 에로스는 다른 하나의 화살을 페네우스의 딸인 아름다운 요정 다프네에게 쏘았다.

그 결과 아폴론은 다프네를 열렬히 사랑하게 되고 다프네는 애욕을 품지 못하게 되고 말았다. 아폴론은 다프네를 끝없이 쫓아다니고 다프네는 계속 도망을 다녔다. 그러나 다프네는 도망다니다 지쳐서 아폴론에게 거의 붙들릴 지경이 되었다. 금색으로 빛나는 신은 점점 거리를 좁혀오고 있었다.

그래서 다프네는 아버지인 강의 신 페네우스에게 빌었다. 자신을 여자가 아닌 다른 무엇으로 바꾸어달라고.

그러자 다프네의 다리가 딱딱하게 굳기 시작하더니 땅에 박혀 뿌리를 내리기 시작했다. 그녀의 아름다운 손은 가지로 변하고 머리카락은 푸른 잎새가 되었다. 그리고 부드러운 가슴은 나무껍질로 덮이고 말았다. 그녀는 한 그루 나무가 되어버린 것이다.

이제 아폴론은 더 이상 아름다운 다프네를 볼 수 없게 되었다. 하지만 그의 사랑이 그것으로 끝난 것은 아니었다. 아폴론은 그녀를 아내로 삼을 수 없게 되었지만 그래도 그녀를 꼭 껴안았다. 딱딱한 나무껍질 속에서 다프네의 몸이 전율했다.

다프네는 이렇게 월계수가 되었다. 아폴론은 월계수를 자기 나무로 삼기로 하고 그 나무에 영원한 푸르름을 주었다. 다프네는 아폴론의 아내가 되지는 않았지만 영원히 빛을 발할 수 있게 되었다.

아폴론의 축제인 피티아 경기대회의 우승자에게 월계수 관을 수여하게 된 것은 이런 전말이 있었기 때문이다.

아킬레우스의 건

트로이 전쟁 당시 그리스 최대의 영웅은 아킬레우스다. 그는 대장인 아가멤논과 다투다 크게 분노하여 전장을 떠나지만, 그리스군은 그가 없으면 전쟁에서 이길 수 없으므로 아가멤논이 그에게 용서를 빌고 화해를 했다.

그리하여 아킬레우스는 트로이 최고의 영웅 헥토르와 격렬한 싸움을 벌인 끝에 그를 죽였다.

그런데 트로이 편에 가담했던 아폴론은 아킬레우스가 승리에 취해 트로이 병사들을 함부로 살상하고 아폴론 자신을 원망하자 크게 노했다.

아폴론은 자기가 가호해주던 트로이의 왕자 파리스에게 가서 그에게 활을 건네받아 아킬레우스를 겨누었다.

아킬레우스는 온몸에 신의 가호를 받아 불사신의 능력을 자랑하고 있었다. 그러나 아폴론은 결코 빗나가지 않는 활 솜씨로 아킬레우스의 유일한 약점인 발뒤꿈치에 명중시켰다. 이리하여 아킬레우스는 승리의 영광에서 환호하다가 단숨에 죽음의 심연으로 굴러떨어진다.

태양신의 사랑

아폴론은 활 솜씨가 뛰어나고 음악과 시에도 뛰어났지만 연애에 관한 한 완전히 무지였다. 능력이 지나치게 큰 자는 다른 사람의 심정을 헤아리는 것에 서툴다. 아폴론은 너무나 뛰어난 탓에 사랑에 관해서는 장님이나 매한가지였던 것이다.

아름다운 사람을 원하고 또 차지하는 것이 곧 사랑은 아니다. 하지만 사랑에 빠진 젊은이는 그것을 사랑이라고 믿는다. 그것은 아폴론처럼 젊고 태양처럼 격렬한 청년의 사랑이다.

DATA

| 소유자 : 바다의 신 포세이돈 | 시대 : 고대 그리스 | 지역 : 그리스, 로마 |
| 출전 : 그리스 신화 | 무기의 종류 : 창 |

누구나 알고 있는 그리스 신화의 바다의 신 포세이돈. 그의 모습은 항상 트라이던트와 함께 묘사되고 있다. 그 창에는 파도와 조수의 간만과 같은 바다를 둘러싼 형상뿐 아니라 다양한 마력이 숨겨져 있다.

바다의 신 포세이돈

포세이돈이라는 이름은 그리스 신화에서 등장하는 이름이고, 로마 신화에서는 넵투누스라 부른다. 때문에 독일이나 이탈리아, 프랑스, 영국, 스페인 등 서유럽에서는 지금도 이 신을 '넵투누스' 라 부르는데, 포세이돈과 동일한 신이다.

그는 그리스의 최고신 제우스의 형이다. 그 때문인지 포세이돈은 올림포스 신들 가운데서도 유독 독립심이 강하고, 특히 제우스의 말을 따르는 것을 매우 싫어한다. 제우스는 하늘의 지배자이지, 이 지상의 지배자는 아니라면서 동생과 대립하고 독자적인 행동을 취한다.

그는 성격이 거칠고 지혜보다 힘을 중시하는 유형이다. 생각이 비교적 단순하고, 고민하기보다는 먼저 행동하고 보는 편이다. 그가 중시하는 것은 고민과 신중함이 아니라 결단과 용기 그리고 힘이다. 그것은 시시각각 변하는 파도에 목숨을 맡겨야 하는 뱃사람들이 꼭 가져야 하는 성격이기도 하다.

거친 바다의 신. 이것이 포세이돈의 신격이다. 대자연의 가공할 위력. 태풍과 해일, 바닥을 모를 만큼 깊고 넓은 바다. 포세이돈은 이런 파란 신비를 상징한다. 때문에 선원이나 어부, 외국 무역에 종사하는 상인들은 항해의 안전을 그에게 맡긴다. 대자연의 경이를 낳는 바다의 신 포세이돈이 은총을 베풀지 않으면 여행의 안전을 보장할 수 없기 때문이다.

포세이돈은 바다의 지배자이지만 본래는 말의 신이었다. 그는 바다를 지배하게 된 뒤에도 계속 말을 타는 자의 신으로서 지상에서도 그 영향력을 미쳤다.

트라이던트

포세이돈이 늘 들고 다니는 갈퀴가 셋인 쇠스랑, 이른바 트라이던트는 본래 어부가 물고기를 잡는 데 사용하는 도구이지 전투에 쓰는 무기는 아니었다. 또 그가 지배하는 말에 먹이를 줄 때도 이 쇠스랑을 사용했다. 말과 바다, 포세이돈의 이 두 가지 신격은 이 쇠스랑과 관련이 있다는 공통점을 가진다.

이 트라이던트에는 포세이돈의 모든 힘이 깃들여 있다. 그가 이것을 한 번 휘두르면 바다에 거친 파도가 일고 태풍이 일어난다. 이것을 물에 꽂으면 지진이 일어나고 해일이 바닷가 마을을 덮친다. 홍수와 바람을 제 마음대로 일으킬 수 있는 것이다.

포세이돈은 이런 힘을 이용하여 트로이 성벽을 혼자서 완성시킨 적도 있다. 그뿐만이 아니다. 이 트라이던트에는 더욱 커다란 힘이 있다. 그것은 인간의 의지를 좌우하는 힘이다.

그리스 영웅에게 용기를 준 포세이돈

그는 트로이와 그리스의 전쟁, 이른바 트로이 전쟁에서 그리스 편에 섰다. 그리고 전장의 영웅과 병사들에게 적극적으로 힘을 주었다.

어느 날 전장의 그리스 병사들이 패배하여 사기가 꺾여 있었다. 그러자 포세이돈은 사람의 모습으로 둔갑하고 전장에 나가 트라이던트로 병사들의 머리를 건드렸다. 그러자 병사들은 갑자기 용기를 되찾아 다시 전투에 용맹하게 나섰다. 포세이돈의 트라이던트에는 병사의 사기를 북돋는 힘이 있었던 것이다.

바다의 사나이들이 신앙하는 포세이돈

요즘도 포세이돈은 행운을 기대하는 바다의 사나이들에게 숭배를 받고 있다. 군함, 상선을 불문하고 배가 적도를 지날 때는 바다의 신 포세이돈의 허락을 얻어야 한다. 선원 가운데 하나가 포세이돈으로 분장하고 떠들썩한 의식을 벌이며 선장을 비롯한 선원들에게 시련을 주고 제물을 요구한 뒤 엄숙하게 적도 통과를 허락한다. 이는 항해의 지루함을 잊으려는 행사이기도 하지만, 그 어느 집단보다도 선원들이 포세이돈이라는 신격으로 상징되는 바다의 신비와 경이에 경의를 표하고 있음을 잘 보여주는 것이기도 하다.

사나운 바다를 항해하는 것은 목숨을 건 일이다. 포세이돈이 가지고 있는 트라이던트는 지금도 우리에게 바다의 힘을 보여주고 있다.

고대 메소포타미아 신의 활

하늘의 활

The bow of the Gods

DATA

| 소유자 : 아크하트 | 시대 : 고대 메소포타미아 | 지역 : 메소포타미아 |
| 출전 : 우가리트의 점토판 | 무기의 종류 : 활 |

하늘의 활은 고대 메소포타미아의 대장장이 신이 전쟁의 여신을 위해 만든 활이다. 하지만 그는 이것을 인간 세상에 깜빡 잊고 두고 온다. 신의 활을 얻은 영웅과, 그 활을 되찾으려는 여신의 싸움으로 세상은 흉작을 겪는다.

우가리트의 신화

우가리트란 시리아 북부 지중해 연안에 있는 항구 도시로, 고대 메소포타미아가 이집트나 히타이트 등과 함께 번성하던 기원전 17~12세기에 번영한 페니키아인의 도시 국가다. 이 나라는 이집트와 메소포타미아, 에게 해를 비롯한 지중해 세계와 무역을 하여 재산을 모으고 상품을 유통시키는 한편 문화의 교량 역할도 했다. 우가리트의 신화는 그 지방들에 전해지던 전설을 집성한 것이다.

금세기에 들어 우가리트에서 고대 쐐기 문자를 기록한 점토판이 다량 출토되었다. 여기서 소개하는 이야기는 그 점토판에 새겨진 전설의 단편들을 모아서 엮은 것이다.

전쟁의 여신 아나트

고대 메소포타미아, 특히 오늘날 페니키아인으로 알려진 가나안인의 신화에는 하늘의 지배자인 신들의 아버지 엘 밑에 비와 풍요의 신 바알, 강과 바다의 신 얌, 대장장이 신 코타르와 하시스 등이 등장한다. 하늘의 활 전설에

등장하는 아나트는 고대 메소포타미아에서 전쟁과 수렵의 여신이었다.

신화에서 그녀의 역할은 인간과 신들, 혹은 신들 사이에서 메시지를 전하는 신의 사자였다. 그녀는 인간들의 소원을 신에게 전하고 신들의 다툼을 조정한다. 고대 그리스의 신들은 그 뿌리를 더듬어 올라가면 이집트나 메소포타미아의 신화로 닿는데, 아나트 신은 그리스의 지혜와 전쟁의 신 아테나의 원형이었는지도 모른다.

하늘의 활

대장장이의 신 코타르가 전쟁의 여신 아나트의 부탁을 받아 활을 만들고 그녀에게 전하려고 할 때의 이야기다. 그는 지상 세계를 다니다가 배가 고파서 인간이 사는 집에 신세를 지게 되었다. 배불리 먹고 술도 마셔서 기분이 한껏 좋아진 그는 그 귀중한 활을 그 집에 두고 왔다. 집 주인 다니엘은 신의 선물이라고 기뻐하며 그 활을 아들 아크하트에게 주었다.

한편 부탁해놓은 활을 기다리다 지친 여신 아나트는 자기 활이 인간계에 있다는 것을 알고는 그것을 되찾으려고 한다.

그녀는 사냥을 나간 아크하트를 발견하고 그 앞에 나타나 금과 은을 원하는 만큼 줄 터이니 활을 달라고 요구했다. 하지만 아크하트는 이 요구를 거절한다.

여신은 그렇다면 영원한 생명과 바꾸면 어떠냐고 묻는다. 그러나 아크하트는 인간은 언젠가 죽는 것이 당연하므로 그 약속은 믿을 수 없다고 말하며 그 제안도 거절한다. 그는 상대방이 전쟁과 수렵의 여신이라는 것도 모르고 한낱 여자 주제에 어찌 활을 탐하느냐고 하면서 그뒤에 나온 여러 제안을 모두 물리쳐버렸다.

아크하트의 죽음

아무리 매력적인 제안을 해도 아크하트가 활과 교환하려고 하지 않자 결국 여신은 아크하트의 활을 강제로 빼앗기로 했다. 그녀는 얏판이라는 난폭한 부하를 시켜서 아크하트의 활을 빼앗아 가져오게 했다. 그리고 아크하트가 밥을 먹을 때 무기를 손에서 놓을 터이니 그 틈을 노리라고 자세한 방법까지 일러주었다.

하지만 얏판은 그녀의 바람을 제대로 완수하지 못했다. 그는 활을 빼앗는 데는 성공했으나 아크하트의 목숨까지 빼앗아버렸던 것이다. 게다가 그 활을 여신에게 가져가다가 바다에 떨어뜨리고 말았다. 얏판은 행동이 난폭할 뿐만 아니라 조심성도 없는 사내였던 것이다.

그 모습을 하늘에서 보고 있던 여신 아나트는 상심에 빠져 자기가 한 일을 후회했다.

한편 사냥하러 나간 아크하트가 돌아오지 않자 그의 가족은 걱정에 사로잡혔다. 혹시나 하는 생각에 하늘을 나는 독수리를 잡아 배를 갈라보니 뱃 속에서 아크하트의 사체가 나오는 것이었다.

여신 아나트가 한 일 때문에 세상에는 가뭄이 들어 작물이 타죽고 사람들의 생활이 어렵게 되었다. 이 재난은 여신이 제 욕망을 채우려고 인간을 죽였기 때문에 생긴 일이었다. 이 저주를 풀려면 아크하트를 잃은 가족이 복수를 해야만 했다.

푸가트의 복수

아크하트의 누이동생 푸가트는 남장을 하고 품속에 무기를 품고 오빠를 죽인 범인을 찾아나섰다.

그렇게 여행을 하던 어느 날 하룻밤을 신세지려고 어느 집에 들어가니 그

집 주인이 자기가 아크하트를 죽였노라고 자랑을 하므로 푸가트는 그자가 오빠를 죽인 범인 얏판이라는 것을 알았다.

그녀는 얏판에게 잔뜩 취하도록 술을 권하고 그가 잠이 들었을 때 칼로 베어 죽였다. 얏판이 죽자 여신 아나트를 옥죄고 있던 저주가 풀리고 바알 신은 대지에 다시 비를 뿌려주었다. 그러자 기근이 풀리고 밭에서는 다시 싹이 자라기 시작했다. 그리고 매장되어 있던 아크하트는 빗물을 얻어 다시 이 세상으로 살아 돌아왔다.

또 바다에 떨어진 하늘의 활은 어느새 여신 아나트에게 돌아가 하늘의 성좌가 되었다.

생김새

출토된 점토판에는 하늘의 활이 어떻게 생겼는지 전혀 묘사되어 있지 않다. 그저 전쟁과 수렵의 여신이 사냥을 하기 위해 만든 것이라는 사실만 나온다.

이 이야기가 널리 퍼졌을 기원전 13세기경의 메소포타미아나 이집트에는 이미 혼합식 활이 발명된 상태였다. 이는 보통 활보다 배에 가까운 사정 거리를 가지는 강력한 무기다. 보통 활은 나무에 시위를 매었을 뿐이지만 혼합식 활은 목재에 동물의 뼈나 힘줄, 가죽이나 아교 등을 사용하여 시위를 더 강하게 당길 수 있도록 했다. 이것을 만드는 데는 상당한 기술이 필요하고, 쏘는

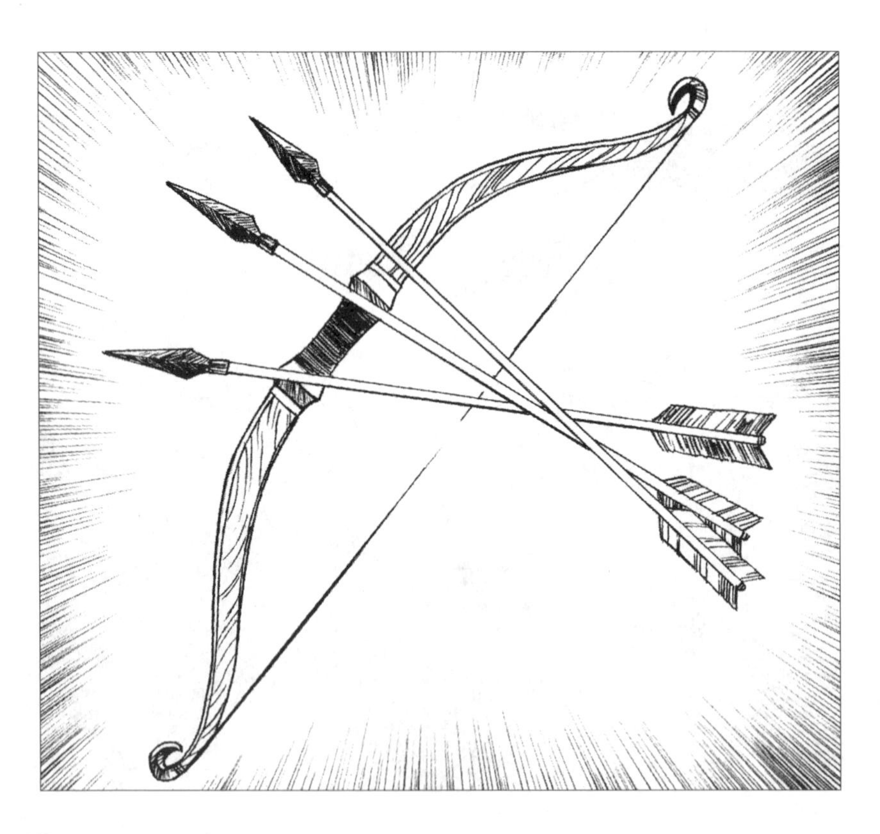

데도 강인한 체력과 오랜 훈련이 필요했다.

이 혼합식 활이 사냥에 쓰였는지의 여부는 분명치 않지만, 적어도 대장장이의 신이 갖은 정성을 다했다고 하고, 여신도 탐을 낼 만큼 강력한 활이라고 하므로 하늘의 활은 혼합식 활일 가능성이 크다.

에아의 검

고대 메소포타미아나 이집트에는 다양하고 풍부한 신화들이 기록되었다. 그 가운데 일찍이 이집트와 패권을 다툰 히타이트라는 왕국에는 신의 보물 창고에 보관되어 있는 검에 관한 전설이 있다.

히타이트 신화에는 지혜의 신 에아, 하늘의 신 엔릴 등 많은 신이 등장하는데, 이 이야기는 엔릴을 추방하여 하늘의 지배자가 된 아누와 그 재상이었던 쿠마르비라는 신들의 싸움을 묘사하고 있다.

아누가 엔릴을 추방한 것처럼 어느 날 쿠마르비도 주인에게 반기를 들었다. 격렬한 전쟁 끝에 쿠마르비는 아누의 성기를 물어뜯어 승리를 거둔다. 그러나 이때 아누의 정자가 쿠마르비의 몸 안에 들어가고 말았다. 쿠마르비의 몸 안에서 아누의 정자가 성장하니 그는 적의 자식을 잉태하는 운명을 지게 되었다.

몇 개월이 지나 쿠마르비의 몸에서 아누의 자식인 바람의 신이 태어났다. 아누는 제 자식에게 복수를 명했다. 바람의 신은 쿠마르비와 격렬하게 싸우고, 쿠마르비는 깊은 상처를 입고 도망쳤다. 하늘은 다시 아누의 것이 되었다.

하지만 쿠마르비가 왕좌를 포기한 것은 아니었다. 그는 아누에게 복수를 하기 위해 바다의 신에게 지혜를 빌리기로 했다. 그리고 바다의 신의 가르침에 따라 거대한 산에 자기 정액을 뿌렸다. 그러자 거기에서 그의 아들이 태어났다. 바위로 이루어진 갓난아기였다.

이 갓난아기는 쑥쑥 자라서 순식간에 거대한 바위 괴물로 성장했다. 쿠마르비는 이 거인에게 우루리쿤미라는 이름을 지어주었다.

하늘의 신들은 이 거인을 퇴치하려고 했다. 하지만 거인의 몸에는 검도 활도 박히지 않았다. 그리고 아름다운 여신 이슈타르가 옷을 벗고 매혹적인 노래를 불렀지만 거인에게는 눈도 귀도 없었으므로 아무런 효과가 없었다. 거인은 안하무인의 얼굴로 하늘로 다가왔다. 쿠마르비의 복수도 성취되는 것처럼 보였다.

그때였다. 지혜의 신 에아가 한 가지 대책을 떠올렸다. 신의 보물 창고에 소중히 간직되어 있던 검을 생각한 것이다. 이것은 세계의 맨 처음 때 하늘과 땅을 가른 마법의 검이었다.

에아는 당장 신들을 소집하여 보물 창고의 자물쇠를 열고 태고의 검을 가져왔다. 그는 이 검으로 우루리쿤미의 발목을 쳤다. 그러자 어떤 무기도 박히지 않던 바위 괴물의 다리가 싹뚝 잘렸다. 그리고 괴물은 꽈당 쓰러져 그대로 죽고 말았다.

제2장

성검

신비한 마력을 지닌 검 중의 검

엑스칼리버

Excalibur

DATA

| 소유자 : 아더 왕 | 시대 : 중세 유럽 | 지역 : 영국 | 출전 : 아더 왕 전설 |
| 무기의 종류 : 검 |

아더 왕은 영국을 대표하는 영웅이다. 그리고 그가 가진 성검 엑스칼리버도 검 중의 검이며, 신화나 전설에 등장하는 무기들을 대표하는 존재다. 그 내력과 신비한 마력은 수많은 이야기꾼들을 매혹했고, 천년의 세월이 지난 지금도 계속 이야기되고 있다.

브리튼을 통일한 왕권의 상징

중세 유럽의 영웅 전설 가운데 가장 유명한 것을 꼽으라면 역시 원탁의 기사로 잘 알려진 브리튼의 왕 아더 이야기일 것이다. 아더 왕은 중세 유럽의 영웅에 머물지 않고 고대 그리스의 전사 아킬레우스나 게르만 민족의 영웅 지크프리트와 나란히, 서구의 모든 이들의 마음속에 살아 있는 왕 중의 왕이다.

엑스칼리버는 6세기 영국에서 활약한 영웅 아더 왕의 전설에 등장하는 성검이다. 이 전설이 처음 등장한 7세기부터 현대에 이르기까지 그 이야기에는 어김없이 이 검이 등장했다. 이 검은 그 주인 못지않게 유명한 무기라고 할 수 있다.

본래 영웅이란 민족을 이끌고 투쟁한 전사이며, 그가 몸에 지니고 있는 무기는 곧 그 영웅을 상징한다. 엑스칼리버는 아더 왕과 그 이야기를 상징하며, 지배와 파괴 그리고 영웅이 지녔던 힘을 상징하는 왕 중의 왕의 무기, 검 중의 검이었다. 그 이름은 전세계에 널리 알려져 수많은 일화와 함께 중세 영웅 전설의 대표적인 존재라는 지위를 차지했다.

엑스칼리버는 전설의 왕 아더가 왕이 되었을 때 호수의 미녀 요정한테 받

아 왕자 모드레드와 최후의 전투를 벌인 뒤에 호수로 돌려보내졌다. 즉, 아더는 왕으로 있을 동안에만 이 검을 지녔던 것이다.

아더 왕은 요정의 마력을 가진 이 검을 가짐으로써 주위에 자신의 왕위를 인식시켰다. 나아가 엑스칼리버의 더할 나위 없는 위력으로 수많은 싸움에서 승리를 거두었다.

그러면 이 왕의 검의 전형이라 할 수 있는 엑스칼리버에 대해서 상세하게 소개하도록 한다.

아더 왕 전설에 대하여

아더 왕 전설은 지금으로부터 대략 8백 년쯤 전인 12세기에 유럽을 방랑하는 음유시인들에 의해 노래되기 시작했다.

일찍이 영국을 지배하던 켈트 민족은 1세기에 로마 제국의 지배를 받고, 6세기에 들어선 뒤로는 게르만 민족의 잇달은 침입으로 피폐해져서 마침내 영국의 지배자 자리에서 밀려나고 말았다. 역사적으로 보면 아더 왕은 게르만 민족이 침입하던 시기에 켈트인의 영웅으로 등장한다. 그는 켈트의 여러 부족을 이끌고 '베이돈 산의 전투' 라 불리는 전투에서 게르만인을 격파하고 켈트의 영국 지배권을 지킨 인물로 그려진다.

그러나 아더의 인물상은 전설이 계승되면서 점차 변하여 브리튼을 통일하는 왕으로 바뀌어갔다. 그리고 당시 전해내려오던 랜슬롯 경이나 트리스탄 경과 같은 전설의 기사들을 '원탁의 기사' 로서 수하에 거느리는 영예로운 영웅이 되어갔다.

성검 엑스칼리버는 그러한 아더 왕의 왕권을 상징하며, 또 수많은 기사를 거느릴 만한 '영웅 중의 영웅' 임을 증명해주는 것이기도 하다.

생김새

물론 엑스칼리버는 실물을 확인할 수 있는 것이 아니므로 실제로 어떻게 생겼는지는 분명치 않다. 일단 여기에서는 여러 이야기들의 내용과 영상, 그림 등으로 묘사된 엑스칼리버의 모양을 참고로 하여 그 생김새를 그려보기로 한다.

존 부어만(John Bourman) 감독의 영국 영화 <엑스칼리버>에서는 이 검이 크고 무거운 장검으로 등장한다. 그 은색 칼날은 햇살을 반사하며 푸르스름한 광채를 띠고, 손잡이와 칼밑은 황금으로 만들어졌다. 역시 영국 영화인 <Monty Python and the Holy Grail>에서도 아더 왕이 가진 엑스칼리버는 비교적 길고 자루는 역시 황금으로 만들어졌다.

토머스 맬러리 경(Sir Tomas Malory)의 『아더 왕의 죽음*Le Morte d' Arthur*』에서도 엑스칼리버는 황금 자루에 눈부신 칼날을 가진 장검으로 묘사되며, 위의 두 영화도 이 책의 내용을 참고했을 것이다. 또 『아더 왕의 죽음』에서는 엑스칼리버의 자루에 많은 보석이 박혀 있다고 했다.

만약 아더 왕이 실재했다면 그가 살았던 시대는 대체로 서기 500년 전후라고 할 수 있다. 그런데 우리가 아는 아더 왕 전설은 12세기부터 15세기에 걸쳐 씌어진 것이 대부분이다. 따라서 그 내용에는 그 이야기가 씌어진 시대의 풍속이 반영되어 있다. 즉 그가 쓰던 검도 고대의 검이 아니라 중세의 화려했던 시절에 유행했던 형상과 특징을 가지고 있다.

엑스칼리버는 아더 왕 이야기를 묘사한 중세 회화나 벽화, 그리고 그뒤 아더 왕 이야기가 다시 각광을 받았던 19세기 빅토리아 시대부터 금세기 초까지 출판된 서적의 삽화 등에서 그 생김새를 볼 수 있다. 그 자료들에 따르면 기사가 가진 검은 양날 편수검이며, 칼몸은 80cm에서 1m 남짓, 손잡이 부분은 20~30cm 정도, 커다란 칼밑과 둥근 고리가 달려 있다.

특별한 마력이나 기적을 부르는 힘이 없는 경우, 왕의 검이란 그 왕의 부와 힘을 상징한다. 본래 검이라는 무기를 만들려면 값비싼 강철이 대량으로 필요한데다가 고도로 숙련된 기술이 필요하다. 그런 값비싼 무기야말로 왕권을 상징할 만하지 않겠는가. 나아가 자루에는 보석이나 황금을 박아서 오직 왕만이 가질 수 있는 비싼 무기로 만든다.

또 옛날에는 왕이라면 그 누구보다 월등한 힘을 가지고 있어야 한다고 믿었다. 누구보다도 강인한 용사가 아니면 모든 자를 이끄는 왕이 될 수 없는 것이다. 전장에서 승리하려면 적보다 무겁고 강력한 무기를 오랜 기간 계속 사용해야만 한다. 즉 보다 강한 자가 승리의 영광을 가질 수 있다. 따라서 무겁고 긴 검을 제대로 쓸 수 있는 전사는 많지 않았다. 왕의 검은 왕에 걸맞은 힘을 가진 자만이 제대로 쓸 수 있는 것이다.

왕권을 상징하는 무기가 대개 검인 까닭은 이러한 역사적 배경이 있기 때문이다.

칼리번, 엑스칼리버의 원형

아더 왕 이야기는 너무나 많아서 그 원전이 무엇인지 명확하게 특정 지을 수가 없다. 가장 유명한 아더 왕 이야기인 맬러리의 『아더 왕의 죽음』조차 프랑스나 아일랜드에서 전해내려오던 민간 전승을 기초로 했으니 이를 아더 왕의 원전이라고 볼 수는 없을 것이다.

12세기에 몬머스의 제프리(Geoffrey of Monmouth)가 쓴 『브리튼 왕 열전 *Historia regum Britanniae*』은 트로이 전쟁 시절부터 색슨인의 지배에 이르는 역사를 기록한 소설적인 성향이 강한 작품인데, 여기에 등장하는 아더 왕 이야기는 후세의 작품에 많은 영향을 미쳤다.

이 작품에는 아더 왕이 칼리번(Caliburn 또는 Calibunus)이라는 이름의 검을 썼다고 하는데, 이는 '쇠'를 뜻하는 라틴어 '칼리브스(chalybs)'에서 유래한다고 한다.

『브리튼 왕 열전』에는 이 검에 얽힌 일화는 그다지 나오지 않는다. 이 검이 요정의 나라 아바론에서 만들어지고, 아더가 이 검을 들고 470명의 색슨 군대를 혼자서 무찔렀으며, 칼리번을 한 번 휘둘러 적의 목숨을 빼앗는 장면이 나

오는 정도다. 이는 이 검의 위력을 묘사한 가장 오래 되고 또 몇 안 되는 일화 가운데 하나라고 할 수 있다.

바위에 박힌 검

아더 왕 전설은 일찍부터 여러 종류가 전해져왔으나 그 줄거리들은 대체로 다음과 같다.

아더가 왕에 오른 6세기의 영국은 로마 제국의 켈트족 지배가 끝나고 각지에서 왕권을 둘러싸고 내란이 일어나던 시대였다. 한편 대륙의 게르만 민족이 바다를 넘어 침략해왔다. 영국은 전역이 전란에 휩싸이는 암흑의 시대로 돌입해 있었다.

그런 가운데 로마 시대의 지배자의 자손인 켈트족의 영웅 우더 펜드라곤은 각지의 영주를 이끌고 영국을 통일하려 노력했다. 그러나 그가 부하 영주의 아내를 사랑한 탓에 기사들 사이에 내분이 일어났고, 그 결과 허망하게 죽고 만다. 우더의 아들 아더는 마법사 멀린을 통해 기사 액터 경에게 맡겨져 성장하게 된다.

어느 날 잉글랜드 남부의 솔즈베리에 바위(이야기에 따라서는 쇠바닥)에 박힌 검 한 자루가 나타났다. 그 바위에는 '이 검을 뽑는 자가 브리튼의 진정한 지배자다' 라고 새겨져 있었다. 많은 왕들이 자기가 그 주인공이라면서 뽑아보려 했지만 아무도 뽑지 못했다.

액터 경의 장남 케이 경의 종자로 일하던 열다섯 살 난 아더는 기사들의 마상 시합이 벌어지던 날, 케이 경의 검을 분실하고 말았다. 당황한 그는 잃어버린 검 대신 바위에 박힌 검을 뽑아가려고 했다. 그는 바위에 박힌 검을 너무도 쉽게 뽑아낸다. 아무도 뽑지 못한 검을 아더가 뽑아냄으로써 그는 훗날 브리튼의 왕이 되었다. 바로 이 검이 왕권의 상징인 엑스칼리버였다.

또 하나의 전설, 엑스칼리버의 출현

토머스 맬러리의 대작 『아더 왕의 죽음』에서는 아더가 뽑아낸 '바위에 박힌 검'은 엑스칼리버가 아니며, 아더 왕은 호수의 요정에게 엑스칼리버를 받았다고 되어 있다. 그때의 상황은 다음과 같다.

어느 날 아더 왕은 전투를 하다가 검이 부러지자 마법사 멀린에게 새 검을 구하고 싶다고 말한다. 멀린이 아더를 조용한 호수로 데려가자 호수에서 팔 하나가 쑥 나오는데 그 손에는 아름다운 검이 쥐어져 있었다. 아더가 그 검을 받아들자 호수의 요정이 나타나 훗날 자기 소원을 들어준다면 그 검을 드리겠노라 제의한다. 아더 왕은 그 제의를 받아들여 엑스칼리버의 소유자가 되었던 것이다.

호수의 요정이 무엇을 바랐는지는 소개되지 않는다. 하지만 나중에 갤러해드 경의 성검이 도난당했을 때 호수의 요정은 아더 왕의 궁정에 나타나 왕에게 자기의 소원을 전한다.

"폐하, 엑스칼리버를 드린 대가로 갤러해드 경의 성검을 찾아주시든지 아니면 그 검을 가져간 기사의 목을 내주십시오."

하지만 성검을 가진 베이린 경은 그 검의 저주에 걸려 호수의 요정을 죽이고 만다. 이리하여 호수의 요정의 소원은 이루어지지 못하고 끝났다(뒤의 '바위에 박힌 검' 편 참조).

또 다른 전설에서는 호수의 요정이 아더 왕에게 "이 검은 정의를 위해, 그리고 왕국을 지키는 데만 사용해야 하며, 개인의 욕망을 위해 뽑아서는 안 됩니다" 하고 다짐을 받았다고 되어 있다. 아더 왕이 죽는 순간 엑스칼리버를 호수로 돌려보낸 것은 이때의 약속에 따른 것이라는 해석도 있다.

영화 <엑스칼리버>에서 존 부어만 감독은 바위에 박힌 검도, 호수의 요정한테 받은 검도 모두 엑스칼리버라고 했다. 영화에서 아더는 자기가 당한 수치를 설욕하기 위해 엑스칼리버의 힘을 남용하고 만다. 그 결과 엑스칼리버는 두 동강으로 부러져버린다. 아더 왕은 자기가 한 짓을 반성하고 부러진 칼을 호수에 던진다. 그러자 호수의 요정이 나타나 엑스칼리버를 다시 아더 왕에게 건네준다. 성검의 정신적 의미를 알기 쉽게 표현한 해석이다.

엑스칼리버의 칼집

엑스칼리버에는 가죽으로 만든 칼집이 딸려 있다. 이 칼집에는 주인된 자가 어떤 상처를 입어도 결코 피를 흘리지 않게 하는 마력이 숨겨져 있었다.

마법사 멀린은 아더 왕에게 "폐하는 검과 칼집 중에 어느 것이 더 마음에 드십니까?" 하고 물었다. 아더 왕은 이에 "그야 물론 검이지" 하고 대답했다. 멀린은 "어리석은 선택이군요. 이 칼집은 검의 몇 배나 되는 가치를 가지고 있습니다" 하고 말했다.

멀린은 적을 베는 검보다는 몸을 지키는 칼집이 더 중요하다고 아더 왕에게 가르친 것이다. 즉 엑스칼리버를 주는 것은 용맹하게 싸우라는 것도, 악을 멸하라는 것도 아니다. 다만 왕국을 지키고 평화를 추구하는 왕이 되라는 것이었다.

가공할 위력

아더 왕이 엑스칼리버를 얻은 시기는 전설마다 다르다. 다만 아더 왕은 왕국을 통일하는 전투와 로마 제국의 도전을 받았을 때에만 엑스칼리버를 휘둘렀다.

엑스칼리버의 위력은 매우 엄청나서, 어떤 싸움에서는 대략 5백 명의 적 기사를 엑스칼리버 하나로 베었다. 5백 명의 기사를 대적한 아더 왕의 체력도 대단하지만 엑스칼리버는 그 많은 갑옷을 뚫고 기사의 몸을 베고서도 흠집

대단하지만 엑스칼리버는 그 많은 갑옷을 뚫고 기사의 몸을 베고서도 흠집 하나 나지 않았다. 보통 강철 검으로는 이런 일이 있을 수 없다. 그야말로 엑스칼리버가 가진 마력 덕분이었다.

또 엑스칼리버가 뚫지 못할 갑옷은 존재하지 않았다. 방패건 그물갑옷이건 엑스칼리버의 칼날을 받고 두 동강이 나지 않는 것은 없었다. 로마 황제를 자칭하던 루셔스도 엑스칼리버를 맞고 머리부터 허리까지 두 동강이 나고 말았다.

아더는 엑스칼리버의 위력으로 영국을 통일하고 게르만 민족을 바다로 몰아냈으며, 나아가 로마 황제를 자칭하는 침략자를 물리쳤다. 하지만 평화가 찾아온 뒤 아더 왕은 그의 최후의 전투 때까지 한 번도 엑스칼리버를 뽑지 않는다. 그는 검의 힘을 평화를 위해 썼을 뿐 개인적인 승리나 야심을 위해 사용한 적이 없었던 것이다.

아더 왕의 죽음

영국을 통일한 아더 왕은 그후 수십 년 동안 평화로운 시절을 보냈다. 그의 수하에는 원탁의 기사라 불리는 뛰어난 용사들이 모여들어 성배(聖杯) 탐색, 귀부인 구출 등 많은 모험을 했다. 하지만 왕국 최고의 기사 랜슬롯 경과 왕비 기네비어의 밀애, 아더 왕의 의동생인 모건 르 페이라는 마녀의 음모로 왕국은 위기에 빠진다.

대단한 위력을 가진 엑스칼리버였지만 아더 왕의 아내 기네비어와 기사 랜슬롯의 밀애나 마녀 모건의 음모, 아그라베인, 모드레드 등의 배반까지 막아낼 수는 없었다.

모건이 마법의 힘을 빌어 아더 왕과의 사이에서 낳은 아들 모드레드(어떤 이야기에는 아더의 조카로 나옴)는 어느 날 아더에게 반기를 들어 왕국은 내란이 끝났을 때 쌍방의 기사 중에 생존자는 몇 명 되지 않았다.

아더 왕은 싸움에서 살아남은 베디비어 경에게 엑스칼리버를 호수에 던져 넣으라고 명령한다. 하지만 베이비어 경은 왕국의 상징이기도 한 그 검을 차마 버리지 못한다. 그는 검을 감추어놓고 아더 곁으로 돌아갔다.

아더는 돌아온 베디비어 경에게 검을 던졌을 때의 광경을 물었다. 베디비어 경이 아무 일도 없었다고 하자 아더는 그를 위선자라고 비난한다. 아더는 호수에 검을 던지면 어떤 일이 일어날지를 알고 있었던 것이다.

베디비어 경은 다시 호수로 가서 감추어두었던 엑스칼리버를 호수로 던졌다. 그러자 호수면에서 아름다운 손 하나가 나와 떨어지는 엑스칼리버를 받아들고 천천히 세 번을 휘두르더니 다시 호수 속으로 모습을 감추었다.

베디비어 경은 아더에게 그 광경을 전하려고 전장으로 돌아갔다. 하지만 아더 왕은 벌써 호수의 미녀들이 젓는 배를 타고 요정의 나라 아발론으로 떠나고 있었다.

과거의 왕, 그리고 미래의 왕

아더 왕의 시대는 끝나고 엑스칼리버는 요정의 나라로 돌아갔다. 평화로운 시절은 끝나고 영국은 다시 내전으로 세월을 보내는 암흑의 시대로 뒷걸음질치고 말았다. 켈트 민족은 영국에서 지배력을 잃고 색슨인이, 그리고 게르만인이 찾아왔다.

하지만 켈트 민족 사이에서는 아직도 전설은 끝나지 않았다. 그들이 절실히 원할 때 아더 왕은 다시 엑스칼리버를 들고 아발론에서 돌아올 것이다. 엑스칼리버는 지금도 아더 왕과 더불어 켈트 민족의 왕권을 상징하는 존재다.

운명이 갈린 두 기사

바위에 박힌 검

The Sword in the Stone

DATA

| 소유자 : 갤러해드 경 | 시대 : 중세 유럽 | 지역 : 영국 | 출전 : 아더 왕 전설 |
| 무기의 종류 : 검 |

아더 왕 전설에 등장하는 엑스칼리버 다음으로 유명한 무기. 베이린 경을 파멸에 빠뜨리고, 갤러해드 경에게 성배를 찾게 하는 힘이 되었던 검이 바로 이것이다. 이 검을 둘러싸고 켈트 신화의 요정의 마력과 기독교가 전한 신의 기적이 혼합된 세계가 펼쳐진다.

또 다른 '바위에 박힌 검'

아더 왕 전설에서 '바위에 박힌 검' 이라고 하면 왕의 검 엑스칼리버부터 떠오를 것이다. 하지만 전설에는 바위에 박힌 또 다른 검이 한 자루 등장한다. 성배를 발견한 기사 갤러해드 경의 검이다.

이 검은 그에게 기적을 주는 성검이지만, 보기 드문 용사 베이린 경의 목숨을 앗아간 저주받은 검이기도 했다.

갤러해드 경과 베이린 경의 이야기는 15세기에 씌어진, 아더 왕 전설의 집대성인 『아더 왕의 죽음』에 묘사되어 있다.

과연 검이 갖는 상반된 힘이란 어떤 것이고, 두 기사의 운명은 왜 크게 어긋났을까?

생김새

이 성스러운 검은 편수검이며 금으로 된 자루를 가지고 있다. 칼밑은 크고 자루를 위로 하면 마치 황금 십자가처럼 보인다. 자루와 칼집에 많은 보석이

박혀 있어, 태양빛을 받으면 그것들이 광채를 발하여 검 주위에 동그란 빛무리들이 어린다.

전설에 등장하는 이런 검의 모습은 기독교 십자가의 이미지를 차용한 것이다. 베이린 경의 이야기에 따르면 본래 검 자체는 켈트 요정의 나라에서 만들어졌다고 되어 있다. 하지만 그 검이 갤러해드 경의 차지가 되고 성배 전설에 등장하게 되자, 그 생김새는 기독교 색채를 강하게 띠게 되었다. 때문에 많은 전설을 집대성한 아더 왕 이야기는 여러 모순점을 가지고 있다. 그러나 시각을 달리해보면 바로 이 검을 둘러싸고 켈트 민간 전승과 기독교 설화, 즉 토착 신앙과 기독교의 융합이 이루어졌다고 할 수도 있다.

쌍검의 기사

쌍검의 기사란 '두 자루의 검을 가진 기사' 라는 뜻으로, 브리튼 기사 베이린 경의 별명이다.

아더가 왕이 된 지 얼마 되지 않아 아직 원탁의 기사단이 생겨나지 않았을 무렵, 베이린 경은 아더의 부하 중에서는 달리 겨룰 자가 없을 만큼 뛰어난 기사였다. 그의 실력은 아더의 조카인 가웨인 경에 필적하며, 베이린 경에 맞설 수 있는 자는 그를 제외하고는 그의 동생 베이란 경밖에 없다고 할 정도였다.

어느 날 아더 왕의 궁정에 한 여성이 나타났다. 그 여성은 멋진 칼집에 담긴 검 한 자루를 무겁다는 듯 꼭 껴안고 있었다. 이것이 바로 나중에 갤러해드 경의 차지가 되는 성스러운 검이었다.

그녀는 이 검은 강하고 양심에 거리낄 게 없는 바른 사람, 성실한 진짜 용사가 아니면 칼집에서 뽑을 수 없을 것이라고 했다. 아더 왕은 우수한 기사들에게 한 번 도전해보라고 권한다. 이때 아무도 뽑지 못하던 검을 베이린 경이 멋지게 뽑아냈다.

하지만 그는 그 순간 강력한 저주에 사로잡히고 만다. 그는 검을 돌려달라고 애원하는 여성을, 이 검을 놓칠 수는 없다면서 물리치고 만다. 그리고 그 직후에 요정의 나라에서 검을 찾으려 온 호수의 미녀를 베어 죽이고 만다.

궁정에 나타난 여성은 누구에게 복수할 일이 있어 요정의 나라에서 그 검을 훔쳐왔던 것이다. 그녀는 용사에게 검을 뽑아달라고 하여 그 검의 힘을 이용해 복수를 할 생각이었다. 호수의 미녀는 그 사실을 아더 왕에게 전하고 검을 돌려받으려 했지만 베이린 경은 이미 검의 저주에 빠져서 그 검에서 떨어지지 못하게 되었고, 마침내 호수의 미녀를 죽이기까지 한 것이다.

베이린 경은 궁정에서 여성을 베어 죽인 죄로 아더 왕에게 추방을 당하고 만다. 그는 수치를 씻고 실추된 명예를 되찾기 위해 방랑에 나선다. 이때 자기가 본래 가지고 있던 검과 궁정에서 얻은 검 두 자루를 들고 다녔으므로 '쌍검의 기사'라 불리게 되었다.

베이린 경의 비극

시련을 찾아 황야를 방황하는 베이린 경 앞에, 궁정의 명예를 실추시킨 그를 죽이려고 기사 란소르가 추적해왔다. 베이린 경은 란소르 경을 검으로 베어 죽였다. 그때 란소르 경을 사랑하는 한 여성이 찾아와 연인의 죽음을 비통해하다가 베이린 경의 검을 들고 자살하고 만다. 그녀의 마지막 말은 "네 검이 하나의 혼을 공유하는 두 몸을, 두 마음을 가진 한 인간을 죽이고 마는구나"라는 것이었다.

서로 사랑하는 남녀를 죽이고 비애에 빠져 있던 베이린 경은 깊은 숲 속에 조용히 자리잡은 고성을 찾아갔다. 이 성은 성배가 보관되어 있는 곳이었는데, 그는 뜻밖의 일로 여기에 보관되어 있던 성스러운 창으로 성주에게 '재앙의 일격('성스러운 창' 편 참조)'을 가하고 만다.

고난의 여행을 계속하는 베이린 경. 그는 방랑하며 노력한 보람도 없이 비참하게 죽고 만다.

그는 어느 날 한 성을 방문하려다가 길을 막는 기사와 싸우게 되었다. 싸움은 막상막하가 되어 서로에게 치명상을 입히는데, 길을 막았던 상대는 다름 아닌 그의 동생 베이란이었다. 베이린은 싸우기 전에 다른 사람의 방패를 빌렸는데, 동생은 그 방패 문장 때문에 형을 알아보지 못했던 것이다.

형제가 서로 치명상을 입고 죽자 성 사람들이 후하게 장사를 지내주었다. 그러자 그곳에 마법사 멀린이 나타나 베이린 경이 갖고 있던 검을 들고 사라져버렸다.

갤러해드 경

갤러해드 경은 아더 왕의 기사 중에서도 가장 우수한 랜슬롯 경의 아들이다. 랜슬롯 경은 아더의 아내 기네비어 왕비와 금지된 사랑에 빠지고 말았는데, 모험 도중에 만난 아름다운 아가씨 엘레인과 하룻밤을 동침하고서 그 아들을 얻었던 것이다.

갤러해드 경은 랜슬롯 경의 힘과 따뜻한 미덕을 두루 갖추었을 뿐만 아니라 아버지의 결점인 정욕을 극복한 이상적인 기사였다. 그의 어머니 엘레인 공주는 영국에 성배를 가지고 온 아리마태아의 요셉이라는 기독교도의 자손이었다.

숲 속에서 조용히 자란 갤러해드 경은 성인의 날에 아더 왕의 궁정 캐멀롯으로 찾아왔다. 마침 그날 궁정 옆을 흐르는 강에 커다란 대리석에 박힌 검 한 자루가 떠내려왔다. 대리석은 그 크기와 무게에도 불구하고 가볍게 물에 떠 있었고, 표면에는 '이 검은 세상에서 가장 뛰어난 기사를 위한 것이다. 그 자가 아니면 아무도 이 검을 만져서는 안 된다' 고 새겨져 있었다.

아더 왕은 랜슬롯 경이 최고의 기사라고 생각했으므로 그에게 검을 뽑아 보라고 권했다. 하지만 왕비와의 불륜을 부끄러워하던 그는 못하겠다고 거절하고 만다. 그래서 실력에서 랜슬롯 경에 필적하는 가웨인 경이 나서 보았지만 검은 꿈쩍도 하지 않았다.

모두들 이 검을 뽑을 자는 과연 누굴까를 생각하고 있을 때, 그날 캐멀롯으로 찾아온 갤러해드 경의 이름이 원탁에 떠올랐다. 원탁에 늘 빈자리로 남겨두었던 의자, 즉 성배의 영웅이 아니면 아무도 그 의자에 앉을 수 없다고 하

던 '죽음의 자리' 에 갤러해드가 앉았던 것이다.

아더는 그가 바로 강물에 떠내려온 검을 뽑을 수 있는 기사라는 것을 깨달았다. 왜냐하면 갤러해드는 원탁이 죽음의 자리에 앉는 것을 허락한 기사인데다가 그의 허리에는 칼집만 달려 있을 뿐 검이 없었기 때문이다.

아더 왕은 갤러해드 경을 데리고 강으로 나가 그에게 검을 뽑으라고 권했다. 갤러해드 경은 너무도 쉽게 그 검을 뽑아 제 칼집에 꽂아넣었다. 베이린 경을 저주했던 요정의 검은 이제 가까스로 진짜 주인을 찾아낸 것이다.

성배의 탐색

갤러해드 경이 자기 검을 얻은 바로 그날, 캐멀롯에 신비한 일이 일어났다. 원탁에 둘러앉아 식사를 하던 기사들 앞에 어디선가 성배와 핏방울이 떨어지는 성창(聖槍)을 든 순례단이 나타나더니 그들의 눈앞을 지나 홀연히 모습을 감춘 것이다.

그 자리에 있던 자들은 저마다 이는 바로 신이 내리는 시련이라고 소리쳤다. 성배를 찾아내라는 신의 계시라는 것이었다. 원탁의 기사들은 각자 성배를 찾아 모험에 나섰다. 그리고 그들은 대부분 다시는 캐멀롯으로 돌아오지 못했다.

성배를 찾을 수 있었던 기사는 몇 명 되지 않았다. 랜슬롯 경과 가웨인 경은 성배를 찾아내기는 했지만 감히 손을 대지는 못했다. 갤러해드 경과 퍼시벌 경, 그리고 보즈 경만이 성배를 만질 수 있었다.

갤러해드 경은 퍼시벌 경, 보즈 경과 함께 성스러운 검과 모험 도중에 얻은 성스러운 방패('갤러해드의 방패' 참조)를 들고 성배가 보관되어 있는 성으로 찾아갔다.

그들이 성 안의 광장에서 검소한 식사를 하고 있는데 성배와 성창을 든 순례자 무리가 다시 그들 앞에 나타났다 사라지려고 했다. 그때 갤러해드 경은 성스러운 검을 뽑아 자루를 위로 하여 십자가처럼 쳐들고 "신의 이름으로 고하노니, 잠시 기다리시오" 하고 외쳤다.

그러자 순례자 무리는 발길을 멈추고 갤러해드 경에게 성배를 내밀었다. 그가 성배에 채워진 술을 입에 대니 그의 몸이 금빛을 뿜어냈다.

갤러해드 경은 퍼시벌 경과 보즈 경에게 성배에 든 술을 뿌려 축복을 내려주었다. 나아가 베이린 경에게 '재앙의 일격'을 당한 성주(城主)의 상처를 치유해주었다.

그리고 갤러해드 경은 성배와 성창과 함께 천국으로 올라갔다. 그는 육신을 지상에 버리고 성스러운 존재가 되어 승화한 것이다. 이때 그가 가지고 있던 성스러운 검과 성스러운 방패도 영원히 모습을 감추고 말았다. 사실 이 검은 나중에 갤러해드의 아버지 랜슬롯 경의 차지가 되고, 랜슬롯은 훗날 그 검으로 친구 가웨인 경에게 깊은 상처를 입혔다는 이야기도 있다.

남겨진 퍼시벌 경은 성배가 있던 성의 주인이 되어 성배 기사단을 창설한다. 보즈 경은 아더 왕이 기다리는 캐멀롯으로 돌아가 전말을 보고했다.

성배를 찾다가 많은 기사들이 목숨을 잃으니 원탁의 기사단도 그 힘이 반감하고 말았다. 게다가 그뒤 랜슬롯 경과 왕비 기네비어의 불륜이 드러나 기사단은 분열하고 만다. 그리고 이를 틈타 아더 왕의 아들 모드레드 왕자가 반란을 일으켜 아더 왕국은 멸망하고 만다('엑스칼리버' 편 참조).

갤러해드 경의 성배 탐색은 원탁의 기사들이 이룬 마지막 영광이었다.

기독교 세계의 출현

유럽에서 성배 전설이 등장한 것은 기독교 신앙이 구석구석까지 퍼진 12세기경의 일이다. 그러나 그 즈음 유행되던 전설의 핵심은 그 이전의 켈트 민간 전승과 닿아 있었다. 즉, 그 시대의 기사 이야기는 켈트적인 민화를 기독교적으로 해석한 결과라고 할 만한 것이었다.

마법사 멀린은 베이린 경이 죽자 성스러운 검을 가지고 떠났다. 어떤 이야기에서는 갤러해드 경을 위해 이 검을 대리석에 박아둔 것은 멀린이었다고 되어 있다. 결국 멀린은 켈트 요정의 나라에서 만든 검을 기독교의 이상을 체현한 갤러해드 경에게 준 셈이다.

바꾸어 말하자면, 멀린은 전설의 변천을 통하여 동시대 사람들을 민간 신앙에서 기독교 신앙으로 유도했다고 할 수 있다. 그리고 정작 멀린은 기사들의 성배 탐색 이후 모습을 감추고 만다. 이제 사람들은 마법사가 아니라 신을 따르게 된 것이다.

갤러해드의 방패

성배 탐색에 성공한 갤러해드 경은 성스러운 검과 함께 성스러운 방패도 가지고 있었다. 그는 어떻게 이 방패를 얻었을까?

그가 처음 캐멀롯에 나타났을 때 아더는 방패를 주려고 했다. 하지만 갤러해드 경은 자기가 가져야 할 방패는 어딘가에 따로 준비되어 있으며, 그것을 찾아내야 한다면서 그 호의를 거절한다.

갤러해드 경을 위한 방패는 어느 수도원에 있었다. 주위 마을에는 "이 수도원에 마력이 깃들인 방패가 있는데, 그것을 가지는 자는 재앙을 당할 것이다" "그 방패를 가지는 자가 성배를 찾는다"는 소문들이 떠돌고 있었다.

과연 그 방패를 가졌다가 심하게 부상당한 기사도 있었다고 했다. 그 기사가 수도원에서 가져온 방패를 들고 있는데, 갑자기 새하얀 갑옷을 입은 백기사가 나타나 공격을 하더라는 것이다. 두 기사는 창을 겨루었지만 백기사의 창은 다른 기사가 미처 방패로 가리지 못한 부분을 꿰뚫어 중상을 입혔다. 그리고 백기사는 이렇게 말했다.

"그 방패의 임자는 갤러해드 경이다. 네가 건드릴 것이 아니다!"

그래서 그 기사의 종자들이 갤러해드 경을 찾아와 그 방패를 주었다.

갤러해드 경의 방패는 새하얗게 빛날 정도로 잘 닦인 금속판으로, 그 표면에 붉은 십자가가 그려져 있었다. 이는 4백 년 전에 사라스라는 마을에서 만들어져 아리마태아의 요셉이 성배와 함께 영국으로 가져온 것이었다. 표면에 그려진 붉은 십자가는 요셉이 죽을 때 흘린 피였다.

방패 자체에는 갤러해드 경 이외의 사람에게 재앙을 준다는 것말고는 특별한 힘이 없다. 이는 성배 탐색에 성공한 갤러해드 경이 성별(聖別)된 존재임을 상징하는 증표였던 것이다.

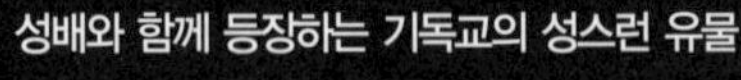

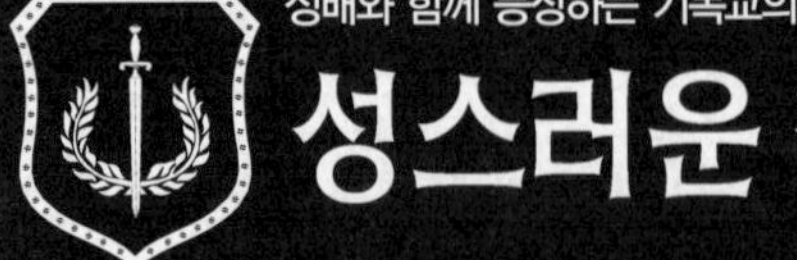

성스러운 창

The Holy Spear

DATA

| 소유자 : 어부왕 | 시대 : 중세 유럽 | 지역 : 영국 | 출전 : 아더 왕 전설 |

| 무기의 종류 : 창 |

성배 전설에서 예수의 성스러운 잔과 함께 등장하는 것이 예수의 옆구리를 찔렀다는 로마 병사의 창이다. 그 창은 켈트 신화나 게르만 신화에 등장하는 신의 창에 대한 이미지와 결합하여 가공할 파괴력과 성스러운 치유 능력을 가진 무기가 되었다.

수수께끼에 싸인 무기

아더 왕 이야기에 묘사되는 예수의 성스러운 창은 그 기원이 다양하며 많은 의미를 감춘 수수께끼투성이의 무기다.

이 창에 관한 이야기는 12세기 프랑스의 시인 크레티앵 드 트루아(Chrétien de Troyes)가 쓴 『성배 이야기*Le Conte du Graal*』가 그 줄거리를 대체로 결정했고, 그뒤 독일인 볼프람 폰 에셴바흐(Wolfram von Eschenbach)가 쓴 『파르치발*Parzival*』, 나아가 15세기 영국의 토머스 맬러리가 정리한 『아더 왕의 죽음』으로 이어졌다. 하지만 그 기원은 켈트의 민화라는 설도 있고 성서라는 설도 있으나 이들 모두 명확한 기원으로 규정지을 수는 없다.

롱기누스의 창

성스러운 창은 '롱기누스의 창'이라 불리기도 한다. 롱기누스라는 말은 성서에 기록된 '십자가에 매달린 예수의 옆구리를 창으로 찌른 로마 병사'의 이름이라고도 하고, 또 '창'을 의미하는 그리스어 '롱케'에서 온 말이라는 설도 있다.

성배 전설에서 성배 다음으로 중요한 이 창은 과연 어떤 무기일까?

재앙의 일격

성배와 성창을 묘사한 아더 왕 전설은 크레티앵의 『성배 이야기』를 비롯하여 그 수가 매우 많다. 본래 크레티앵의 작품 자체가 미완이고, 이야기의 결말은 후세의 작가들이 각자 나름대로 상상하여 만들었으므로 이들 전설에는 공통된 줄거리를 찾기 힘들다. 다양한 전승을 집대성한 것으로 보이는 맬러리의 작품은 성스러운 창을 다음과 같이 묘사했다.

아더가 왕이 된 지 얼마 지나지 않았을 무렵, 그의 수하 중에서 가장 우수하다고 알려진 베이린 경이라는 기사가 있었다. 하지만 그는 아더 왕의 궁정에서 한 여성을 죽인 죄로 추방을 당하고 만다. 방랑하던 베이린 경은 어부왕이라 불리는 왕이 살고 있는 성을 찾아간다.

이 평화로운 성을 방문하는 손님은 누구나 무기를 맡겨야만 들어갈 수 있었다. 하지만 베이린 경은 손님 중에 비열하고 사악하다고 알려진 가론 경이라는 기사가 있는 것을 알고 만일에 대비해서 품속에 단도를 감추고 들어갔다.

한창 연회가 열리고 있을 때 그는 가론 경의 행실에 화가 나 품속에 숨겨둔 단도로 그를 죽이고 만다. 이에 성주는 금지된 무기를 감추고 들어온 베이린 경을 크게 꾸짖고 죽음으로 책임을 지라면서 공격해온다. 베이린 경은 성주의 공격을 단도로 막았지만 이내 단도가 부러지고 말았다. 맨손이 된 그는 성 안을 도망 다니며 무기가 될 만한 것을 찾았다.

그때 베이린 경이 발견한 무기는 성배와 함께 이 성에 보관되어 있던 성스러운 창이었다. 베이린 경은 이 창으로 어부왕을 찔러 치유할 수 없는 깊은 상처를 입히고 말았다. 그리고 이 소동으로 성은 와르르 무너지고 주위 일대는 초목이 나지 않는 황무지로 변했다. 심하게 다친 어부왕은 나중에 갤러해

드 경이 성배를 발견하여 치유해줄 때까지 크나큰 고통을 겪어야 했다.

생김새

이야기에는 성스러운 창이라는 것말고는 그 생김새나 재질을 알려주는 내용이 거의 없다. 로마 병사가 예수의 옆구리를 찔렀다고 하므로 로마 시대의 보병이 쓰던 창이라는 것을 알 수 있는 정도다.

다만 그 창끝에서 늘 핏방울이 떨어지고 있다는 내용이 있다. 이는 성서에 기록된 것은 아니며, 12세기 프랑스에서 씌어진 『성배 이야기』 이전의 기독교 문헌에서도 찾아볼 수 없는 내용이다. '핏방울이 떨어지는 창' 이란 켈트 신화에 등장하는 신의 창을 답습한 것인지도 모른다.

그럼 이 창의 기원이라 생각되는 두 가지 전승을 소개하기로 한다.

신약성서에 등장하는 성스러운 창

이 창의 기독교적 기원은 신약성서의 「요한의 복음서」이다.

「요한의 복음서」에는 십자가에 매달린 예수의 옆구리를 로마 병사가 창으로 찔렀고, 이때 예수의 배에서 물과 피가 흘러나왔다고 기록되어 있다. 이 내용은 예수 처형을 묘사한 네 복음서 가운데 「요한의 복음서」에만 기록되어 있다.

그후의 민간 전승에 따르면, 이 창으로 예수를 찌른 롱기누스라는 이름의 로마 병사는 눈이 멀어 예수를 증오하게 된다. 하지만 창을 타고 떨어지는 예수의 피로 얼굴을 씻으니 눈이 회복되어, 그뒤로는 열렬한 신자가 되었다고 한다. 예수와 관련된 성창 이야기에서는 창끝에서 늘 피가 떨어진다는 묘사는 없으며, 치유 능력을 가진 예수의 기적을 상징하는 것으로 다루어지고 있다. 실제로 맬러리의 이야기에서도 갤러해드 경이 어부왕의 상처에 창을 대니 즉시 치유되었다는 내용이 있다.

이 전설이 아더 왕 이야기에 등장하게 된 계기는 네 복음서에 공통으로 등장하는 아리마태아의 요셉이라는 인물에게 있다.

그는 남몰래 예수의 가르침을 믿고 있던 '비밀 신도' 였는데, 예수가 죽은 뒤 로마 병사에게 성자의 시신을 십자가에서 내려달라고 부탁하여 장사를 지내주었다. 나중의 성배 전설에서는 이 아리마태아의 요셉이 성배와 성창을 가지고 영국으로 건너와 글래스턴베리에 수도원을 세웠다고 한다.

글래스턴베리에 실제로 존재하는 수도원에서도 중세에는 아리마태아의 요셉이 창건자라고 주장했다고 한다. 수도원이 제 입으로 성배나 성창을 가지고 있다고 말한 적은 없지만, 전설은 다양하게 전해진다. 성스러운 창이 11세기의 제1차 십자군 때 이 수도원에서 발견되어 기사와 함께 종군했다는 이야기를 비롯하여, 많은 작품들이 성배 혹은 성창과 글래스턴베리를 연관지어 이야기하고 있다.

켈트 신화에 등장하는 성스러운 창

또 하나의 기원은 켈트 신화의 루라는 신이 가진 창으로서, 이는 파괴와 폭력을 상징한다('브류나크' 편 참조). 루의 창은 주위의 모든 것을 파괴하여 폐허로 만들어버린다. 아더 왕 전설에 나오는 검에 대한 묘사도 이와 유사하다.

성스러운 창의 '재앙의 일격' 도 지배자 왕과, 왕이 다스리는 지방의 결합을 묘사한 켈트 민간 신앙에 그 뿌리가 닿는다. 왕이 부상을 당하면 그 지방도 파괴되고, 왕이 치유되면 그 지방도 풍족해진다. 왕은 민족의 생명력을 상징하는 것이다. 한편 창에 의한 '치유할 수 없는 상처' 는 남성의 성적 불능을 의미하며, 성배는 그 풍요의 힘으로 이를 치유해준다는 주술적인 측면도 있다.

본래 성배 전설 자체는 영웅들이 '요정의 나라에 있다는, 끊임없이 음식을 만들어주는 큰 솥'을 찾아 여행에 나선다는 켈트의 신화를 바탕으로 하고 있다. 따라서 같은 이야기에 등장하는 성스러운 창이 켈트 무기의 이미지를 가지게 되는 것은 당연하다.

성배와 마찬가지로 이 창도 켈트와 기독교의 전승이 결합되어 생겨났다. 예수가 가지는 치유의 기적과 켈트 신화의 파괴적인 무기. 성스러운 창은 이 두 가지 힘을 다 가지고 있지만, 전설에서 성배가 치유 능력을 가지게 되자 창은 상대적으로 파괴의 이미지가 더 부각되었던 것이다.

전설의 변천

두 전설을 누가 아울러냈는지는 분명치 않지만, 현재 우리가 접할 수 있는 가장 오래된 이야기는 크레티앵 드 트루아의 『성배 이야기』다. 성배의 두 기원은 이 작품에서 융합되었고 '성스러운 창'의 이미지도 여기서 확립되었던 것이다.

『성배 이야기』의 주인공은 퍼시벌 경이며, 맬러리의 작품에서 성배를 찾아내는 갤러해드 경은 아직 나타나지 않는다. 순진무구한 퍼시벌은 처음에는 그 무지 때문에 성배를 찾아내지 못한다. 하지만 그뒤 그는 순수함 덕분에 신의 기적을 목격하고 부상당한 어부왕도 구할 수 있었다는 것이 고전적인 성배 이야기의 줄거리다.

이 이야기는 또한 '성배를 접할 수 없는 세속적인 인물'로서 가웨인 경이라는 기사를 등장시킨다. 그리고 마지막으로 '신이 찾아낸 완벽한 인물'로서 갤러해드 경이 등장한다. 여기에서 기독교 교회의 침투가 어떻게 인물상을 변화시켰는지를 알 수 있다.

이 전설은 이렇게 기원이 불분명하고 줄거리가 다양하므로 당연히 여러 가지 해석을 낳았다.

'재앙의 일격' 에 의한 파괴는 베이린의 검('바위에 박힌 검' 편 참조)과 관련된 것이라는 이야기도 있고, 성스러운 창은 남성의 상징이며 풍요를 뜻하는 여성의 상징인 성배와 짝을 이루는 것이라고 주장하는 연구자도 있다.

성스러운 창은 여전히 해명되지 않은 수수께끼를 간직한 신비한 무기인 것이다.

DATA

| 소유자 : 지크프리트 | 시대 : 북구, 중세 독일 | 지역 : 아이슬란드, 노르웨이, 독일 |

| 출전 : 에다 등 | 무기의 종류 : 검 |

독일과 북구에 전해지는 가장 유명한 전설에는 영웅에게 승리의 영광과 처절한 최후를 약속하는 성검이 등장한다. 그 전설에 나오는 일화들은 영웅 전설의 원형을 이루는 모티브들로 가득 차 있어 톨킨을 비롯한 현대 판타지에도 커다란 영향을 주었다.

게르만 민족 최대의 영웅

중세 초의 독일 및 바이킹 시대의 북구에서 최대의 영웅이라면 바그너의 악극으로도 유명한 지크프리트(북구에서는 시구르드)다. 중세의 위대한 영웅들이 그랬던 것처럼 이 영웅 전설에도 많은 일화를 간직한 검이 주인공의 이름과 함께 등장한다. 소인이 만든 명검 그람이 바로 그것이다.

시구르드 혹은 지크프리트는 고대 게르만의 전사로서, 독일 및 북구 여러 나라에 폭넓게 전해내려오는 민족을 대표하는 영웅이다.

지크프리트가 실재했다는 기록은 없지만 이야기의 배경은 민족 대이동기의 독일이다. 이 전설에는 서로 대립하는 게르만의 여러 부족을 비롯하여 훈족의 아틸라까지 등장한다. 지크프리트와 그의 일족은 아내와 가족, 그리고 명예를 위해 싸움을 벌이다가 죽어간다. 이 전설은 독일적인 정신의 모든 것이 표현되어 있다고 평가된다.

그렇다면 그 영웅상은 과연 어떤 것이었을까?

나무에 박힌 검을 뽑는 지그문트

『뵐숭 그 일족의 사가*Völsunga Saga*』는 바이킹 시대에 아이슬란드에서 씌어진 영웅 전설이다. 북구의 오랜 서사시 『에다*Edda*』에서 노래하는 시가를 산문체 이야기로 고친 것이다.

이 이야기는 지크프리트의 할아버지인 뵐숭이라는 왕의 이야기로 시작된다. 북구의 주신 오딘의 자손인 뵐숭은 거인의 딸이며 신의 전사이기도 한 발키리아의 한 사람인 프료즈와 결혼하여 두 아이를 낳는다. 아들 지그문트는 달리 견줄 자가 없는 용사이며, 쌍둥이 누이인 시그니는 매우 아름다운 여성이었다. 그들은 커다란 나무를 에워싸듯 지은 저택에 살았으며, 그 나무는 '아이의 나무' 라 불렸다.

뵐숭 일족과 오랜 세월 적대해오던 부족의 왕 시게일은 시그니의 미모에 반하여 그녀를 아내로 맞이하고자 뵐숭에게 허락을 청한다. 뵐숭은 이 결혼으로 양가 사이에 평화가 찾아올 것을 기대하고 승낙한다.

시게일 왕과 시그니가 결혼하는 날, 초라한 망토와 모자를 쓴 외눈박이 사내가 저택으로 찾아왔다. 그리고 손에 들고 있던 검 한자루를 '아이의 나무' 에 꽂았다. 검은 나무 속 깊이 박혔다. 그 사내는 "이 검을 뽑는 자에게 이 검을 준다"는 말을 남기고 저택을 떠났다. 이 사내가 바로 주신 오딘이며, 그 검은 뵐숭 족에게 승리를 가져다주는 성검 그람이었다.

저택에 있던 사람들은 저마다 검을 뽑으려고 했지만 오직 뵐숭의 아들 지그문트만이 뽑을 수 있었다. 신랑 시게일 왕은 검의 무게의 세 배가 되는 황금과 그 검을 바꾸자고 제의하지만 지그문트는 "이 검이 당신 것이었다면 당신이 이 검을 뽑을 수 있었을 것이오" 하며 거절하고 만다. 이에 화가 난 시게일은 군대를 이끌고 지그문트와 아내 시그니를 제외하고 뵐숭 일족을 모두 죽이고 말았다.

바위를 가르는 그람

지그문트는 누이 시그니의 도움으로 목숨을 건졌다. 두 사람은 아버지를 죽인 시게일에게 복수를 하고자 뵐숭 족의 혈통을 잇는 아들을 낳으려고 동침을 했다.

이리하여 태어난 신피요트리는 지그문트에게 훈련을 받으며 쑥쑥 자랐다. 아들이 성인이 되자 지그문트는 마침내 복수를 결행하고자 했지만 시게일 왕이 이를 눈치채고 오히려 그들을 함정에 빠뜨려 커다란 돌 무덤에 가두어 버린다. 그리고 두 사람 사이에 거대한 바위를 두어 부자가 서로 얼굴을 보지 못하게 했다.

이때 시그니가 다시 그들을 구한다. 그녀는 부자에게 넣어주는 식사에 성검 그람을 숨겨 넣어준 것이다. 지그문트와 그 아들은 둘 사이를 갈라놓은 바위에 그람을 꽂았다. 그러자 바위를 마치 두부가 잘리듯 두 동강이 나고 말았다. 이리하여 지그문트와 신피요트리는 탈출에 성공하여 시게일 왕의 저택에 불을 질렀다. 시그니는 복수를 완수하였으니 자기는 남편과 운명을 함께 해야 한다면서 시게일과 함께 죽었다.

지그문트의 죽음

지그문트는 이렇게 하여 왕이 되었다. 그런데 어느 날 아들 신피요트리가 독을 먹고 죽고 말았다. 지그문트는 새 아들을 얻고자 효르디스라는 아름답고 현명한 여성을 아내로 맞이하려고 했다. 하지만 역시 그녀를 아내로 삼고 싶어하는 륭그비라는 왕과 싸우지 않을 수 없게 되었다.

지그문트는 륭그비의 군대에 맞서 성검 그람을 휘두르며 선전했다. 그러나 그의 승리를 탐탁잖게 생각한 신 오딘이 창 궁니르로 그의 검 그람을 부러뜨린 탓에 싸움에 패하고 말았다('궁니르' 편 참조). 지그문트는 이 싸움에서 치명상을 입고 목숨을 잃었지만, 산산조각이 난 그의 검은 지그문트의 아내이며 지크프리트의 어머니인 효르디스에게 전달되었다. 지그문트는 죽기 직전에 아내에게 검 조각들을 건네주면서, "이 검 조각들을 소중히 보관하다가 아들에게 물려주시오. 이 검 조각들로 다시 그람이라 불리는 훌륭한 검을 만들 수 있을 것이오. 우리 아들은 그 검으로 결코 잊혀지지 않을 위업을 이루고 그 이름을 영원히 남기게 될 것이오" 라고 예언했다.

용을 죽인 지크프리트

지그문트가 죽은 뒤 아내 효르디스는 지크프리트를 낳았다. 그는 유복자로 태어났으므로 거인의 아들 레긴 밑에서 자랐다.

레긴에게는 파프니르라는 형이 있었다. 파프니르는 일찍이 신들이 라인 강의 드워프에게서 훔친 황금을 받아 독차지해버렸다. 그리고 스스로 용으로 변신하여 그 보물을 지키고 있었다.

레긴은 지크프리트에게 형을 죽여서 보물을 빼앗아달라고 부탁한다. 지크프리트는 용을 죽일 수 있을 만한 검을 만들어준다면 그렇게 하겠노라 약속했다.

레긴은 도장(刀匠)의 솜씨를 발휘했지만 그가 처음 만든 검은 지크프리트가 힘껏 휘두르자 부러져버렸다. 그러자 지크프리트는 어머니가 가지고 있던 그람의 조각들을 레긴에게 건네주었다. 레긴은 이 조각들을 녹여서 훌륭한 검을 만들지 못한다면 자기는 도장 노릇을 그만두겠다고 선언하고, 마침내 명검 그람을 다시 만들어냈다. 그 칼은 지크프리트가 대장간의 쇠받침판을 두 동강을 낼 수 있을 정도로 날카롭기 그지 없었다.

지크프리트는 다시 태어난 그람을 들고 파프니르를 죽이러 나섰다. 그는 그람으로 파프니르의 비늘을 제대로 궤뚫어 그 심장을 도려낸다. 지크프리트가 용을 죽인 것을 안 레긴은 심장을 구워 먹게 해달라고 부탁한다.

지크프리트는 한창 심장을 요리하다가 잘 익었는지 확인하려고 파프니르의 심장을 만지다가 손가락을 데이고 말았다. 그는 깜짝 놀라 데인 손가락을 입에 넣었다가 용의 피를 핥고 만다. 그리고 그 마력으로 새들의 소리를 알아들을 수 있게 되었다.

새들은 레긴이 지크프리트를 죽이려고 음모를 꾸미고 있다고 지저귀고 있었다. 그 소리를 알아들은 지크프리트는 레긴마저 그람으로 해치우고 말았다.

이리하여 지크프리트는 파프니르의 보물을 얻고 '용을 죽인 자' 라는 별명을 얻게 되었다.

지크프리트의 죽음

용을 죽인 영웅 지크프리트는 어느 날 산 꼭대기에 화염에 싸인 성이 우뚝 서 있는 것을 발견했다. 화염을 뚫고 성에 올라가 보니 거기에 아름다운 여성이 잠들어 있었다. 그녀의 이름은 브룬힐트. 오딘의 여전사 발키리아에 가운데 하나로서, 그 이름은 '갑옷과 전쟁' 이라는 뜻이다. 그녀는 여자지만 무기와 갑옷을 입고 전쟁에 나설 만큼 용맹스러웠다.

지크프리트는 브룬힐트의 미모와 강건함에 반하여 파프니르에게 빼앗은 황금 반지를 바치며 사랑을 맹세했다. 하지만 브룬힐트를 아내로 삼고 싶어 하던 남자가 또 있었다. 그의 이름을 군나르(군터).

군나르의 어머니는 지크프리트를 저택으로 초대하여 기억을 상실하게 만드는 술을 마시게 했다. 지크프리트는 이 술을 마시고 브룬힐트일랑 까맣게 잊고 군나르의 누이 크림힐트(구즐룬)와 결혼을 하고 말았다.

한편 군나르는 브룬힐트를 만나러 가지만 성 둘레에서 불타오르는 화염의 벽을 넘지 못한다. 그는 지크프리트에게 자기 대신 성에 가달라고 부탁한다.

지크프리트는 이 부탁을 듣고 군나르 행세를 하며 브륜힐트를 만나 하룻밤을 지냈다. 다만 군나르와 크림힐트를 배반하지 않으려고 브륜힐트와 자기 사이에 성검 그람을 놓고 몸을 접촉하지 않았다. 그리고 자신이 브륜힐트에게 준 황금 반지를 빼서 집으로 돌아와 그것을 아내 크림힐트에게 주었다.

이리하여 두 쌍의 부부가 탄생했는데, 지크프리트의 사랑 고백을 들었던 브륜힐트는 배반당했다고 느꼈다. 게다가 크림힐트의 손가락에 황금 반지가 끼워져 있는 것을 발견하고, 성으로 찾아온 것이 군나르가 아니라 지크프리트였다는 사실을 알았다.

브륜힐트는 분노에 불타 지크프리트가 죽기를 소원했다. 군나르는 아내의

소원을 듣고 동생 크림힐트에게 지크프리트를 죽이라고 부추긴다. 지크프리트는 자고 있다가 크림힐트의 칼에 맞아 죽는다. 그는 죽는 순간 베갯맡에 있던 그람을 던져 크림힐트를 두 동강 내어 죽였다.

그리고 지크프리트는 죽는 순간 브룬힐트에게 전말을 이야기하고, 진실을 알게 된 브룬힐트는 자기를 함정에 빠뜨린 군나르 일가를 원망했다. 그리고 제 몸을 성검 그람에 던져 진짜 남편 곁에서 숨을 거둔다.

군나르는 지크프리트와 브룬힐트를 화장하고 지크프리트의 검도 이때 함께 매장했다.

전설은 그뒤로도 군나르 일가의 운명을 둘러싸고 계속되지만 성검 그람은 더 이상 등장하지 않는다.

니벨룽겐의 노래

중세 독일에서 노래되었던 서사시 『니벨룽겐의 노래*Das Nibelungenlied*』는 앞에서 소개한 『뵐숭 그 일족의 사가』와 마찬가지로 고대 독일의 전설을 바탕으로 했다. 12세기에 성립하였으며, 아더 왕 전설과 마찬가지로 중세 기사 이야기풍으로 그려진다.

그 이야기는 북구 전설의 마지막 부분, 즉 지크프리트와 브룬힐트의 만남과 배반이 중심을 이룬다. 그 전의 용을 죽이는 일화 등은 '그런 일이 있었다'는 정도로 처리될 뿐이다.

또 등장 인물의 이름이 독일식이어서, 시구르드는 지크프리트, 군나르는 군터, 성검 그람은 발뭉크라는 이름으로 등장한다. 북구 신화와 다른 점이 또 있다. 지크프리트가 뚫고 올라갔던 브룬힐트를 에워싼 화염 장벽은, 브룬힐트가 구애자와 무술 시합을 하여 자기를 이겨야 결혼에 응낙한다는 설정으로 바뀌어 있다. 지크프리트는 모습을 감추는 마법의 망토를 걸치고 군터가

이기도록 돕는다. 또 브룬힐트가 군터의 사랑을 거절하자, 군터를 대신하여 지크프리트가 브룬힐트를 굴복시킨다고 되어 있다. 또한 지크프리트는 용을 죽였을 때 뒤집어 쓴 피 덕분에 불사신의 능력을 얻는다고 되어 있다.

그 밖의 부분은 거의 동일하지만, 이 이야기에는 성검이 활약하는 장면이 북구의 전설만큼 많이 등장하지는 않는다. 다만 지크프리트는 발뭉크라는 날카롭고 큰 검을 가지고 있었다고 되어 있을 뿐이다.

이 두 이야기는 거의 같은 시기에 성립했지만, 그 내용에는 역시 민족적, 사회적인 차이점이 드러난다. 북구 민족은 당시 바이킹으로서 세계를 활보하고 있었던 만큼 전설이 더 거칠고 무기의 모습도 더 분명하게 드러난다.

생김새

『니벨룽겐의 노래』에서 지크프리트의 검 발뭉크는 손잡이를 포함해서 2m가 넘는다고 되어 있다. 『뵐숭 그 일족의 사가』에는 이런 묘사는 없지만, 이야기가 성립할 당시 바이킹의 검이 한결같이 칼몸이 긴 양날검이었으므로 성검 그람 역시 그렇게 생겼으리라 상상할 수 있다.

바이킹의 검은 철제이며 손잡이 위아래에 커다란 칼밑이 달려 있었다. 뒤쪽, 즉 칼날 반대쪽에 있는 칼밑을 아래 칼밑이라 하고 자루머리가 달려 있다.

칼날 부분과 자루 부분은 서로 다른 재질로 되어 있으며, 성능이 중요한 칼날과 화려하게 장식하는 자루는 각각 다른 곳에서 만들어졌다. 바이킹들이 최고로 평가하던 칼날은 라인 강 연안의 직공들이 만들었다. 라인 강 연안의 루르 지대는 지금도 철광업으로 유명하며, 다마스크 칼로 유명한 조링겐도 이 지방에 속한다. 성검 그람과 현대 조링겐의 도검류는 친척지간이라 할 수 있다. 혹은 그람은 현대 도검의 먼 조상이라고 할 수 있다.

『뵐숭 그 일족의 사가』에는 라인 강에서 채취된 황금이 등장한다. 북구 전사들에게, 또는 전설이 생겨난 고대 게르만에게도 라인 강은 현대와 마찬가지로 비옥하고 자원이 풍부한 땅이었을 것이다.

전설에서 검의 역할

이 이야기에서 성검 그람은 아더 왕 전설에 등장하는 엑스칼리버와 유사한 일화를 갖고 있다. 예를 들면 지크프리트의 아버지 지그문트가 신이 나무에 박아놓은 그람을 멋지게 뽑는다는 일화가 그렇다. 또 그람이 지크프리트와 함께 매장되어 모습을 감추는 것도 엑스칼리버와 아더 왕의 관계와 흡사

하다.

성검은 이승의 것이라고 생각하기 힘든 형식으로 지상에 나타났다가 영웅의 죽음과 함께 어디론가 사라져간다. 영웅은 승리를 거두고 영광을 얻을 동안에만 그 상징으로서 성검을 지니고 있는 것이다.

이는 성검의 전형적인 모티브로서, 많은 영웅 전설의 주요 기둥이다.

바그너의 악극

19세기 독일의 작곡가 바그너(Richard Wagner, 1813~1883)는 이러한 옛 전설을 빌어 악극(Musik Drama) 〈니벨룽겐의 반지*Der Ring des Nibelungen*〉를 만들었다. 이 작품은 장황하고 복잡한 전설을 간결하게 정리하여 극적인 전개를 이루도록 재구성되어 있다. 그래도 공연하는 데 나흘 저녁이 걸리는 총 연주 시간이 15시간에 달하는 대작이다.

〈니벨룽겐의 반지〉는 서야(序夜) 〈라인의 황금*Das Rheingold*〉를 비롯하여 〈발퀴레*Der Walküre*〉 〈지크프리트*Siegfried*〉 〈신들의 황혼*Götterdämmerung*〉으로 이어지는 네 개 악극으로 이루어져 있다. 이 가운데 〈라인의 황금〉에서 〈지크프리트〉까지는 『뵐숭 그 일족의 사가』를 비롯한 북구 전설에서, 〈신들의 황혼〉은 독일의 『니벨룽겐의 노래』에서 소재를 취했다.

악극 이야기는 신들이 라인의 소인(小人)한테 훔쳐낸 황금과 그 저주, 그 저주로 인해 파멸로 향하던 세계를 구하는 영웅 지크프리트의 운명이 중심을 이룬다. 성검 그람은 여기에서 '노퉁크'라는 이름으로 등장한다.

신 보탄(북구 신화의 오딘)은 거인 파프니르와 파졸트를 부리고, 그 포상으로 소인한테 훔친 황금을 준다. 보물을 빼앗긴 소인과 알베리히는 이 황금을 가진 자에게 파멸이 있으라는 저주를 내린다.

보물을 건네받은 파프니르는 즉시 그 저주를 받아 욕망에 눈이 멀어 동생 파졸트를 죽이고 황금을 독차지한다. 그뒤 그가 용으로 변신하고 지크프리트에게 죽음을 당하는 부분은 『뵐숭 그 일족의 사가』와 같다.

한편 지크프리트의 아버지 지크문트(북구신화의 지그문트)는, 오딘이 신들의 운명을 영웅에게 맡기려고 나무에 박아 놓은 노퉁크를 뽑는다. 하지만 그가 노퉁크를 들고 한창 싸우는 중에 오딘이 그 검을 부러뜨리자 싸움에 패하여 죽고 만다. 하지만 그와 누이동생 지크린데(북구 신화의 시그니) 사이에 태어난 아들은 북구의 사가와는 달리 지크프리트다. 이 부분은 전설에서 제대로 설명되지 않고 있다.

지크프리트는 황금을 도난당한 소인과 알베리히의 동생 미메의 보호 아래 쑥쑥 자란다. 미메가 형으로부터 황금을 빼앗고자 노퉁크를 만들어 지크프리트에게 주면서 용을 죽이라고 부탁하는 부분은 『뵐숭 그 일족의 사가』와 똑같다.

그리고 승리를 거둔 지크프리트는 브룬힐트와 사랑에 빠지고 본의 아니게 그녀를 배반하였다가 죽음을 당한다. 지크프리트를 죽인 군터 일가도 황금의 저주로 멸망하고 만다. 지크프리트가 죽는 장면까지는 북구의 사가에서, 그 뒤로 군터의 운명은 독일의 전설에서 아이디어를 얻었다.

악극에서 성검 노퉁크는 중요 장면에서 라인의 황금, 오딘의 창과 함께 등장하여 인상적인 관현악 속에서 부각된다. 이 악극은 웅장한 영웅 전설에서의 검의 역할을 피부로 실감할 수 있는 귀중한 체험이다.

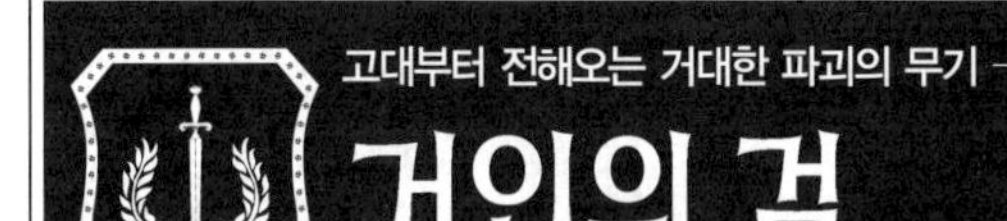

고대부터 전해오는 거대한 파괴의 무기

거인의 검

The Sword of Giant

DATA

| 소유자 : 베오울프 | 시대 : 중세 유럽 | 지역 : 북구 | 출전 : 베오울프 |
| 무기의 종류 : 검 |

지크프리트와 함께 그 이름이 알려진 북구의 영웅 베오울프. 그는 괴물 그렌델과 그 어미인 바다의 괴물, 그리고 거대한 드래곤을 퇴치한 전설의 왕이다. 그런 그의 이야기에 등장하는 무기 가운데 특히 이채를 발하는 것이 바다의 괴물을 죽인 이 거인의 검이다.

베오울프 전설과 검

『베오울프*Beowulf*』는 8세기경 영국에서 성립된 영웅 전설이다. 본래 고대 영어로 씌어져 있지만 전설의 무대가 되는 곳은 고대 덴마크에서 스웨덴에 걸친 북구 지역이다.

독일이나 북구의 전설이 모두 그렇듯이 『베오울프』에도 허다한 명검과 성검이 등장한다. 여기에는 고대 게르만 민족의 '증여' 관습이 묘사된다. 그 옛날 족장은 다른 부족과 화친의 표시로 많은 선물을 하는 관습이 있었다. 선물로는 금세공품이나 보석과 함께, 특히 날카로운 무기가 환영을 받았다. 이야기에서는 베오울프가 왕에게 또는 왕이 베오울프에게 빈번하게 선물을 하는데, 그것은 대부분 갑옷이나 투구 또는 이름난 검이다. 독일이나 북구의 전설에 어김없이 명검이 등장하는 데는 이러한 배경에서 비롯된다.

이러한 명검에 대해서는 뒤의 「명검」 장에서 다루기로 하고, 여기에서는 그가 괴물 그렌델의 어미인 바다의 괴물을 죽일 때 사용했던 검, 즉 그 옛날 소인들이 거인을 위해 만들었다는 고대의 검을 소개하도록 한다.

그렌델과의 싸움

베오울프는 스웨덴 남부에 사는 예아트족의 용사 에지세오우의 아들이다. 몸집이 크고 강건한 그는 아버지의 용맹함을 물려받아 어렸을 때부터 전장에서 맹활약을 했다.

그러던 어느 날 베오울프는 멀리 덴마크 땅에 그렌델이라는 괴물이 흐로

트가르 왕의 궁정에 나타나 용사들을 끌고 가서 잡아먹는 바람에 쑥밭이 되었다는 소식을 들었다. 그는 이 괴물을 물리치기 위해 15명의 부하를 이끌고 덴마크로 떠났다.

그렌델은 성서에 기록된, 동생을 죽인 카인의 후예였다. 그 몸뚱이는 거대한 괴력을 가지고 있고 피부는 딱딱하여 보통 검으로는 찌를 수도 없는 괴물이었다. 베오울프는 상대방이 맨손으로 나온다면 자기도 무기를 쓰지 않겠다면서 맨손으로 그렌델과 맞붙는다.

마침내 베오울프는 그렌델과 격렬하게 싸움을 벌인다. 베오울프의 부하들이 그를 도우려고 검과 창, 활로 싸우지만 괴물은 꿈쩍하지 않는다. 하지만 마침내 베오울프는 그렌델의 한쪽 팔을 쑥 뽑아내는 데 성공한다. 팔을 잃은 그렌델은 피를 흘리며 도주하고 베오울프는 그 팔을 궁정 벽에 걸어 장식했다.

흐로트가르 왕은 베오울프의 공에 감격하여 그에게 황금 자루가 달린 검을 비롯하여 많은 포상을 주고 후하게 대접해주었다.

바다의 괴물

그 즈음 제 거처로 돌아온 그렌델은 팔의 출혈이 심하여 죽고 만다. 이에 그렌델의 어미가 분노한다. 바다의 괴물인 그녀는 아들의 빼앗긴 팔을 되찾고 베오울프에게 복수를 하려고 궁정으로 찾아온다.

이 바다의 괴물은 그렌델보다 더 크고, 긴 검처럼 생긴 두 팔을 가지고 있었다. 괴물은 궁정 문지기를 죽이고 거실에 장식되어 있던 그렌델의 팔을 들고 사라졌다.

그러자 베오울프가 다시 나섰다. 그는 흐로트가르 왕의 광대로부터 천하의 명검 흐룬팅을 빌려 단신으로 괴물의 소굴을 향해 떠난다.

소굴에 도착한 그는 괴물과 격렬하게 싸운다. 그렌델보다 더 완강한 어미 괴물은 천하의 명검 흐룬팅도 상처 하나 내지 못할 만큼 단단한 피부를 갖고 있었다.

무슨 수를 쓰지 않으면 안 되겠다고 생각하던 베오울프의 시야에 그렌델이 빼앗아 쌓아둔 보물더미가 들어왔다. 그리고 그 속에서 무섭도록 예리한 칼무늬가 희미하게 감도는 거대한 검을 발견한다. 하지만 그 검은 너무나 크고 무거웠다. 보통 전사라면 도저히 휘두를 수도 없을 만큼 커서 인간을 위해 만들어진 것이 아님이 분명했다.

베오울프는 이 별난 무기라면 괴물의 살을 뚫을 수 있을지도 모르겠다고 생각하고 혼신의 힘을 다하여 검을 괴물에게 휘둘렀다.

과연 이 성검의 위력에 괴물은 목이 싹뚝 잘려 그 자리에서 쓰러지고 만다. 베오울프는 큰 상처를 입고 그곳에 죽어 있던 그렌델의 목까지 베어서 전리품으로 흐로트가르 왕에게 가져다주었다.

그런데 괴물을 죽인 검은 괴물의 피를 흠뻑 먹고는 흐물흐물 녹아들어 마침내 황금의 칼자루만 남고 말았다.

괴물을 죽인 그는 소굴에 쌓여 있던 막대한 보물에는 손도 대지 않고 다만 거인의 칼자루와 그렌델의 목, 그리고 빌려온 명검 흐룬팅만 들고 나왔다.

이리하여 그렌델과 괴물을 죽인 베오울프는 영웅으로 명성을 높이고, 나중에 왕이 되었다. 왕이 된 뒤에도 그의 모험은 계속되어, 결국 노년기에 용과 일 대 일 승부를 벌여서 승리한다. 하지만 이때 용의 치명적인 독액을 맞고 절명하고 만다.

생김새

그렌델의 어미 괴물을 죽인 검은 인간을 위해 만들어진 것은 아니었다. 신을 거스르다가 성서 「창세기」의 홍수로 멸망한 거인족의 무기였던 것이다.

베오울프는 전사 중에서도 특히 몸집이 컸다고 기록되어 있다. 이 검은 그렇게 거구였던 베오울프가 아니면 도저히 휘두를 수 없는 검이었다. 아마도 길이가 2미터 넘는 굉장히 무거운 무기였을 것이다.

그 칼날은 강철로 만들어졌고 칼몸에는 무늬가 새겨져 있다. 이는 시리아의 다마스쿠스에서 개발되었다는 다마스크 제법으로서, 여러 개의 금속판을 겹쳐서 만들기 때문에 칼몸에 아름다운 무늬가 생겨난다. 여러 금속이 서로 결점을 보완하므로 칼날의 질이 매우 뛰어나다. 현대 라인 강변의 도검 도시 조링겐에서도 이와 같은 제조법으로 칼날을 만들고 있다. 또 일본도도 이 다마스크 제법과 비슷한 방법으로 만들어진다는 설이 있다. 이 검은 구약성서 시대의 무기라고 하므로 메소포타미아 근방인 다마스쿠스에서 만들어졌던 것으로 보인다.

황금으로 만든 칼자루에는 많은 보석이 박히고 자루머리는 고리로 되어 있다. 그리고 구불구불한 뱀이 장식되어 있고 홍수로 멸망한 거인의 모습이 그려져 있다. 그 검이 어떤 자를 위해 만들어지고, 그리고 그자들이 어떻게 되었는지를 기록한 것이다. 더불어 칼자루에는 이 검을 처음 가졌던 소유자의 이름도 새겨져 있다.

전투로 일관한 검

요정이나 소인이 만든 검이라는 장치는 켈트나 게르만의 전설에 많이 등장한다. 하지만 거인을 위해 만들어진 이 거대한 검은 매우 드문 것이며, 나아가 전투가 끝난 뒤 괴물의 피에 녹아버린다는 그 최후도 달리 유례가 없는 결말이다.

황금으로 만들어진 자루가 녹지 않고 남았다고 하므로 그 괴물의 혈액이 강한 산(酸)이었는지도 모른다. 어쩌면 칼자루에 피가 묻지 않았을 뿐이었는

지도 모른다. 어쨌거나 이 검은 그렌델의 어미를 죽이는 이야기에만 등장한다. 이야기에서는 베오울프가 가지고 돌아온 황금 칼자루를 보고 호로트가르 왕이 신에게 거스른 오만한 거인을 생각하며 설교를 하는 장면이 나오는데, 이는 본 줄거리하고는 별 관계가 없다.

이 검은 오로지 싸움을 위해서 등장했다가 사라져갔다.

이 거대한 검의 최후는 줄곧 싸움 속에서 살다가 끝내 용의 독액을 맞고 죽는 베오울프의 운명을 암시한 것이었을까?

고대 로마 건국의 초석

로물루스의 창

The Spear of Romulus

DATA

| 소유자: 로물루스 | 시대: 고대 로마 | 지역: 지중해 | 출전: 플루타크 영웅전 등 |
| 무기의 종류: 창 |

고대 로마의 건국은 역사 시대 이전의 일이어서 그 진상은 수수께끼에 싸여 있다. 하지만 나중에 거대한 로마 제국이 되는 작은 도시 국가를 건설한 영웅 로물루스의 전설은 로마의 운명을 상징하는 창과 함께 후세에 전해지고 있다.

로물루스와 레무스

로물루스와 레무스는 고대 로마를 건국한 영웅이다.

두 사람은 반신반인이며, 아버지는 군신 마르스이고 어머니는 트로이인의 자손 실비아다. 전설에 따르면 두 사람은 주변 민족과의 전쟁에서 로마를 승리로 이끌었다고 한다.

이 로물루스가 가지고 있던 창에 얽힌 일화는 고대 로마의 운명을 상징한다. 그 일화를 살펴보도록 하자.

로마의 건국 전설

지중해에 고대 그리스 문명이 번영할 즈음, 이탈리아 반도에 작은 도시국가가 출현했다. 나중에 유럽과 아시아에 걸치는 광대한 제국을 건설한 로마가 시작된 것이다. 전설에 따르면 그 창시자는, 역사적 사실인지는 분명치 않지만, 로물루스와 레무스라는 형제였다.

두 사람의 어머니 레아 실비아(또는 일리아)는 호메로스의 『일리아드』에서 묘사하는 전쟁에서 아가멤논이 이끄는 아카이아 세력에게 패한 트로이의 영

웅 아이네아스를 선조로 하는 누미토르라는 왕의 딸이다.

누미토르는 동생 아물리우스에게 왕위를 빼앗기고 아들 라우수스마저 잃고 말았다. 게다가 아물리우스는 누미토르의 외동딸 레아 실비아가 아들을 낳지 못하게 하려고 제녀(祭女)가 되어 순결을 맹세하라고 강요한다. 때문에 레아 실비아는 결혼할 수 없게 되었지만 군신 마르스가 그녀를 잉태케 하여 쌍둥이를 낳았다. 이들이 바로 로물루스와 레무스다.

아물리우스는 자기 지위를 위태롭게 하는 쌍둥이를 강물에 흘려 보냈지만 그들은 다행히 살아남아 성인이 되어 아물리우스를 죽였다. 그리고 할아버지 누미토르를 왕위에 복귀시켰다.

노왕 누미토르가 죽자 로물루스와 레무스는 힘을 합쳐 자기들이 떠내려온 티베리스 강 상류의 팔라티움이라는 언덕에 왕국의 수도가 될 로마를 건설했다.

이때 로물루스는 갖고 있던 창을 언덕 꼭대기에 꽂아놓고 이곳에 로마를 건설하겠다고 선언한다.

그러자 땅에 꽂힌 창자루에서 갑자기 녹색 잎이 피어나기 시작하고 땅 속에 박힌 창끝에서는 뿌리가 뻗기 시작했다. 창은 이내 거대한 나무가 되어 언덕 정상에 그늘을 드리웠다.

이에 놀란 로물루스는 이를 신의 역사라 믿고 이 나무를 로마의 상징으로 삼았다.

로물루스의 죽음

로마가 완성되기까지 두 형제는 사이좋게 협력했다. 하지만 도시가 완성되자 두 사람은 누가 왕이 될지를 놓고 다투기 시작했다.

두 사람은 하늘로 날아오른 새가 어느 쪽으로 가는지로 왕위를 결정하기로 했다.

처음 6마리의 새가 레무스가 가리키는 쪽으로 날아갔으므로 레무스는 자기가 왕이라고 주장했다. 그러나 이어서 날아오른 12마리의 새가 로물루스가 가리킨 쪽으로 날아갔다. 형제간의 싸움은 점차 격렬해져서 마침내 로물루스가 레무스를 죽이고 만다.

그뒤 로물루스는 로마 백성을 이끌고 주변의 적들을 잇달아 무찔러 왕국의 안전을 반석 위에 올려놓았다.

그리고 마침내 평화가 찾아왔다. 로물루스의 아버지인 군신 마르스는 주신 주피터에게 이제 아들의 역할은 끝났다고 고하고 팔라티움 언덕에 있던 로물루스를 한 줄기 바람에 실어 하늘로 데려갔다. 그의 아내도 하늘에서 내려온 별에 불타서 두 사람 모두 하늘에 올라가 신이 되었다.

로물루스의 창과 로마의 멸망

로마는 그뒤로 이탈리아 전역을 통일하고 카르타고, 갈리아, 소아시아를 잇달아 정복해나갔다. 그리고 아우구스투스의 제정 시대를 맞이하여 그 판도는 라인 강과 도나우 강 이남의 영국을 포함한 전유럽, 소아시아 그리고 북아프리카에까지 이르렀는데, 이는 역사에 기록된 바와 같다.

로물루스의 창에서 생겨난 커다란 나무는 로마 시를 내려다보는 언덕에서 이 역사를 지켜보았다.

하지만 어느 날 건축 공사를 하다가 인부들이 이 나무의 뿌리에 상처를 내고 말았다. 그때는 아무도 이것이 흉조라는 것을 알지 못했다. 그러나 큰 나무는 점차 약해졌고 이와 더불어 로마의 힘도 쇠퇴하여 마침내 멸망하고 말았다.

로물루스의 창은 로마와 운명을 함께 하였다.

형상

로마 건국의 왕 로물루스의 전설은 다양한 전승을 통해 단편적으로 전해지는데, 이 창의 모양을 명확하게 전하는 기록은 찾아볼 수 없다. 다만 로물루스의 창은 로마가 발흥하던 시대에 병사들이 쓰던 무기와 비슷한 것이었으리라 짐작할 수 있을 뿐이다.

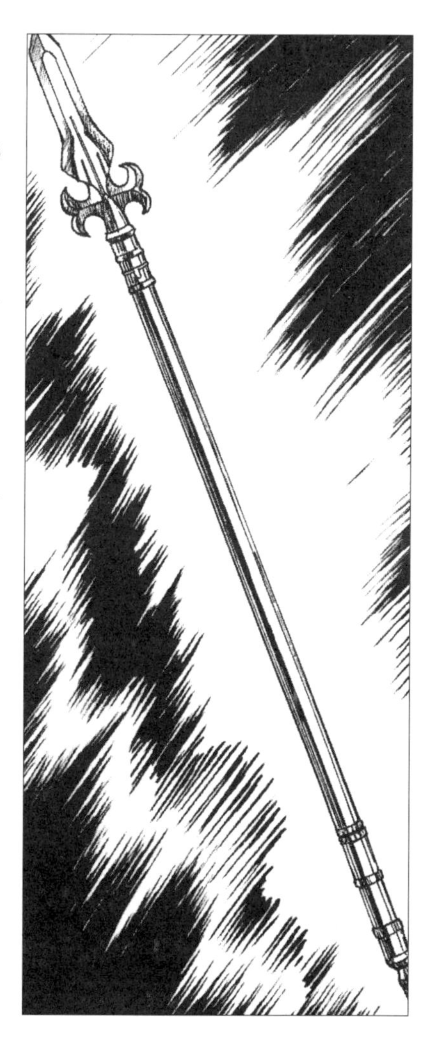

전설에 따르면 로마는 기원전 753년에 건국되었다. 이때는 그리스에서 가까스로 암흑 시대가 끝나고 지금도 잘 알려진 아테네와 스파르타를 비롯한 도시국가들이 탄생하던 시대였다.

호메로스의 서사시도 이 즈음에 탄생한다. 호메로스의 서사시는 암흑 시대 이전의 전설을 기록한 것인데, 구체적인 전쟁 양상의 묘사는 그가 살았던 시대의 상황을 반영한 것이었다.

그렇다면 그리스의 영향을 강하게 받았던 로마에서도 호메로스가 묘사한 무기를 사용하고 있었으리라 추측할 수 있다. 그것은 투창인데, 투창에는 가벼운 것도 있고 무거운 것도 있었다. 로물루스는 전장에서 제일 선두에 서서 맹활약을 펼치는 용사였으므로 아마 무겁고 긴 창을 들고 있었을 것이다.

강인한 전사이기도 한 로물루스의 창은 굵고 긴 왕의 창이었으며, 이 창은 거대한 나무로 변신하여 훗날 로마가 멸망할 때까지 살아 있게 된다.

비극의 용사 롤랑의 검

듀란달

Durandal

DATA

| 소유자 : 롤랑 | 시대 : 중세 유럽 | 지역 : 프랑크 왕국 | 출전 : 롤랑의 노래 |
| 무기의 종류 : 검 |

중세 서사시『롤랑의 노래』에 등장하는 비극의 영웅 롤랑. 그가 맹활약을 펼칠 때 들었던 무기가 바위도 깨부수는 성검 듀란달이다. 이 검은 전투가 끝나고 주인 롤랑이 숨을 거둔 뒤에도 칼날의 광채를 잃지 않았다.

샤를마뉴의 열두 기사

5세기에 서로마 제국이 붕괴하자 프랑크 왕국이 유럽의 거의 전역을 통일하여 지배했다. 이 왕국은 로마를 멸한 게르만 민족이 세운 나라로서, 그뒤 세 지역으로 분열하여 현재의 프랑스, 독일 그리고 이탈리아로 발전해간다는 내용은 역사 교과서에 기록된 그대로다.

8세기 말 이 프랑크 왕국을 다스리던 샤를마뉴 대제와 관련해 여러 전설이 전해지는데, 특히 '팔라틴' 이라 불린 열두 기사의 존재는 널리 알려져 있다.

이 팔라틴들은 샤를마뉴 수하의 최고 정예로서 그의 왕국 지배를 뒷받침했다고 한다. 그 가장 뛰어난 영웅들 가운데 롤랑이라는 사내가 있었다. 듀란달은 롤랑이 가지고 있던 검의 이름이다.

샤를마뉴의 열두 기사 가운데 하나인 롤랑은 몸집이 크고 괴력을 가졌으며 자긍심이 강한 남자였다. 전장에서는 용감하게 싸우고 남을 의심할 줄 모르는 올곧은 성격을 가지고 있어 무인의 모범이라 일컬어졌다. 그는 영국의 아더 왕이나 독일의 지크프리트처럼 프랑스가 자랑하는 이상적인 기사였다.

롤랑과 그의 검 듀란달의 웅장한 모습은 중세 서사시『롤랑의 노래*La*

Chanson de Roland』에 묘사되어 있다.

롤랑, 샤를마뉴에게 성검을 받다

롤랑의 성검 듀란달은 샤를마뉴에게 하사받은 것이다.

샤를마뉴가 프랑크의 왕이 된 지 얼마 되지 않았을 즈음, 롤랑은 천사에게 이 검을 받는다. 천사는 롤랑을 사자로 삼아 샤를마뉴에게 이 성검을 전하라고 명했던 것이다.

롤랑은 샤를마뉴에게 돌아가 즉시 그 일을 고하고 검을 바쳤다. 그 검의 뛰어난 품격을 한눈에 알아본 샤를마뉴는 천사한테 받은 그 검을 다시 롤랑에게 주었다. 왕은 이 검을 듀란달이라 명명하고 롤랑에게 "이 검으로 짐을 수호하고 짐을 위해 싸우라" 하고 말한다.

롤랑은 감격하여 왕을 위해 목숨을 바치겠노라 맹세한다. 그뒤 왕이 가는 곳에는 늘 그가 있어 많은 전투에서 승리를 거두었다.

또 하나의 전설

듀란달이 롤랑의 차지가 되는 전말을 다르게 전하는 또 다른 이야기가 전해온다. 즉 이 검은 요정이 만든 것이며, 괴력을 가진 유토문다스라는 거인이 가지고 있었다는 것이다.

롤랑은 이 거인에게서 듀란달을 빼앗아 샤를마뉴에게 바쳤고, 샤를마뉴는 그 공적을 칭송하며 그 포상으로 듀란달을 롤랑에게 주었다고 한다.

롤랑, 최후의 전투

『롤랑의 노래』는 기사 롤랑이 숙부의 음모에 빠져 이슬람 교도의 군대와 싸우다 장렬하게 죽는다는 이야기다.

샤를마뉴가 이슬람 교도의 지배하에 있던 스페인을 원정할 때였다. 샤를마뉴의 군은 격렬한 전투를 벌여서 점차 이슬람 교도의 군세를 압도하고 있었다. 하지만 그때 독일 방면에 있는 작센족이 불온한 움직임을 보인다는 전갈이 왔다. 이에 왕은 이슬람 군대와 휴전을 하기로 한다.

샤를마뉴는 기사들을 모아놓고 휴전 교섭을 하러 갈 사자를 정하는 회의를 열었다. 그 전에 이슬람 군대에 파견된 사자가 참살당한 일이 있어 이 임무가 매우 위험하다는 것은 누구나 잘 알고 있었다. 때문에 나서는 자가 아무도 없었다.

그때 롤랑은 이 임무에는 힘보다 지혜가 중요하다면서 책사로 알려진 의붓아버지 가늘롱을 추천한다. 샤를마뉴는 그 의견을 받아들여 가늘롱을 사자로 지명했다. 가늘롱은 이에 롤랑에게 원한을 품는다. 자신을 사지로 몰아넣은 롤랑에게 복수를 하기로 결심한다.

이슬람 군의 본진으로 간 가늘롱은 이슬람의 왕 마르실과 내통한다. 즉 휴전 협정을 맺는 척하여 프랑크 군을 철수하게 하고, 군대를 매복시켜 두었다가 철수하는 프랑크 군의 후위를 치라고 부추겼던 것이다. 그리고 그는 샤를마뉴에게 돌아와, 철수하는 군단의 후위 지휘관으로 롤랑을 추천했다.

이것이 함정이라는 것을 꿈에도 모르는 롤랑은 이 요구를 받아들여 다른 열두 기사와 함께 군단의 후미를 맡아 피레네의 산악 지대로 들어섰다. 물론 그곳에는 이미 이슬람의 대부대가 매복해 있었다.

이때 롤랑의 친구 올리비에는 그에게, 들고 있는 뿔나팔을 불어 샤를마뉴에게 매복 사실을 전하고 구원을 청하라고 권했다. 하지만 롤랑은 이를 단호히 거절한다. 후위의 임무는 적을 차단하여 본대의 안전을 지키는 것이라고 주장하며 물러서지 않았다. "이슬람 병사에게 겁을 먹고 왕에게 구원을 청한다는 것은 영원히 씻을 수 없는 수치다!" 이것이 롤랑의 생각이었다.

격렬한 전투가 벌어졌다. 롤랑이 이끄는 프랑크 군이 3만 명인 데 반해 이슬람 군은 10만을 넘었다. 하지마 압도적인 병력 차에도 불구하고 롤랑과 그의 부하들은 잇달아 이슬람 병사를 쓰러뜨리며 선전한다.

전장은 금방 이슬람 병사들의 시체로 뒤덮이고 승리는 프랑크 군의 차지가 되는 듯했다. 그때 전장에서 도망친 이슬람 병사가 마르실 왕에게 달려가 그들이 불리하다고 고했다. 마르실은 급히 전군을 롤랑의 후위군을 공격하는 데 돌리기로 하고 20만 군대를 출전시켰다.

롤랑의 죽음

롤랑과 열두 기사가 아무리 찌르고 베어도 밀물처럼 밀려드는 적에게 밀려서 차차 피해가 발생하기 시작했다. 프랑크의 기사들은 적을 쉴 새 없이 넘어뜨렸지만 열두 기사들도 한 사람 한 사람 쓰러져갔다.

롤랑은 그제야 뿔나팔을 불어 샤를마뉴에게 후위의 전멸 사실을 전하려고 했다. 그러자 전투가 시작될 때 뿔나팔을 불라고 주장했던 올리비에가 "이제 와서 무슨 소린가! 전투가 시작되기 전에 뿔나팔을 불었다면 우리는 전멸을 면하고 승리를 거두었을 것이네. 이제 와서 겁이라도 났단 말인가!" 하고 롤랑을 비난한다. 두 사람은 전투 와중에 적의 피로 온몸이 새빨갛게 흠뻑 젖은 채 논쟁을 계속했다. 다른 기사가 "뿔나팔을 불건 안불건 전멸되기는 매한가지라면 부는 것이 좋겠소. 그러면 폐하께서 우리의 죽음을 알고 복수전을 벌여줄 것이오" 하고 중재에 나서자 올리비에도 이를 납득한다. 롤랑은 볼이 터져라 뿔나팔을 불었다.

뿔나팔 소리를 들은 샤를마뉴는 롤랑이 위기에 빠진 것을 알고 가늘롱의 배반을 눈치챘다. 그는 가늘롱을 투옥하고 전군을 돌려 롤랑을 구하러 달려갔다. 이 뿔나팔 소리는 또한 적의 군주 마르실의 귀에도 전해졌다. 마르실은 샤를마뉴의 본대가 달려온다는 것을 알고 전투를 중지하고 퇴각하기로 했다. 롤랑은 철수하느라 안절부절못하는 적진으로 치고 들어가 격렬하게 싸우지만 그 와중에 병력은 빠르게 줄어들어갔다.

어느새 전장에 남아 있는 아군은 롤랑을 포함해서 겨우 세 사람뿐이었다. 그리고 마침내 친구 올리비에가 치명상을 입는다. 그는 부상당한 몸으로 계속 싸웠지만 눈이 보이지 않아 그저 소리에 의지해서 검을 휘두르고 있었다. 곁에 있는 롤랑에게 검을 휘둘렀을 정도로 처절한 모습이었다.

마침내 올리비에도 죽고, 롤랑과 올리비에의 논쟁을 중재했던 기사도 칼을 맞는다. 이제 롤랑은 전장에 혼자 남아 적에게 겹겹이 포위되었다.

롤랑도 이미 만신창이였다. 그는 자기는 죽더라도 왕에게 하사받은 성검 듀란달만은 적에게 넘겨줄 수 없다고 생각하고 나지막한 언덕 위로 달려올라갔다. 그리고 여기서 검을 빼앗으러 오는 적들을 쳐서 쓰러뜨리며 샤를마뉴가 도착하기를 기다렸다.

샤를마뉴가 가까스로 전장에 도착했을 때 롤랑은 이미 절명한 뒤였다. 그의 손에는 여전히 듀란달이 꼭 쥐어져 있어 적에게 등을 돌리지 않고 끝까지 맞서 싸웠다는 것을 금방 알 수 있었다. 왕은 퇴각하는 이슬람 군을 추격하여 강가로 몰아가 전멸했다. 듀란달은 롤랑 복수전에서 선봉에 서는 기사에게 하사되어 왕과 함께 싸웠다. 샤를마뉴와 성검 듀란달은 함께 롤랑과 열두 기사들의 적을 무찔렀던 것이다.

그리고 배반자 가늘롱은 재판에 회부되어 처형된다. 이리하여 샤를마뉴의 최대의 패전, 롤랑과 열두 기사를 잃은 전쟁은 막을 내린다.

성검 듀란달은 롤랑이 죽은 뒤에도 샤를마뉴 수하의 기사들에게 계속 애용되어 그 광채를 잃는 일이 없었다.

듀란달의 생김새와 그 위력

중세 유럽의 서사시에 등장하는 성검 듀란달은 엑스칼리버와 마찬가지로 편수검이며 롤랑은 이를 말을 탄 채로 휘두른다. 이야기에 등장하는 기사들은 대부분 한 손에 방패를 들고 다른 손으로 편수검이나 창을 쓰는데, 이는 전설이 생겨난 8세기에서 12세기경까지 기사들의 일상적인 무장이었다.

황금으로 만든 자루에는 수정이 막히고 자루머리를 뽑으면 그 안에 세 성인의 피, 치아, 머리카락 그리고 성모 마리아의 옷 조각 등의 성유물(聖遺物)이 들어 있었다. 칼자루 속에 성유물을 넣는 것은 중세 유럽에서 유행하던 풍습으로, 이렇게 하면 검 혹은 검을 든 기사에게 신의 가호가 깃들인다고 믿었다.

듀란달은 이렇게 생김새도 멋졌지만 그 위력도 대단했다. 한 번 내려치면 적의 투구를 쪼개고 들어가 머리를 부순 뒤 사슬갑옷을 찢고 적의 몸을 두 동강을 내며, 나아가 적이 탄 말의 안장과 등뼈까지 잘라버릴 정도였다.

치명상을 당한 롤랑은 이 검을 적에게 주지 않으려고 언덕으로 뛰어올라가 거기에 있던 대리석 바위에 듀란달을 내려쳐서 부러뜨리려고 했다. 하지만 검의 날에는 흠집 하나 나지 않고 대리석만 두 동강이 나고 말았다. 그는 이 짓을 세 번이나 거듭하지만 끝내 성검을 부러뜨리지 못했다.

이 검에 대해서는 적군과 아군 간에 모두 잘 알고 있었다. 이슬람 교도의 어떤 기사는 전투에 나서기 전에 자기 검으로 롤랑의 듀란달을 부러뜨려 보이겠노라 호언을 할 정도였다. 때문에 죽음에 처한 롤랑에게 듀란달을 빼앗으려고 적의 기사들이 계속 공격을 해왔던 것이다.

기사 이야기와 검

프랑스나 이탈리아, 영국 등지의 중세 이야기에는 영예로운 기사들과 함께 이름난 명검과 성검이 그들의 애검으로 등장한다. 하지만 그것은 독일이나 북구의 영웅이 가졌던 마검이나 성검과는 그 경향이 약간 다르다.

북구의 영웅이 거대한 양수검을 휘두르며 늘 전투 속에서 살았던 강자였다면 서구의 기사는 물론 몸집이 크고 힘도 셌지만 한편 우아하고 세련된 기품이 있었다. 그들의 검도 그 위력뿐만 아니라 미와 영예가 깃들인 유래가 강조된다.

이는 중세 유럽의 문화적 배경을 반영하는 것이다. 서구에서는 봉건 사회를 배경으로 기사도가 생겨나고 일찍이 궁정 문화가 싹텄던 데 비해 북구의

여러 나라에서는 옛 게르만의 전통 속에서 전투, 복수, 일족의 연대 등 거칠고 정열적인 문화가 지배하고 있었다.

이 차이는 물론 일찍이 로마의 지배하에 있었던 곳과 그렇지 않았던 곳의 차이인데, 그 특색이 프랑크 왕국에 의해 명확해졌다고 할 수 있다. 샤를마뉴는 스스로 로마 제국의 후계자를 자임하고 '카롤링거 르네상스' 라 불리는 수준 높은 문화 사회를 실현했다. 그것이 영웅 전설에도 영향을 미쳐서 아름다운 검을 가진 우아하고 화려한 기사들이 출현한 것이다.

샤를마뉴, 그리고 롤랑과 열두 기사는 성검 듀란달과 함께 유럽이 고대 게르만 혹은 로마 제국에서 중세 봉건 사회로 옮겨가는 와중에 생겨난 영웅이며, 또한 그 변화를 상징하는 것이기도 하다.

전설에 등장하는 명검들

샤를마뉴의 검

『롤랑의 노래』에는 듀란달 외에도 유명한 무기들이 여럿 등장한다. 그 가운데 특히 유명한 것이 샤를마뉴가 가지고 있던 성검 조와유스다. 조와유스란 프랑스어로 '기쁨' 을 뜻한다.

이 검은 본래 샤를마뉴의 아버지 피핀의 애검이었다. 하지만 피핀이 죽은 뒤 샤를마뉴의 이복 형제가 음모를 꾸며 이 검을 빼앗으려고 했다. 샤를마뉴는 그를 물리치고 왕좌와 함께 이 검도 얻었다.

이 검은 듀란달과 마찬가지로 칼자루가 황금으로 되어 있고, 그 안에 예수의 옆구리를 찌른 '성스러운 창' 의 창끝이 들어 있었다.

이 검은 샤를마뉴를 노래한 많은 서사시에 등장하는데, 샤를마뉴가 죽었을 때 그와 함께 묘지에 매장되었다.

열두 기사의 검

롤랑의 동료인 샤를마뉴의 열두 기사들도 각자 이름난 명검을 가지고 있었다. 그 중에서도 롤랑의 친구 올리비에가 가지고 있던 명검 오토클레르는 『롤랑의 노래』에서 그 굉장한 위력이 소개되고 있다. 오토클레르도 손잡이가 황금으로 되어 있고 수정이 박혀 있었다.

올리비에는 이슬람 교도와 최후의 결전을 벌일 때 처음에는 창을 들고 싸웠다. 하지만 수많은 적을 쓰러뜨리는 가운데 나무 자루가 부러져 한낱 몸둥이가 되고 말았다. 올리비에는 그래도 이 몽둥이로 계속 적을 쓰러뜨렸다. 주위에 적들이 너무 넘쳐나서 창을 버리고 검을 뽑을 기회가 없었다. 이 사정을 눈치챈 롤랑이 다가와 올리비에가 오토클레르를 뽑을 동안 그를 지원했다. 검을 뽑은 올리비에는 듀란달을 든 롤랑에 못지않게 눈부신 활약을 보여 이슬람 군을 물리쳤다.

용을 퇴치한 성 조지의 검

아슈켈론

Ascalon

DATA

| 소유자 : 성 조지 | 시대 : 중세 유럽 | 지역 : 영국 | 출전 : 기독교 전승 |
| 무기의 종류 : 검 |

용을 죽이는 영웅에 관한 전설이라면 오래 전부터 여러 가지가 전해온다. 한편 기독교 성자 중에도 이런 영웅이 있다. 악마의 화신인 용을 죽인 성 조지는 중세에 영국을 수호하는 성인으로서 숭배를 받았고, 기사 서임식에서 그 이름이 낭송되는 등 지금도 그 이름이 전해지고 있다.

드래곤 슬레이어

드래곤 슬레이어란 '용을 죽인 자' 라는 뜻이다. 베오울프, 아더 왕, 헤라클레스, 스사노오 등 용을 죽였다는 영웅의 전설은 그리스나 고대 근동, 중세 유럽, 북구, 일본 등 다양한 지역에서 전해지고 있다.

용을 죽이는 데 쓰이는 무기는 대부분 검이다. 때문에 용을 죽인 검 자체를 드래곤 슬레이어라 부르기도 한다.

중세 유럽, 특히 영국에서는 성 조지를 가장 고귀한 영웅으로 받들었으며, '아슈켈론' 이라 불리는 그의 검은 진정한 드래곤 슬레이어라고 했다.

힘이 약한 영웅이 마검이나 성검으로 용을 죽였다는 전설은 거의 없다. 용을 죽인 영웅은 애초에 그 위업을 성취할 만한 실력을 가지고 있었다.

즉, 드래곤 슬레이어 자체에 용을 죽이는 힘이 깃들여 있다고 말할 수는 없다. 그저 용을 죽일 만한 힘을 가진 영웅이 그 검을 사용했을 뿐이다.

특히 성 조지(그리스어로는 게오르기우스로 읽음)의 전설에서는 그렇게 말할 수 있다.

성 조지

기독교의 7대 영웅 가운데 한 사람으로, 서기 303년 순교했다는 성인이다. 러시아에서는 행운을 주관하는 성인으로서 달 숭배와 결부되었으며, 천계와 지상을 연결하는 예수와 같은 역할을 담당했다.

영국에서는 14세기의 왕 에드워드 3세가 그를 잉글랜드의 수호 성인으로 정했기 때문에 중세 기사 이야기에서 가장 이름이 알려진 성인이 되었다.

성 조지의 용 퇴치는 악에 대한 기독교의 승리를 상징한다.

성 조지와 용의 싸움은 영원의 싸움이기도 하다. 처음 그는 클레오드린다

라는 소녀를 살리기 위해 용과 싸웠다. 여기서 승리하여 성인이 된 조지는 기독교를 수호하기 위해 악과 끝없는 싸움에 투신한다. 쓰러지고 넘어져도 성 조지는 악과 싸우기 위해 다시 일어선다.

이는 상록수로 비유된다. 산산조각이 나고 불에 타서 재가 될 때까지 계속 싸우다가 대지에 날아 내려와 풍요의 밑거름이 되는 것이다.

그의 모습은 애마와 함께 갑옷 차림의 기사로 묘사된다. 방패에는 용을 죽인 자를 상징하는 드래곤이 그려져 있고, 손에 든 창의 날끝에는 흰 바탕에 붉은 십자가가 그려진 깃발이 펄럭인다.

영국에서는 지금도 매년 4월 23일이 '성 조지의 날'로 기려지며 신앙의 대상이 되어 있다.

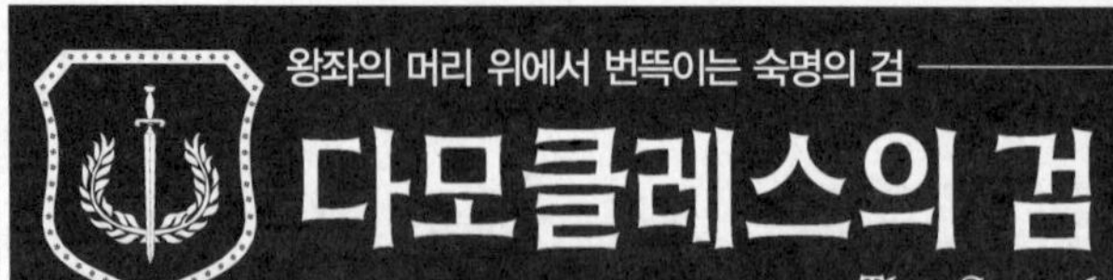

왕좌의 머리 위에서 번뜩이는 숙명의 검

다모클레스의 검

The Sword of Damocles

DATA

| 소유자 : 디오니시오스 | 시대 : 고대 그리스 | 지역 : 그리스 | 출전 : 그리스 신화 |
| 무기의 종류 : 검 |

다모클레스의 검은 영웅이 전장을 누비며 적과 싸울 때 쓰는 검은 아니다. 이는 아무 부족함이 없고 우아하게만 보이는 왕의 머리 위에 매달려 그 목숨을 위협하던 검이었다. 이 검은 권력을 탐하는 자에 대한 통렬한 경고였다.

디오니시오스 왕

이탈리아 남부의 섬 시칠리아에 시라쿠사라는 도시가 있다. 이곳을 고대 그리스인이 점령하여 시라쿠사이라는 도시국가를 이루었고, 나중에 로마에 정복될 때까지 큰 번영을 누렸다.

디오니시오스는 이 풍요로운 식민지를 다스리는 왕이었다. 그에게는 거액의 세금이 들어왔으며, 궁전은 화려하게 치장되었다. 왕과 그 일족은 매일 밤 연회를 즐기며 권세를 한껏 누렸다.

다모클레스의 검

그 궁정에 다모클레스라는 일꾼이 있었다.

그는 왕의 비위를 잘 맞추는 신하로서, 늘 왕에게 입에 발린 말로 아첨을 했다. 하지만 속으로는 호화롭게 생활하는 왕을 질투하며 자기는 언제 저런 생활을 해보나 하는 은밀한 꿈을 꾸고 있었다.

그러던 어느 날 다모클레스는 평소처럼 왕좌 앞에 무릎을 꿇고 앉아 왕에게 입에 발린 말을 떠벌렸다. 하지만 디오니시오스는 그의 비굴한 태도 속에 질투와 선망이 섞여 있는 것을 눈치채고 있었다.

다모클레스의 속이 들여다보이는 아첨이 매일처럼 계속되었다. 왕은 마침내 다모클레스에게 이렇게 말했다.

"그대는 짐을 매일 칭송하는데, 왕이라는 자리가 그리도 좋게만 보이느냐?"

이에 다모클레스는 기꺼이 대답했다.

"이를 말씀입니까? 왕보다 고귀하고 행복한 존재는 없으니까요."

그러자 왕은 자리에서 일어나 다모클레스에게 왕좌에 앉으라고 명했다.

"네 눈에 이 자리가 그렇게 좋게만 보인다니 어디 한 번 앉아 보려무나."

다모클레스는 갑자기 찾아온 행운에 만면에 웃음을 지으며 동경하던 왕좌에 앉았다.

"어떠냐, 왕좌에 앉은 기분이?"

"더없이 행복하옵니다."

그러자 왕은 슬픔이 담긴 미소를 지으며 다모클레스의 머리 위를 가리켰다.

그곳 천장에는 검 한 자루가 머리카락에 매달려 예리한 날끝을 왕좌로 향한 채 번뜩이고 있었다.

다모클레스는 화들짝 놀랐다. 그리고 저 검이 어찌된 것이냐고 왕에게 물었다.

이에 왕이 대답했다.

"어떠냐? 왕이라는 자리가 겉으로는 좋게만 보여도 그 위에는 늘 이렇게 언제 떨어질지 모르는 검이 날끝을 도사리고 있다. 그래도 그대는 여전히 왕이 부러우냐?"

오금이 저린 다모클레스는 즉시 왕좌에서 내려왔다. 그는 그때까지 품었던 왕에 대한 부러움이 싹 가셨다. 그리고 그뒤로는 결코 권력을 동경하지 않았다고 한다.

이 이야기는 물론 우화이므로 정말로 그런 검이 있었는지는 알 수 없다. 이 우화는 권력의 매력과 그 위태로움을 잘 말해준다. 사실 시라쿠사의 번영은 로마의 침략으로 머지않아 종말을 고하게 된다.

영원한 번영과 권력은 존재하지 않는다. 모든 권력자의 머리 위에는 늘 다모클레스의 검이 매달려 있기 때문이다.

DATA

| 소유자 : 쿠 훌린 | 시대 : 고대 유럽 | 지역 : 아일랜드 | 출전 : 울라 전설 |
| 무기의 종류 : 창 |

고대 켈트 전설에서 최대의 영웅이라면 쿠 훌린을 꼽을 수 있겠다. 그는 여러 무기를 가지고 있었는데, 특히 여기서 소개하는 창이 유명하다. 이 창은 쿠 훌린이 전장으로 나갈 때 늘 곁에서 그를 지켜주었다.

켈트 신화의 영웅

켈트의 신화와 영웅 전설은 로마 제국에 정복되기 훨씬 이전부터 구전으로 전해지고 있었다. 그 이야기들은 신들의 시대에서 시작하여 인간들의 역사에 이르는 장대한 서사시다. 쿠 훌린의 이야기는 예수가 탄생할 즈음, 즉 기원 1세기 즈음의 사건으로 되어 있다.

세계 어느 신화를 보더라도 신의 시대에서 영웅의 시대로 옮겨가는 과도기가 있다. 따라서 영웅은 신의 세계에서 인간의 세계로 가는 과도기를 담당하는 존재다.

쿠 훌린도 인간 어머니와 신 아버지 사이에서 태어난 반신반인이다. 그는 여느 영웅들처럼 키가 크고 괴력을 가졌으며 용감한 호걸이라는 조건을 두루 갖추고 있었다. 또 전투에 임하여 분기충천하면 무서운 형상이 되어 몸이 부풀어오르는 광적인 전사이기도 했다.

다만 북구의 영웅과 다른 점은 자비심 깊고 상냥한 사내였다는 것이다.

쿠 훌린뿐만 아니라 켈트의 영웅들은 모두 현명하고 상냥하며 인간미 넘치는 존재다. 하지만 그런 전사들이 가진 무기는 역시 전투를 위한 무기답게

무시무시한 것들이다.

신의 아들 쿠 훌린

켈트의 영웅 쿠 훌린은 인간과 신 사이에서 생겨난 존재다. 그의 아버지는 켈트 신화에서 빛과 전쟁을 상징하는 루다.

광명의 신 루는 브류나크라는 창을 가지고 있었다('브류나크' 편 참조). 그리고 그 빛의 힘을 물려받은 쿠 홀린도 자신의 무기로 창을 선택했다.

쿠 홀린은 군주로부터 기사에 서임될 때 자기에게 어울리는 무기를 갖고 싶다고 청했다. 군주는 여러 훌륭한 무기들을 주었는데, 괴력의 소유자 쿠 홀린은 하사받은 무기를 시험하다가 망가뜨리고 말았다. 그가 이렇게 망가뜨린 무기가 15가지에 이르고 말았다. 왕은 어쩔 수 없이 자기가 애용하던 무기를 그에게 내밀었다. 그러자 쿠 홀린은 "참으로 훌륭한 무기옵니다" 하며 엄숙하게 받아들었다.

따라서 그가 쓰는 무기는 언제나 보통 사람의 것과는 달랐다. 예사 무기로는 전투를 하지 못하기 때문이다. 그 밖에 그의 검, 활, 투석기도 모두 훌륭한 것들이었다. 하지만 뭐니뭐니 해도 그가 나중에 얻은 가에보르그의 창보다 나은 것은 없었다.

생김새

가에보르그의 자루는 거대한 바다의 괴수, 고래 뼈의 일종으로 만들어졌다. 일반 나무 자루라면 쿠 홀린의 괴력을 견디지 못했을 것이다. 또 이 가에보르그는 창이라기보다는 작살이라고 하는 것이 어울릴 만큼 엄청나게 크고 무거워서 괴력을 가진 쿠 홀린이 아니면 도저히 쓸 수가 없는 물건이었다.

마녀 스카자하가 이 바다의 괴수의 시체로 창을 만든 것이다. 쿠 홀린은 마녀 스카자하에게 마력과 무도를 배웠으며, 이때 그 창이 쿠 홀린의 차지가 되었다.

그 날끝은 예리하고 날은 톱처럼 들쭉날쭉하게 생겼다. 때문에 이 창은 상대방에게 깊은 상처를 내지만, 살 속으로 그리 깊이 들어가지 않으므로 쉽게 빼낼 수 있다.

또 이 창을 적에게 던지면 날끝의 들쭉날쭉한 부분이 서른 개의 작은 화살이 되어 사방으로 퍼져나가는 마력도 가지고 있었다.

쿠 훌린의 전투

쿠 훌린이 돕고 있던 울라(얼스터) 족이 어느 날 신성한 가축의 귀속을 둘러싸고 마녀 마드가 이끄는 군대와 싸우게 되었다. 적이 습격해왔을 때 울라의 전사들은 모두 먼 옛날 여신의 저주로 주기적으로 겪어온 무기력한 시기에 들어가 있었다. 마녀는 그 시기를 노려 공격해온 것이다.

제대로 싸울 수 있는 것은 여신의 저주에서 자유로웠던 쿠 훌린뿐이었다. 그는 혼자서 마녀의 군대와 맞섰다.

그는 큰 군대가 공격해오는 데도 눈 하나 깜짝하지 않았다. 하지만 적군은 점점 강력해졌다.

일찍이 울라의 왕 페르그스 마크로이와는 결판을 내지 못했다('칼라드볼그' 편 참조).

전쟁의 여신 모리안은 쿠 훌린을 사랑했지만 그는 모리안에게 눈길 한 번 주지 않았다. 그래서 쿠 훌린이 로호라는 전사와 싸울 때 그녀는 암소, 뱀장어, 늑대 따위로 변신하여 쿠 훌린의 손과 발을 물어 전투를 방해했다. 하지만 쿠 훌린은 그때마다 변신한 그녀를 때려 물리쳤다. 그리고 고전은 했지만 어떻게든 로호를 이겼다. 부상당한 모리안은 노파로 변신하여 쿠 훌린을 찾아가는데, 쿠 훌린은 자기가 공격해서 생긴 여신의 상처를 치유해주었다.

이렇게 전쟁은 매일 계속되었다. 밤이 되면 쿠 훌린은 창을 껴안은 채 잠이 들고, 광명의 신 루가 그의 상처를 치유해주었다. 그러는 동안 다른 전사가 쿠 훌린을 대신하여 싸우다가 모두 전사하고 말았다.

그리고 최후의 적, 쿠 훌린의 어릴 적 친구인 페르디아드가 나타났다. 그들은 소년 시절 함께 무도를 배운 친구인데, 앞으로 결코 서로 싸우지 말자고 맹세했다. 하지만 페르디아드는 자기가 모시는 마녀 마드의 마력에 따르지 않을 수 없었다. 그 사정을 헤아린 쿠 훌린은 어쩔 수 없이 그와 결전을 벌이기로 결심한다.

전투는 사흘간 계속되었지만 좀처럼 결판이 나지 않았다. 그리고 나흘째, 쿠 훌린이 숨어 있다가 던진 가에보르그가 페르디아드를 제대로 꿰뚫어 죽이고 말았다.

전투에는 이겼지만 쿠 훌린에게 이는 참으로 쓰라린 승리였다. 그는 친구의 주검을 후히 장사 지내주었지만 둘도 없는 친구의 죽음을 보상받을 길은 없었다.

쿠 훌린의 죽음

마녀 마드와 싸운 뒤 쿠 훌린에게는 불행한 사건이 계속된다.

전쟁이 승리로 끝나자 그는 고향으로 개선했다. 하지만 그를 기다리고 있던 것은 일찍이 그에게 굴복했던 마녀 아이페가 파놓은 함정이었다.

마녀 스카자하 밑에서 수행하던 시절, 쿠 훌린은 스카자하와 적대하는 마녀 아이페를 꺾고 그녀를 품었던 것이다.

아이페는 자기가 낳은 쿠 훌린의 아들 콘라하를 쿠 훌린에게 보내어 복수를 하게 한다. 쿠 훌린은 사정도 모르고 제 아들을 마창으로 찔러 죽인다.

콘라하가 죽기 직전 제 이름을 밝히자 쿠 훌린은 제 자식을 죽였다는 것을 깨달았다. 그는 이 일로 광기에 빠져들었고, 그뒤 복수에 불타는 마녀 마드에게 계속 당하게 된다.

마녀 마드는 일찍이 쿠 훌린에게 죽은 전사나 마법사의 가족을 끌어들여 그들의 힘을 총동원하여 숙적 쿠 훌린을 함정에 빠뜨린다.

쿠 훌린은 자신에게 마력을 주었던 켈트의 맹세를 깨뜨린 탓에 창을 빼앗기고 공격과 방어의 수단을 잇달아 잃는다. 그리고 저항도 못할 지경에 몰린 끝에 죽음을 당하고 만다.

치명상을 입은 쿠 훌린은 선 채로 죽으려고 나무에 제 몸을 묶고 그대로 숨을 거두었다.

켈트를 대표하는 영웅은 이렇게 스물일곱 살의 나이로 죽었다.

제3장

마검

DATA

| 소유자 : 아룽그림 일족 | 시대 : 중세 유럽 | 지역 : 북구 | 출전 : 에다 |
| 무기의 종류 : 검 |

한 번 뽑히면 피를 묻히기 전에는 칼집으로 돌아가지 않는다는 가공할 마력을 갖춘 검. 티르빙이 바로 그것이다. 또 이 검은 그 소유자에게 영광과 파멸을 모두 안겨준다. 이는 북구 신화에 등장하는 수많은 검의 대표적인 마검이다.

대표적인 마검

중세 유럽의 전설에는 수많은 성검과 마검이 등장한다. 왕의 검으로서 그 이름을 온 세상에 떨친 엑스칼리버와 그람이 있다면, 주인에게 무서운 운명을 가져다주는 마검도 많이 등장한다.

그 중에서도 북구 전설에 등장하는 티르빙은 가공할 마검의 대표적인 존재라고 할 수 있다. 예리한 칼날, 일단 칼집을 빠져나오면 사람을 죽이기 전에는 칼집으로 돌아가지 않는 성질, 소유자를 파멸시키는 운명 등 마검이라 불리기에 족한 요소를 모두 갖추고 있다.

마이클 무어콕의 소설 『엘리크』 시리즈에 묘사되는 마검 스톰브링거도 이 티르빙을 모델로 삼았다.

티르빙의 탄생

북구 신화나 전설에 등장하는 마검은 대체로 소인이 만들었다고 되어 있다. 이는 켈트 전설에서 요정의 역할과 마찬가지로 마검에 초자연적인 유래를 부여해주는 장치다.

티르빙도 예외가 아니어서, 디아린과 디렌이라는 두 소인이 만들었다고 한다.

소인에게 이 검을 만들게 한 것은 오딘의 후예인 어떤 왕이었다. 그는 소인들의 목숨을 살려주는 대신 검을 원했다. 소인들은 어쩔 수 없이 검을 만들었지만, 왕에게 넘겨줄 때 검에 저주를 걸었다. 그 저주란 '일단 칼집에서 뽑히고 나면 반드시 한 인간을 죽이며, 그 주인까지 파멸시킨다' 는 것이었다.

생김새

북구의 전설에 등장하는 검은 언제나 거대한 양수검이다. 티르빙도 훌륭한 양날 장검이며, 자루는 황금으로 만들어져 있다. 칼날은 철로 만들어졌지만 칼집을 나오면 새까만 암흑에서도 휘황하게 빛을 발하며 결코 녹이 슬지 않았다.

이 검은 굉장한 위력을 가지고 있다. 그 칼날은 철갑옷을 종이처럼 잘라버릴 수 있을 만큼 날카로웠다.

이 검의 자루에 보석이 박혀 있다거나 자루 속에 무엇이 들어 있다는 내용은 없다. 하지만 여러 왕들이 대대로 사용했던 이 검에 아무런 장식이 없었다고는 생각하기 힘들다. 아마 자루에는 수정이 박혀 있었을 것이고, 북구 검의 특색에 따라 자루머리에 두 번째 칼밑이 있으며, 거기에 룬 문자가 새겨져 있었을 것이 틀림없다. 두 소인이 검에 내린 저주의 주문도 새겨져 있었을지 모른다.

아룽그림 일족이 티르빙을 차지하다

그런데 소인에게 티르빙을 얻은 왕은 수많은 전투에서 승리하여 그 권세를 한껏 누리며 살았다. 그러던 어느 날 아룽그림이라는 사내가 왕의 나라를

공격하여 왕과 아룽그림이 일 대 일 승부를 하게 되었다. 왕은 티르빙을 뽑아 들고 아룽그림에게 일격을 가했지만 아룽그림이 들고 있던 방패에 부딪쳤다가 땅에 내리꽂히고 말았다.

왕이 티르빙을 놓치고 당황하는 찰나 아룽그림은 티르빙을 땅에서 뽑아 들고 왕을 찔렀다. 왕은 자신에게 숱한 승리를 안겨주었던 그 티르빙에 찔려 목숨을 잃었던 것이다.

이리하여 티르빙은 아룽그림의 차지가 되고, 그는 죽은 왕을 대신하여 그 나라의 지배자가 되었다.

아룽그림은 죽은 왕의 딸을 아내로 맞이하여 열두 아들을 낳았는데, 그들은 모두 광포한 전사로 자랐다. 아룽그림이 죽은 뒤 티르빙은 장남 앙간추르에게 상속되었다. 나중에 그가 전투에서 죽자 검은 그와 함께 매장되었다.

여전사 헤르보르

앙간추르에게는 헤르보르라는 딸이 있었다. 그녀는 아버지의 피를 이어받아 남자에 버금가는 전사로 자랐다. 그녀는 남장을 하고 바이킹 배를 타고 각지를 휩쓸고 다녔다.

그러던 어느 날 그녀는 아버지가 묻혀 있는 무덤으로 갔다. 그곳은 헤르보르의 아버지 앙간추르의 원한이 분출하는 무서운 곳이었다. 무덤 주위에는 불길이 타오르고 있어 사람들이 가까이 갈 수 없었다.

하지만 헤르보르는 불길에 개의치 않고 무덤으로 걸어갔다. 그리고 무덤 안에 잠들어 있는 아버지에게 애검 티르빙을 내놓으라고 요구했다. 그녀가 부르는 소리에 앙간추르의 망령은 무덤에서 손을 쑥 내밀어 자신의 마검을 딸에게 넘겨주었다.

그녀는 검을 들고 다시 전쟁을 시작하여 수많은 적을 죽였으며, 나중에 남장을 그만두고 결혼을 하여 아들을 두 명 낳았다.

헤르보르의 아들

헤르보르의 장남은 온화하고 인망이 있는 남자였지만 차남은 사납고 흉포했다. 어느 날 차남 헤이드레크가 잔치 석상에서 무례하게 행동하다가 집에서 쫓겨나게 되었다. 형제간의 우애가 깊은 형은 헤이드레크가 집을 나가자 함께 따라가기로 했다.

어머니 헤르보르는 집을 나가는 차남에게 티르빙을 넘겨주었다. 그러나 헤이드레크는 그 아름다움에 반해서 검을 뽑고 만다. 검은 일단 뽑히고 나면 피 맛을 보기 전에는 다시 칼집으로 들어가지 않는다. 헤이드레크는 검의 저주를 받아 흉포한 전사로 변하여 곁에 있던 형을 참살하고 말았다.

그 이후로 헤이드레크가 가는 곳에는 싸움이 그치지 않았다. 그는 수많은 적을 죽이고, 적이 없으면 아군을 배반하고 주변 사람을 전부 죽이고 결국 왕이 되었다.

왕이 된 헤이드레크에게 마침내 평안이 찾아왔느냐 하면 전혀 그렇지 못했다. 그는 죽을 때까지 싸워야만 했던 것이다.

티르빙을 가진 헤이드레크를 죽일 수 있는 전사는 없었지만 게툼브린드라는 교활한 남자가 신 오딘에게 기도를 올려 헤이드레크를 죽일 수 있게 해달라고 빌었다. 그러자 오딘은 게툼브린드 앞에 그와 꼭 닮은 모습으로 나타나 그 소원을 들어주겠다고 했다.

게툼브린드로 변신한 오딘은 헤이드레크를 찾아가 칼 싸움이 아니라 지혜 대결로 승부를 가리자고 제안했다. 이를 승낙한 헤이드레크에게 오딘은 잇달아 어려운 문제를 냈지만 머리가 좋은 헤이드레크는 척척 대답했다. 오딘은 어쩔 수 없이 자기말고는 알 리가 없는, 신의 나라에서 일어난 사건을 문제로 냈다. 그러자 헤이드레크는 이자가 게툼브린드가 아니라 신이라는 것을 눈치채고 화가 나 티르빙을 뽑아들었다.

헤이드레크는 오딘을 베려고 했지만 오딘은 매로 변신하여 날아가버렸다. 티르빙이 베어 떨어뜨린 것은 매의 꼬리뿐이었다. 전설에서는 매의 꼬리가 짧은 것은 이 때문이라고 전한다.

가까스로 도망친 오딘은 다음날 밤 암살자를 마법의 힘을 빌려 들여보내서 헤이드레크를 죽이고 말았다. 신은 결코 복수를 잊지 않는 법이다.

티르빙의 행방

헤이드레크가 죽은 뒤 마검은 두 아들의 손으로 건네졌다. 하지만 두 아들은 결혼을 하여 따로 살게 되자 검을 둘러싸고 다투기 시작했다. 형제의 싸움은 마침내 각자의 장인 가문까지 휘말려드는 전쟁으로 발전하고 말았다.

이 전쟁에서 형제는 서로 살상전을 벌인 끝에 티르빙을 가진 형의 군대가 승리를 거두었다. 하지만 승리한 형도 이 검이 형제에게 불화라는 저주를 내렸다는 것을 깨달았다. 그는 검을 버리려고 했지만 그럴 수가 없었다. 검은 그 주인을 파멸시키기 전에는 결코 떨어지지 않았기 때문이다.

그후 수많은 사람들의 손에 이 검이 거쳐갔다. 티르빙을 차지한 사람은 승리를 얻고 또 파멸해갔다. 그뒤 이 검이 어떻게 되었는지는 아무도 모른다. 어딘가에 매장되어 있는 것일까? 아니면 지금도 여전히 어딘가에서 영웅을 파멸시키고 있을까?

마검과 전사

전사의 영예는 승리에 있으며, 승리는 힘이 가져다준다. 하지만 힘은 또한 그 주인을 파멸시키기도 한다. 북구 신화나 전설에 등장하는 무기는 이러한 무력과 힘이 가지는 중립성과 위험성을 상징한다.

북구의 바이킹들도 오직 승리만을 추구하며 싸울 줄 밖에 몰랐던 것은 아니다. 자신의 숙명과 죽음을 직시할 줄도 알았던 것이다.

스톰브링거

영국의 작가 마이클 무어콕의 판타지 소설에 『엘리크』라는 시리즈가 있다. 이는 장대한 『영원한 챔피언』 시리즈 가운데 하나다.
이 소설의 주인공 엘리크는 허약한 체질을 타고난 왕자였는데, 태고적부터 전해지는 마검 스톰브링거를 갖게 되면서 강력한 힘을 얻는다.
스톰브링거는 티르빙과 마찬가지로 한번 칼집에서 뽑히면 피맛을 보기 전에는 다시 칼집에 꽂히지 않는다. 이 검은 스스로 희생자를 공격하고 그 몸 속으로 파고들어가 피뿐만 아니라 영혼까지도 빨아먹는다. 그리고 그 빨아먹은 생명력을 주인 엘리크에게 준다. 덕분에 엘리크는 병약한 몸을 건강한 몸으로 바꿀 수 있었던 것이다.
엘리크는 이 검으로 수많은 전투에서 승리를 거두지만, 대상을 가리지 않고 영혼을 탐하는 검 때문에 아내와 연인, 친구까지 잇달아 잃고 만다. 그렇게 모든 것을 잃은 그는 마침내 제 목숨마저 스톰브링거에게 빼앗기고 만다.
무어콕의 판타지에는 켈트 신화나 게르만 신화, 북구 전설의 이미지가 많이 담겨 있는데, 특히 『엘리크』는 북구 신화의 영향을 강하게 받았다. 스톰브링거는 바이킹 사가에 등장하는 마검을 현대 작품에 적절하게 소화시킨 작품이다.

신들의 나라를 멸한 불꽃의 검

거인 수르트의 검

Surtr's Sword of Flame

DATA

| 소유자 : 거인 수르트 | 시대 : 북구 신화 | 지역 : 북구 | 출전 : 에다 |
| 무기의 종류 : 검 |

북구 신화의 신들을 멸망시킨 거인족. 그 중에서도 불의 나라 무스펠스헤임에 사는 수르트가 가지고 있던 불꽃 검은 그 화염이 타오르는 칼날로 신들의 나라 아스가르드를 불태워버린다. 신마저 불태워버리는 이 검의 위력은 천지창조 이전에 존재했던 원초의 불길을 상징한다.

북구 신화의 거인족

바이킹의 노래로 읊어지는 북구 신화는 세계의 탄생으로 그 막을 연다.

신들이 탄생하기 전, 세계의 중심에는 긴눙가가프라는 허무의 심연이 있었다. 그리고 그 주위에는 안개의 나라와 불꽃의 나라가 둘러싸고 있었다. 수르트는 이 불꽃의 나라를 다스리는 자로서, 그는 수하에 무수한 '불꽃의 자식들' 이라 불리는 종들을 거느리고 있었다.

세계를 낳게 되는 이미르라는 거인을 비롯하여 북구 신화에는 수많은 거인이 등장한다. 하지만 일반적인 거인족과는 달리 수르트는 특별한 존재였다. 이미르가 곧 대지였듯이 수르트는 불꽃 자체였던 것이다. 그는 여느 거인보다 몇 배나 크고 엄청나게 강했다. 신이라도 혼자서는 이 거인을 상대할 수 없었다.

불꽃의 검

수르트는 늘 거대한 검을 들고 있다. 그 칼몸에는 뜨거운 불꽃이 불타올라

마치 태양처럼 환하게 빛났다.

검에 불꽃이 들러붙어 있는 것도 아니고 금속 칼몸이 뜨겁게 달구어져 있는 것도 아니다. 검 자체가 불꽃이었다. 그것은 무기라고 할 만한 것도 아니었다. 수르트의 온몸이 불꽃으로 이루어져 있었던 것이다. 수르트의 검은 그 몸의 일부이므로 결코 떼어놓을 수가 없었다.

신들의 황혼

신들이 나타나기 전, 최초의 세계는 거인들의 차지였다. 우주는 거대한 물푸레나무를 중심으로 안개의 나라 니블헤임, 불꽃의 나라 무스펠스헤임 등으로 둘러싸여 있었다.

거인 수르트는 세상이 비롯되기 전부터 무스펠스헤임에 있었다. 그리고 신들의 시대가 시작된 뒤에도 불꽃의 나라에 계속 군림하고 있었다. 무스펠스헤임에는 불의 나라에서 태어난 자만이 들어갈 수 있었다. 그렇지 않은 자는 이 작열하는 세계에 한순간도 머물지 못한다.

한편 수르트도 불꽃의 나라를 나오면 신들을 공격하는 일도 없었다. 신들의 최후의 날이 되기 전까지는.

신들은 자신의 세계인 아스가르드를 건설한 이래 선주자인 거인들과 줄곧 옥신각신하고 있었다. 또 신들도 아스 신족과 반 신족이 서로 다투고, 또 반신반인인 로키와 다른 신들도 다투고 있었다.

그러던 어느 날 오딘의 아들 발드르의 죽음('미스텔테인' 편 참조)을 계기로 최후의 전쟁이 시작되었다. 거인족이 괴물 군단과 함께 신들의 세계로 연결되는 무지개 다리를 건너온 것이다.

불꽃의 거인 수르트는 이 군단의 가장 뒤에 있었다. 그리고 그가 무지개 다리를 건너는 순간, 다리는 수르트의 작열하는 화염에 휩싸여 무너지고 말았다.

프레이와 싸우다

거인 군단과 신들은 각각 호적수와 맞붙었다. 오딘은 거대한 늑대 펜리르와, 번개신 토르는 큰뱀 요르문간드와, 그리고 수르트는 반 신족의 풍요의 신 프레이와 싸웠다.

하지만 승부는 처음부터 정해져 있었다. 애초에 프레이는 거인도 능히 죽일 수 있고 스스로 상대를 공격하는 훌륭한 신검을 가지고 있었다('승리의 검' 편 참조). 하지만 그는 연인을 차지하기 위해 이 검을 포기했던 것이다.

프레이는 변변한 무기도 없이 수르트와 격투를 벌여 제법 선전을 했다. 적어도 신의 나라가 붕괴할 때까지 수르트를 붙들 수는 있었던 것이다. 때문에 이 전쟁에서 수르트가 죽인 신은 프레이 하나였다.

수르트가 프레이를 죽였을 때 오딘도 토르도 이미 힘이 다한 상태였다. 수르트는 이 기회를 놓칠세라 수하의 '불꽃의 자식들'을 풀어놓고 자신도 그 거대한 불꽃의 검을 마음껏 휘둘렀다.

신의 나라 여기저기가 불길에 휩싸이더니 마침내 아스가르드 전역이 화염에 불타버렸다.

북구의 신의 나라는 수르트가 가진 불꽃의 검에 완전히 불타버린 것이다.

불사신의 아들 발드르를 죽인 겨우살이나무 검

미스텔테인

Mysteltainn

DATA

| 소유자 : 호드 | 시대 : 북구 신화 | 지역 : 북구 | 출전 : 에다 | 무기의 종류 : 검 |

북구의 신 오딘의 아들 발드르는 자신의 죽음을 예시하는 불길한 꿈을 꾼다. 발드르의 신상을 걱정한 신들은 온갖 수단을 다하여 그를 지키려고 하지만, 배반자 로키의 음모 때문에 발드르는 동생에게 죽음을 당하는 운명을 맞이한다.

아름다운 신 발드르

발드르는 북구 신화에서 매우 중요한 위치를 차지하면서도 그에 얽힌 설화는 별로 전해지지 않는다. 다만 그의 죽음에 얽힌 일화만은 전해진다. 그의 죽음은 곧 신들의 멸망의 전조로서, 신화 후반부에 상세하게 묘사되어 있다.

발드르의 부모는 북구의 주신 오딘과 프리그다. 이 두 신에게는 많은 자식이 있었는데, 발드르는 특히 아름답고 정의감도 강하고 공평해서 모든 신들의 귀여움을 받았다.

그의 금발머리는 너무나 아름다워서 광채를 발하는 듯했다. 또 그는 아버지를 닮아 지혜로웠으며, 전쟁을 좋아하지 않는 것을 것을 제외하면 아무런 결점이 없는 존재였다.

발드르의 악몽

주위의 총애를 받으며 행복하게 살던 발드르는 어느 날 밤 불길한 꿈을 꾼다. 한 괴물이 자신의 생명의 빛을 끄려고 하는 꿈이었다.

다음날 아침 이 이야기를 들은 신들은 발드르의 신상에 무슨 일이 있으면 큰일이라면서 대책을 토의했다. 그 결과 그의 어머니 프리그는 이 세상 모든

것들에게 발드르를 해치지 않겠다는 맹세를 하게 했다. 숲 속의 나무, 바위, 동물, 온갖 질병 등 그 모든 것들이 신들의 명에 따라 발드르를 해치지 않겠다는 맹세를 했다. 다만 신들의 나라의 눈에 띄지 않는 한구석에서 자라던 어린 기생목은 여기에서 제외되었다.

발드르의 죽음

그 무엇도 발드르를 해치지 못한다는 것을 확신한 신들은 모두 그에게 검을 휘두르기도 하고 돌을 던지기도 했다. 맹세가 정말인지 아닌지를 확인하려는 장난이었지만, 이 시험은 점차 널리 유행되어 발드르의 건강을 축복하는 축제로 발전했다. 신들은 사랑스러운 발드르가 무슨 짓에도 상처를 입지 않는 것이 무엇보다 기뻤던 것이다.

하지만 신들의 나라에 이러한 풍경을 영 탐탁해하지 않은 자가 있었다. 배반자 로키였다. 그는 노파로 변신하여 발드르의 어머니 프리그에게 물었다. 정말로 이 세상 모든 것들이 발드르를 해치지 않겠다고 맹세를 했느냐고. 프리그는 이 노파가 로키라는 것을 모르고 대답해주었다. 신의 나라 변두리에서 자라는 어린 기생목만 빼놓고는 다 맹세를 했다고. 그 나무는 너무 어려서 굳이 맹세를 시킬 필요가 없었다고.

로키는 즉시 그 나뭇가지를 꺾어 발드르의 동생 호드에게 가져갔다. 그때 호드는 발드르를 빙 둘러싸고 있는 신들 뒤쪽에 서 있었다.

호드는 눈이 보이지 않았으므로 발드르를 짓궂게 괴롭히는 축제에 가담하지 않고 있었다. 로키는 호드에게 기생목 가지를 건네주면서, 내가 도와줄 테니 너도 축제에 참가해보렴 하며 그를 부추겼다.

호드는 로키가 시키는 대로 기생목 가지를 던졌다. 그 순간 나뭇가지는 검으로 변하더니 발드르의 등에 쿡 박히고 말았다. 발드르는 그 자리에서 쾅당 쓰러져 즉사하고 말았다.

그 순간 신의 나라는 쥐죽은 듯 조용해졌다. 처음에는 무슨 일이 일어났는지 아무도 알지 못했다. 하지만 곧 발드르의 동생이 로키의 꾐에 빠져 형을 죽였다는 사실이 밝혀졌다.

신들은 절망에 빠졌다. 하지만 신성한 축제였으므로 로키에게 복수하는 것이 허락되지 않았다.

발드르는 정중하게 매장되어 죽음의 나라로 여행을 떠났다. 신들은 그를 되찾으려고 죽음의 나라로 가서 죽음의 왕과 교섭을 했다.

죽음의 왕은 세상의 모든 자들이 발드르를 사랑한다면 되살려주겠다고 했다. 그러나 안타깝게도 세상의 모든 자들이 발드르가 살아 돌아오기를 바랐으나, 로키만은 그렇지 않았다.

로키의 음모로 발드르는 돌아오지 못했다. 그리고 이 사건은 라그나뢰크, 즉 신들이 거인과 괴물들에게 멸망당하는 신들의 멸망의 서곡이었다.

기생목 검

본래 북구의 신화집 『에다』에 따르면 발드르를 죽인 기생목은 호드의 손에서 창이나 화살로 변하여 그를 공격하는 것으로 되어 있다. 하지만 같은 북구의 사가에 기생목이라는 이름의 명검이 등장한다는 점, 그리고 기생목과 호드의 관련성을 고려하여 여기에서는 발드르를 죽인 힘의 상징으로서 검을 보기로 한다.

신들의 나라의 한구석에 서 있는 어린 기생목. 그리고 눈이 보이지 않아 신들과 떨어져 한쪽 구석에 서 있는 나이 어린 호드. 이 두 존재에는 그런 공통점이 있었다. 즉 기생목은 호드를 뜻한다고 해석할 수 있다.

상록수인 기생목은 영원한 젊음을 상징하며, 그런 기생목은 호드가 영원한 평안을 뜻하는 불사신 발드르를 그 젊음으로 멸한다. 이는 늘 거듭 태어나는 젊음은 불사신 발드르조차 파멸시킬 수 있다는 것이다. 기생목은 계속 성장해나가는 인간의 힘을 상징한다.

신들은 자신의 영원성 때문에 정체에 빠지고 마침내 멸망하고 만다. 그리고 늘 변화해나가는 인간의 시대가 그 뒤를 잇는 것이다.

영웅을 쏜 세 대의 화살

요우케이넨의 활

DATA

| 소유자 : 요우케이넨 | 시대 : 고대 북구 | 지역 : 핀란드 | 출전 : 칼레발라 |
| 무기의 종류 : 활과 화살 |

핀란드의 영웅 베이네뫼이넨을 쏜 마법의 활과 화살. 그것은 그를 사살하지 않고 그를 쏜 자에게 복수를 하는 일이 없었다. 이는 평화를 사랑하는 핀란드의 백성이 낳은, 전쟁은 불행을 낳는다는 설화의 좋은 예다.

베이네뫼이넨

'영웅들의 나라' 라는 뜻으로 핀란드를 시적으로 일컫는 말인 『칼레발라 *Kalevala*』는 핀란드에 오래 전부터 전해내려오는 서사시다. 옛날부터 서사시로 완성되어 있던 것은 아니며, 19세기의 학자 엘리아스 뢴로트가 핀란드 각지에 전해오던 민속 자료들을 토대로 집대성한 서사시다.

『칼레발라』는 매우 장대한 이야기로서, 주인공이 여럿 등장한다. 그 가운데서도 중요한 인물이 세계의 시초와 함께 등장하는 영웅 베이네뫼이넨이다.

그는 탄생할 때 이미 어른이었다. 태어나자마자 씨를 뿌리고 숲 속에 들어가 나무를 베고 노래를 불렀으며 마법을 배워나갔다.

그는 매일 세상의 모든 것들을 노래했다. 그의 명성은 곧 멀리까지 전해져서 베이네뫼이넨은 핀란드 최고의 가객(歌客)이라는 평판이 났다.

그런데 라프란드에 사는 청년 요우케이넨은 이를 매우 못마땅해했다.

요우케이넨과 대결하다

요우케이넨은 자기가 더 훌륭한 마술사라고 주장하며 베이네뫼이넨을 찾아가 노래 시합을 하자고 제안한다.

하지만 노래 시합은 베이네뫼이넨의 승리로 끝났다. 이에 화가 난 요우케이넨은 검으로 결투를 하자고 한다. 하지만 베이네뫼이넨은 이에 응하지 않고 주문을 외어 요우케이넨의 썰매를 나무로, 채찍을 풀로, 말을 바위로 둔갑

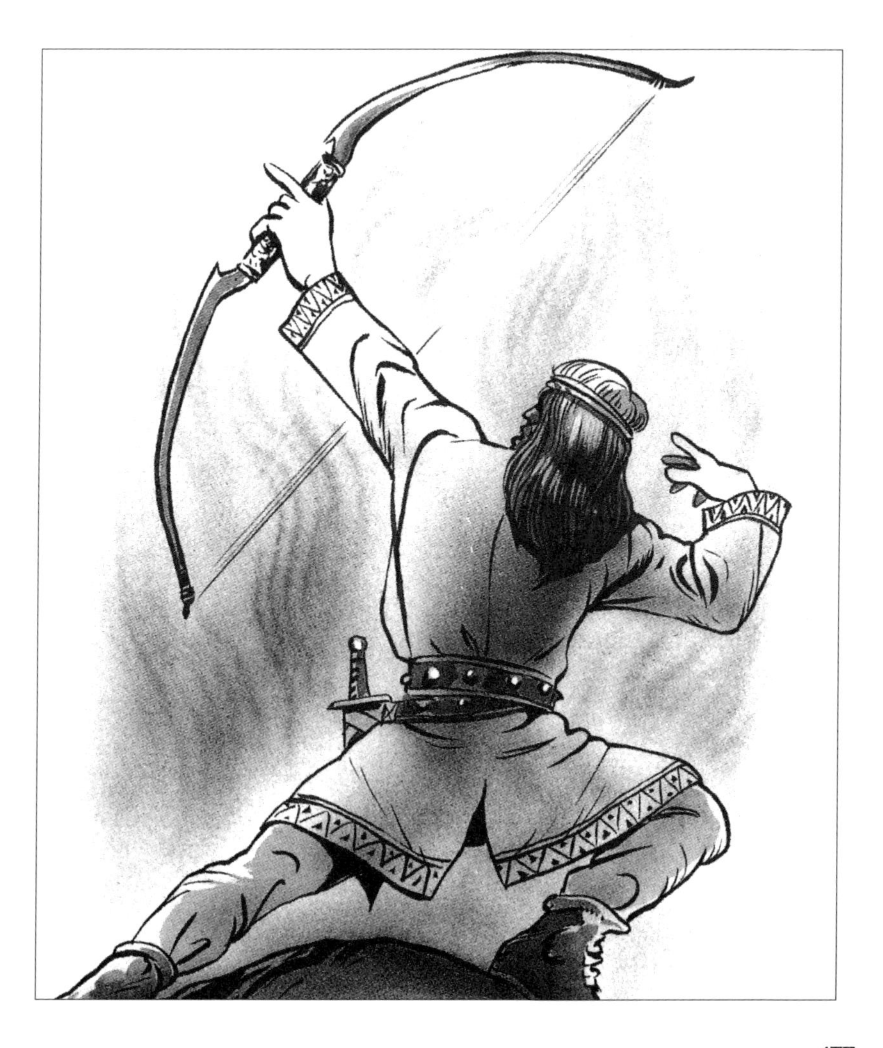

시켰다. 그리고 요우케이넨을 질퍽질퍽한 늪지에 처박으니, 마침내 항복을 하고 말았다.

요우케이넨은 자기 동생을 아내로 주겠다는 약속을 하고 베이네뫼이넨에게 구조되었다. 요우케이넨이 집으로 돌아와 이 소식을 전하자 동생 아이노는 깊이 슬퍼한다.

양가의 어머니들은 이 결혼을 반겼고 베이네뫼이넨도 그녀에게 상냥하게 대했다. 그러나 이 결혼을 원치 않던 아이노는 괴로운 나머지 자살을 하고 만다.

베이네뫼이넨은 깊이 슬퍼하며 자기 행동을 후회하고, 아이노의 오빠 요우케이넨은 복수를 준비한다.

그는 자기를 패배시키고 누이를 죽음으로 몰아넣은 베이네뫼이넨에게 복수를 하기 위해 마법의 화살과 활을 만들기 시작했다.

생김새

요우케이넨의 활은 철로 만들어져 있었다. 활등은 구리로 도금되고 활 전체에 황금을 발랐다. 대마 줄기로 시위를 만들고 엘크 사슴의 다리뼈로 고정시켰다.

활은 아름답기 그지 없었다. 그 아름다움은 그 활에서 용솟음치는 힘을 보여주는 듯했다. 위력도 대단하여 말이 올라서도 부러지지 않고 소녀가 기대거나 토끼가 뛰어올라 타도 비틀어지는 일이 없었다.

한편 화살은 단단한 떡갈나무로 대를 삼고 촉에 송진을 먹여놓았다. 화살깃은 세 갈래로 만들고, 참새와 제비의 깃털을 꽂았다. 그리고 촉에 독사에서 얻은 맹독성 흑혈을 발라놓았다.

요우케이넨은 이 무기들마다 저주를 걸고 복수를 완수하겠다고 다짐했다.

요우케이넨의 복수

이렇게 활과 화살을 만든 그는 원수 베이네뫼이넨이 지나가는 길목에 숨어서 그를 기다렸다.

그의 어머니는 세상의 모든 노래를 읊는 베이네뫼이넨을 죽여서는 안 된다, 그런 짓을 하면 세상이 새까만 암흑으로 변한다고 경계했지만, 복수심에 불타는 요우케이넨의 귀에는 들리지 않았다.

그는 어머니의 충고를 뿌리치고 베이네뫼이넨에게 화살을 쏘았다.

하지만 불타는 증오심으로 눈이 어두워진 요우케이넨은 제대로 겨냥하지 못했다. 첫 번째 화살은 너무 높아 베이네뫼이넨의 머리 훨씬 위로 빗나갔다. 두 번째 화살도 너무 낮아서 땅에 꽂혀버렸다.

요우케이넨은 초조해졌다. 우물쭈물하다가는 베이네뫼이넨이 지나쳐버리고 말지도 몰랐다. 그는 숨을 죽이고 세 번째 화살에 집중했다.

마침내 세 번째 화살은 베이네뫼이넨이 타고 있는 말에 적중했다. 말은 즉시 숨을 거두고 베이네뫼이넨은 바다로 굴러 떨어져버렸다.

요우케이넨은 뛸 듯이 기뻐하며, 파도 속으로 사라져간 베이네뫼이넨에게 두 번 다시 이 땅을 밟지 못할 거라고 조롱했다. 그러나 베이네뫼이넨은 죽지 않았다.

복수의 행방

요우케이넨의 이야기는 여기서 끝난다. 이야기는 그뒤로도 계속되지만 그는 더 이상 등장하지 않는다. 하지만 그의 복수는 미수로 끝나고 베이네뫼이넨은 모험을 계속한다.

베이네뫼이넨은 그뒤 숱한 모험을 거쳐 고향으로 돌아온다. 하지만 그곳에 요우케이넨은 이미 없다. 분노에 날뛰던 자는 그 분노에 스스로 멸망하고 마는 법이다.

하지만 베이네뫼이넨도 이야기 종반에 대가를 치른다. 요우케이넨의 누이를 차지하려다가 죽음으로 몰아간 죄값을 치르는 것이다. 그는 머나먼 나라로 떠나간다.

요우케이넨이 복수를 하지 못했어도 베이네뫼이넨에게는 응보가 따랐다. 이 이야기는 복수가 얼마나 어리석은 짓인가를 설득력 있게 노래한다.

DATA

| 소유자 : 페르그스 마크로이 | 시대 : 고대 유럽 | 지역 : 아일랜드 | 출전 : 울라 전설 |
| 무기의 종류 : 검 |

고대 켈트 신화에 나오는 반신반인의 영웅 쿠 훌린. 그리고 그의 호적수로 등장하는 암흑의 제왕 페르그스. 예전에는 쿠 훌린의 동료였던 그가 가지고 있는 마검은 요정의 나라에서 태어나 쿠 훌린의 창에 필적할 만큼 그 이름이 알려져 있었다.

추방당한 왕

페르그스 마크로이는 켈트를 대표하는 영웅 쿠 훌린이 태어난 울라(얼스터)의 영웅이다.

그의 아버지 로이는 울라를 다스리는 왕이었다. 그 아들 페르그스는 아버지의 뒤를 이어 왕위에 오를 예정이었지만, 삼촌이 아버지 로이를 죽이고 페르그스를 울라에서 추방했다. 그는 복수를 다짐하며 조국을 떠났다.

마검 칼라드볼그

페르그스가 가지고 있던 마검은 칼라드볼그라고 하며, 켈트 신화의 신들의 나라에서 요정들이 만든 것이다. 이는 아더 왕의 엑스칼리버나 지크프리트의 그람과 마찬가지로 초자연적인 힘으로 만들어진 것이었다.

하지만 이 검의 이름은 유명하지만 페르그스가 이 검을 들고 모험을 하거나 전쟁을 했다는 이야기는 별로 없다. 그리고 그 생김새를 묘사하는 내용도 볼 수가 없다.

쿠 훌린의 시대, 즉 기원 1세기경의 켈트 민족의 전사가 어떤 무장을 갖추

었는지는 잘 알려져 있다. 로마에 저항하던 그들은 대부분 갑옷을 입지 않고 창, 검, 청동 방패를 들고 이륜전차를 탔다.

전차를 타면서 한 손에는 방패를 들어야 했으므로 그 검은 아마도 양날 편수검이었을 것이다. 발로 뛰어다니며 싸웠던 북구의 전사들과는 이 점이 다르다.

페르그스의 마검은 색다른 특징이 없는 만큼 아마도 이 켈트의 편수검과 같았을 것이다. 재질은 철이며 칼자루는 황금이었으리라 추측된다.

쿠 훌린과의 전쟁

페르그스는 그뒤 울라에 적대하는 마녀 마드가 지배하는 왕국에서 전사로 일하게 된다. 그리고 성스러운 암소를 둘러싼 전쟁('가에보르그' 편 참조)에서 반 울라 연합군의 총사령관으로 출전했다.

하지만 그는 고향 울라의 전사와 싸우는 것만은 피하고 싶었다. 특히 상대가 어린 시절에 잘 알고 지내던 쿠 훌린이니 더욱 피하고 싶었다.

그래서 그는 울라 군과 싸우느니 차라리 전장에서 깨끗하게 죽자고 생각했다. 그는 쿠 훌린이 혼자 지키고 있는 적진에 마검 칼라드볼그도 들지 않고 다가간다. 왜 검을 들고 오지 않았느냐고 묻는 쿠 훌린에게 그는 대답했다. 검을 들고 온다면 서로 해치는 사태를 피할 수 없을 것이라고. 그래서 이렇게 맨손으로 왔노라고.

자, 나를 죽여라, 하며 다가서는 페르그스. 하지만 쿠 훌린도 맨손인 상대방을, 더구나 고향의 전사를 죽일 수는 없었다. 전투를 피해 전장에서 물러서려는 쿠 훌린. 이때 그의 마음을 읽은 페르그스는 한 가지 제안을 한다.

즉, 오늘 이 전쟁에서는 쿠 훌린이 도망치고 다음 전쟁에서는 자기가 도망치기로 하자고 제안했다. 말하자면 싸우는 척만 하자는 것이었다. 쿠 훌린은 이 제안을 받아들이고 전장에서 물러난다. 페르그스는 승리를 선언하고 유유히 자기 진영으로 돌아왔다.

그리고 다음날 이후 페르그스는 전장에 나가지 않았다. 하지만 쿠 훌린은 여전히 건재했고, 전쟁은 좀처럼 진전되지 않았다. 마녀 마드가 투입하는 전사들도 좀처럼 쿠 훌린을 꺾지 못했다.

초조해진 마녀는 전장에 나가지 않는 페르그스를 비난하며 비겁한 자라고 매도한다. 이렇게 되니 페르그스도 싸우지 않을 수 없게 되었다. 페르그스는 부대를 이끌고 선두에 나서서 출전했다.

전장에는 쿠 훌린이 기다리고 있었다. 그는 약속대로 싸움을 포기하고 전장에서 도망쳤다. 그를 따르던 전사들은 대장이 도망치자 우왕좌왕하다가 큰 피해를 입고 말았다.

게다가 페르그스는 쿠 훌린을 배후에서 공격하려는 마법사의 공격을 방해하여 쿠 훌린을 돕는다. 때문에 그는 마녀의 신뢰를 완전히 잃고 만다.

페르그스가 부하들을 죽게 내버려두고 전장에서 도망쳤다는 소문이 순식간에 온 아일랜드에 퍼졌다. 그의 신망은 땅에 떨어지고, 그후로는 전설에도 등장하지 않게 된다.

그는 자신이 오랫동안 쌓아온 명성을 희생해서 옛날 자기를 몰아냈던 고향의 친구를 도운 것이다.

괴로운 운명을 회피한 비겁자라고 해야 할까? 아니면 평화를 위해 전부를 희생한 고난의 결단이라고 보아야 할까? 이는 지금도 쉽게 대답하기 힘든 문제다.

최근의 연구에 따르면 쿠 훌린과 페르그스가 교대로 전장을 지배한다는 것은 밤과 낮, 혹은 여름과 겨울이 거듭되는 것을 상징하는 것이라고도 한다.

DATA

| 소유자 : 헤라클레스 | 시대 : 고대 그리스 | 지역 : 그리스, 로마 | 출전 : 그리스 신화 |
| 무기의 종류 : 화살 |

그리스를 대표하는 영웅 헤라클레스. 그는 수많은 시련을 극복하고 많은 적을 죽였는데, 그가 사용한 무기는 곤봉에서 검, 활까지 다양하다. 특히 그의 화살은 히드라의 독이 묻어 있어 어떤 적이라도 사살할 수 있는 무서운 무기였다.

그리스의 영웅의 무기

고대 게르만이나 켈트의 영웅 전설과는 대조적으로 그리스나 중동, 이집트 등 고대 지중해 세계의 신화나 전설에는 이름난 무기가 그다지 등장하지 않는다.

그리스 신화에서는 신들이 하계의 영웅들에게 직접 힘을 행사하는 경우가 많다. 때문에 신을 상징하는 무기는 늘 그 신과 함께 등장한다. 신들의 힘이 직접 미치므로 신의 힘이 깃들인 이름난 무기는 그다지 필요치 않다.

또 고대 지중해 세계에는 본래 무기에 이름을 짓는 관례가 없었던 것이 아닌가 생각된다. 이곳의 전설은 주로 영웅이나 신들의 행동을 전하고 있다.

헤라클레스의 탄생

그리스 최대의 영웅 헤라클레스는 제우스의 아들이며, 메두사를 죽인 페르세우스의 손녀딸 알크메네가 어머니였다고 한다. 때문에 제우스의 본처인 헤라에게 미움을 받았다. 헤라클레스는 그 출신으로 볼 때 왕이 될 만한 자격이 충분했지만, 헤라가 그를 왕으로 만들지 않기 위해 제우스를 함정에 빠뜨리고 에우리스테오스를 왕으로 만들었다.

헤라클레스를 낳은 어머니는 헤라의 분노를 사는 것이 두려워 아들을 길에 버렸다. 아폴론의 어머니가 헤라를 두려워한 것과 마찬가지였다. 하지만 지혜의 여신 아테나는 헤라클레스를 버리지 않았다.

그녀는 헤라를 데리고 헤라클레스가 버려져 있는 곳으로 가 그 갓난아기를 안아들고 헤라에게 젖을 주라고 권한다. 헤라는 그 아기가 헤라클레스인 줄도 모르고 젖을 먹인다. 그런데 헤라클레스가 그녀의 유두를 아프도록 세게 빨자 그녀는 헤라클레스를 길가에 내던지고 말았다. 그가 빨 수 있었던 여신의 젖은 불과 얼마 되지 않았는데, 이 덕분에 그는 불사신의 능력을 얻게 되었다.

헤라클레스의 12업

헤라클레스는 그뒤 많은 스승 밑에서 온갖 무술을 배웠다. 특히 그의 괴력과 비무기(飛武器) 솜씨는 특출나서, 그가 쏘는 화살이나 창은 빗나가는 일 없이 반드시 상대방의 급소에 명중했다.

그는 신들의 총애를 받아 아폴론에게 화살을, 헤르메스에게 검을, 아테나에게 전투복을 받는 등 모든 장비를 신들에게 받았다.

이리하여 영웅의 길을 걷기 시작한 헤라클레스는 신들에게 반란을 일으킨 거인을 퇴치하여 그 성가를 높였다.

하지만 헤라와, 헤라클레스 대신 왕이 된 에우리스테오스는 이를 마땅치 않게 여겼다. 에우리스테오스는 헤라클레스를 죽이려고 왕의 이름으로 그에게 열두 가지 과업을 명했다.

헤라클레스의 열두 가지 과업이란 다음과 같다. 네메아의 사자를 죽이는 일, 히드라를 죽이는 일, 잡기 힘든 케리네이아의 사슴을 잡는 일, 에리만토스

산의 멧돼지를 잡는 일, 엘리스 왕 아우게이아스의 외양간을 단 하루 만에 청소하는 일, 스팀팔스 늪지에 사는 사람을 먹는 괴물새를 쏘아 죽이는 일, 크레

타 섬을 공포에 떨게 했던 미친 소를 잡는 일, 비스토네스의 디오메데스 왕의 사람을 잡아먹는 암말 잡기, 아마존 여왕 히폴리테스의 허리띠를 가져오는 일, 서쪽 끝에 있는 에리테이아 섬을 다스리는 몸이 세 개인 거인 게리온의 황소를 잡는 일, 헤스페리데스가 세상 끝에서 지키고 있는 황금사과를 가져오는 일, 지하세계에서 문을 지키는 머리가 세 개인 개 케르베로스를 데려오는 일 등이다.

헤라클레스는 이 시련을 힘과 기술, 지혜, 신들의 도움 등으로 하나씩 이루어 나갔다. 그리고 이 과정에서 가공할 위력을 가진 독화살을 얻었던 것이다.

히드라 죽이기

헤라클레스가 무서운 독화살을 얻는 것은 12업(業)에서 두 번째 과업인 히드라 죽이기에서였다.

히드라는 물뱀인데, 머리가 아홉 개를 가진 거대한 뱀 혹은 용이었다. 그 머리들은 하나만 빼고 죽일 수는 있지만, 목을 베어내도 상처에서 머리 두 개가 새로 생겨나는 마력을 가지고 있었다. 게다가 가운데 있는 머리는 불사신이었다. 그래서 히드라는 아무도 죽이지 못하는 불사신의 괴물로 알려져 있었다. 에우리스테오스는 헤라클레스를 이 괴물에게 보내어 죽게 할 요량이었던 것이다.

헤라클레스는 이 강적을 혼자 상대하는 것은 무모하다고 생각하고 조카 이올라오스를 데려갔다. 그리고 히드라의 소굴에 불을 놓아 괴물을 전장으로 유인해냈다.

그는 곤봉을 휘둘러 히드라의 목을 차례차례 죽이고 이 물뱀을 도우러 온 거대한 게도 쳐죽였다. 하지만 히드라의 목은 계속 늘어나기만 했다.

그래서 헤라클레스는 생각했다. '히드라는 물뱀이므로 불에 약하다. 소굴에 불을 놓았더니 놀라서 튀어나오지 않았던가.' 그래서 헤라클레스가 히드라의 목을 치면 이올라오스가 즉시 횃불로 상처를 지지기로 했다. 이렇게 하니 과연 모가지의 수가 금방 줄어들어갔다.

게다가 그는 불사신의 목을 검으로 쳐내고 땅에 묻어버렸다. 그 위에 무거운 돌을 놓아 히드라의 목은 살아 있지만 몸뚱이는 죽어버렸다.

헤라클레스는 죽은 히드라의 몸뚱이를 칼로 토막내고, 이때 흘러나온 피를 아폴론한테 받은 황금 화살에 적셨다. 이리하여 그의 화살은 히드라의 독혈을 먹고 무서운 무기가 되었다.

독화살로 켄타우로스를 죽이다

헤라클레스의 네 번째 과업인 멧돼지 생포 때의 일이다. 그는 반인반마의 켄타우로스족을 찾아갔다. 식사를 얻어먹은 헤라클레스는 술도 마시고 싶다고 부탁한다. 하지만 켄타우로스족은 구두쇠로 이름난 자들이어서 손님에게 술 한 잔 내주려고도 하지 않았다. 그런데 폴로스라는 마음씨 좋은 켄타우로스가 헤라클레스에게 술을 내주었다. 다른 켄타우로스들은 이를 알고 미친 듯이 화를 내며 헤라클레스에게 덤벼들었다.

켄타우로스족에는 헤라클레스의 친구가 또 하나 있었다. 그의 이름은 케이론. 하지만 한참 싸우는 중에 헤라클레스의 독화살이 그 케이론에 명중하고 말았다. 상처는 사소한 찰과상이 지나지 않았지만 히드라의 독이 너무나 강렬하여 케이론은 금방 죽고 말았다. 게다가 폴로스도 이런 조그만 화살이 어떻게 저런 위력을 발하는지 의아해하며 화살을 주워들다가 실수로 상처를 입고 말았다. 그리하여 폴로스도 금방 죽고 말았다.

이 불행한 사태로 슬픔에 빠진 헤라클레스는 두 사람을 후하게 장사지내주고 멧돼지 사냥 여행을 계속했다.

그뒤 스팀팔스의 늪지에 사는 거대한 괴조와 싸울 때도 헤라클레스는 이 독화살을 쏘아 괴조를 이길 수 있었다.

또 그의 과업을 방해하러 온 여신 헤라도 헤라클레스가 이 독화살을 쏘자 벌벌 기며 도망치고 만다. 인간의 무기가 듣지 않는 신들도 히드라의 독을 품은 아폴론의 화살에는 당해낼 수 없었던 것이다.

헤라클레스는 그후 영웅 이아손이 이끄는 아르고 호를 타고 수많은 모험을 거듭하게 된다.

헤라클레스의 최후

헤라클레스의 최후도 역시 이 독화살과 관련된다.

그는 수많은 모험 끝에 잠시 평화로운 생활을 즐기다가 데이아네이라라는 여성을 아내로 맞았다. 하지만 그는 예전에 활의 장인이었던 에우리토이라는 왕의 딸 이올레와 사랑에 빠진 적이 있었다. 에우리토이는 스승인 자기보다 활 솜씨가 좋으면 딸을 주겠다고 말하고서도 그 약속을 지키지 않았던 것이다.

이 일을 기억하던 헤라클레스는 에우리토이의 나라로 원정하여 그들을 멸하고 완력으로 딸 이올레를 데리고 돌아왔다.

그러자 헤라클레스의 아내 데이아네이라는 분노한다. 그녀는 남편의 바람기에 앙갚음을 해주겠다고 생각한다.

한편 예전에 켄타우로스가 데이아네이라를 유괴한 적이 있었다. 헤라클레스는 데이아네이라의 비명소리를 듣고 바로 달려가 독화살로 켄타우로스를 쏘아 죽였다. 켄타우로스는 죽는 순간 데이아네이라에게, 언젠가 도움이 될지도 모른다면서 자기 상처에서 흘러나오는 독액을 받아두라는 말을 남겼었다.

데이아네이라는 지금이야말로 이 독액을 쓸 때라고 생각했다. 그녀는 그것이 얼마나 무서운 독인지 알지 못했다. 다만 이 독을 쓰면 남편의 애정을 되찾을 수 있다고 믿었을 뿐이다.

그녀는 남편을 위해 만든 새 속옷에 이 독액을 묻히고 하인을 시켜 헤라클레스에게 가져다주게 했다.

아무것도 모르는 헤라클레스는 기꺼이 속옷을 입었다가 불에 데이는 듯한 통증을 느꼈다. 맹독이 그의 온몸에 퍼졌던 것이다. 헤라클레스의 아들은 사태의 진상을 알고 어머니를 비난했다. 데이아네이라도 놀라기는 마찬가지였다. 그리고 자신이 돌이킬 수 없는 짓을 저질렀다는 것을 알고는 그대로 자살하고 만다.

헤라클레스는 온몸에 독이 퍼져도 바로 죽지는 않았다. 헤라의 젖을 먹은 덕분에 불사신의 능력이 있었기 때문이다. 그는 아들에게 자기 목을 쳐서 태워달라고 부탁한다. 아들이 차마 그 부탁을 외면하자 헤라클레스는 스스로 화염 속에 몸을 던져 고통에서 가까스로 벗어났다.

죽는 순간, 헤라클레스는 자신에게 승리와 죽음을 가져다준 황금 활과 독화살을 친구 필록테테스에게 주었다. 필록테테스는 나중에 그리스가 트로이아와 전쟁을 벌일 때 트로이 측의 왕자 파리스를 이 화살로 죽인다.

헤라클레스는 히드라의 독으로 승리를 얻고, 또 다른 독으로 죽음을 맞는다. 태양신 아폴론한테 받은 선물은 그에게 찬란한 영광과 화려한 일몰을 주었던 것이다.

일리아드에 등장하는 헤라클레스의 화살

호메로스의 서사시 『일리아드*Ilias*』에는 헤라클레스가 독화살과 활을 건네준 친구 필록테테스가 그리스 측의 영웅으로 등장한다.
그는 트로이와 싸우러 가기 위해 오디세우스, 아가멤논과 같은 영웅들과 같은 배를 타고 소아시아를 향해 떠났다.
그런데 항해 도중에 식수를 보급하기 위해 들렀던 크리세라는 섬에서 그는 신전에 숨어 있던 독사에게 물려 온몸에 독이 퍼지고 말았다.
이 때문에 필록테테스가 통증과 악취를 풍기자 병사들의 불평이 높아졌다. 자기들한테 독이 옮기지 않을까 두려워했던 것이다.
병사들의 사기를 우려한 영웅들은 필록테테스를 냉정하게 이 섬에 남겨두고 떠난다. 그를 남겨두는 것은 곧 그가 가진 헤라클레스의 독화살도 남겨놓고 가는 것을 뜻했다.
그리고 10년 뒤 트로이 전쟁이 절정에 달했을 때였다. 아킬레우스나 헥토르와 같은 쟁쟁한 영웅은 이미 죽고 트로이 성 함락도 이제 시간 문제인 상황이었다.
하지만 트로이의 왕자 파리스에게는 태양신 아폴론의 가호가 깃들여 있어 좀처럼 성을 함락하지 못하고 있었다. 그리스 군은 승리를 거두려면 헤라클레스의 독화살이 꼭 필요하다고 생각했다. 그리스 측의 영웅들은 예전에 섬에 두고 온 필록테테스를 다시 데려오기로 한다.
그들이 갔을 때 필록테테스는 여전히 상처의 고통으로 괴로워하고 있었다. 그리고 자기를 버려두고 간 오디세우스와 아가멤논 등에게 복수를 하겠다고 벼르고 있었다. 하지만 그들이 자신을 끝내 버리지 않고 구출하러 와준 것을 알자 분노는 금세 누그러져 그들과 함께 싸우기로 결심한다.
마침내 필록테테스가 쏜 헤라클레스의 독화살은 왕자 파리스의 옆구리에 멋지게 명중한다. 아폴론의 수호도 헤라클레스의 화살에는 무력했던 것이다. 이 화살의 위력 앞에서는 헤라조차 도망을 쳤으니 당연한 일이었다. 히드라의 독혈은 파리스의 온몸에 번져 그는 신음 속에서 죽어갔다. 이 전쟁을 일으킨 장본인은 이렇게 그 대가를 치렀던 것이다.

반지전쟁에 등장하는 마검

엘프의 검

Elven Sword

DATA

| 소유자 : 다양 | 시대 : 태양의 시대 | 지역 : 중간계 | 출전 : 반지전쟁 외 |
| 무기의 종류 : 검 |

현대의 대표적인 판타지 대작 『반지전쟁』. 그 속에는 명검, 마검이 여럿 등장한다. 고전의 집대성이며, 현대 판타지의 원점이기도 한 이 작품을 보면 영웅이 가지는 무기들의 원형을 잘 알 수 있다.

반지이야기

톨킨(J. R. R. Tolkien)의 일련의 작품, 즉 『호비트의 모험』 『반지전쟁』 『실마릴리온*The Silmarillion*』 등은 고대 켈트나 고대 게르만의 민화나 신화, 영웅 전설 등을 연구한 작자가 그를 집대성하여 써낸 판타지 소설이다. 제2차 세계대전 직전에 발표된 『호비트의 모험』 이래로 이 장대한 이야기는 영미의 수많은 작가에게 충격을 주고, 현대 판타지 소설이나 영화, 게임 등에 심대한 영향을 미치고 있다.

즉, 이 이야기들은 영웅 전술의 고전을 현대에 전하는 교량 역할을 하고 있는 셈이다. 여기에 등장하는 마검은 모두 오랜 옛날의 영웅 전술에 그 뿌리를 두며, 서양에서 현대 마검의 이미지를 결정했다.

반지전쟁

톨킨의 일련의 작품은 세계 창조에서 인간의 시대에 이르는 기나긴 기간을 다룬 일대 서사시다. 그 전모를 여기서 소개하는 것은 도저히 불가능하다. 하지만 『반지전쟁』과 『호비트의 모험』은 그 긴 역사 가운데 짧은 부분에 지나지 않는 '반지전쟁' 을 상세히 다룬 작품이다. 그 줄거리는 대체로 이렇다.

일찍이 세계는 신들의 세상이었는데, 그 신들로부터 요정족 엘프가 생겨났다. 신들은 또한 돌을 깎아 소인 드워프를 만들었다.

엘프와 드워프는 세계를 지배했는데, 이 즈음 귀신 오크와 거인 트롤이 생겨났다. 그들은 지상의 패권을 둘러싸고 격렬하게 싸워 엘프와 드워프가 승리를 거두었다.

그뒤 마침내 인간이 생겨났다. 인간은 점점 불어나 엘프와 드워프의 지위

를 위협할 지경에 이르렀다. 그리고 이 즈음 엘프가 세계를 지배하는 힘을 가진 마법의 반지를 만들었다.

사울론이라는 어둠의 정령이 있었다. 그는 엘프를 속여서 지배의 반지를 만들게 하고 그것을 빼앗았다. 엘프와 사울론의 전쟁이 시작되었다. 이 전쟁에 엘프는 가까스로 승리를 거두고 사울론은 어둠 속으로 사라졌지만 지배의 반지도 어디론가 사라지고 말았다.

반지를 둘러싼 최초의 전쟁이 끝난 뒤, 드워프와 또 다른 소인족 호비트가 생겨났다. 그 호비트 가운데 하나인 빌보 바킨즈는 마법사 갠달프의 꾐에 빠져서 드워프들과 스머그라는 이름의 용을 물리치는 모험 여행에 나서는데, 그 도중에 잃어버렸던 지배의 반지를 발견한다.

그는 모험이 끝난 뒤 이 지배의 반지가 그것을 가진 자를 유혹하는 무서운 마력을 감추고 있다는 것을 깨닫고, 그것을 멸망의 산 분화구에 버리라고 조카 후로드에게 명한다.

반지를 가지고 여행에 나서는 후로드와 그 동료들. 하지만 부활한 사울론과 그 일족이 그 반지를 노리고 있었다. 사울론이 이끄는 오크 등의 암흑 군단, 드워프나 엘프 그리고 인간들의 전쟁이 시작되었다.

이 전쟁은 중간계 전토가 휘말려드는 엄청난 규모로 발전한다. 마침내 후로드는 반지를 화산에 던져넣는 데 성공하고 사울론은 멸망한다. 그리고 엘프와 드워프는 그들의 영원의 나라로 여행을 떠나고 지상은 인간의 세계가 되었다.

엘프의 검

중간계에 인간이나 호비트가 아직 나타나지 않았을 즈음, 엘프의 솜씨 좋은 대장장이가 고블린이나 오크와의 싸움에 대비하여 마검을 여러 자루 만들고 있었다. 이 검들은 전쟁의 와중에 사라지기도 하고 다시 등장하기도 한다. 아래 소개하는 몇 자루 검은 반지전쟁을 치른 영웅들이 가지고 있던 엘프의 검이다.

그람드링

호비트 빌보와 후로드를 이끄는 마법사 갠달프는 악의 정령 사울론에 대항하는 자들의 지도자이기도 했다. 그는 빌보와 모험을 하다가 그람드링이라는 검을 얻었다.

그람드링이란 '적을 쳐부수는 것' 이라는 뜻으로, 일찍이 엘프의 수도 곤드린의 왕이 가지고 있던 검이었다. 그러나 왕국이 멸망하면서 어느새 사라졌었는데, 갠달프가 발견했을 때는 트롤의 동굴에 숨겨져 있었다.

이 검은 엘프의 적 고블린들이 '후려치는 검' 이라 부르며 두려워했다. 왜냐하면 그람드링은 가까이에 고블린이 있으면 새까만 어둠 속에서도 룬 문자가 새겨진 칼몸이 환하게 빛을 내고 날이 더욱 예리해졌기 때문이다. 또 이 검 자루머리에 보석 세공이 장식되어 있었고 칼집도 아름다웠다.

갠달프는 후로드가 반지를 버리러 여행할 때 아라고룬들과 동행했다. 하지만 도중에 모리아의 동굴이라 불리는 길목에서 많은 적들에게 포위되어 마법의 칼을 휘두른다. 그때 동굴을 2백 년이나 지배하던 괴물 발로그가 나타난다. 이 괴물은 코에서 불을 내뿜고 활활 타오르는 불꽃의 검을 가지고 있었다.

갠달프는 그람드링을 꼬나들고 혼자 발로그와 맞섰다. 발로그의 불꽃 검은 새하얗게 빛나는 그람드링에 부딪혀 산산조각이 나고 말았다. 그는 이 괴물을 찔러 계곡 밑바닥으로 떨어뜨렸지만, 그때 자기도 함께 떨어지고 만다. 후로드 일행은 행방불명이 된 갠달프를 포기하고 여행을 계속했다.

갠달프가 이야기에 다시 등장할 때 그는 불사신이 되어 하얗게 빛을 발하고 있었다. 그는 엘프의 검과 함께 계속 싸웠으며, 모든 일이 끝난 뒤 영생의 나라로 여행을 떠났다.

오르크리스트

빌보와 함께 용 스머그를 죽인 드워프 토린이, 갠달프가 그람드링을 발견한 그 장소에서 찾아낸 엘프의 검이다. 토린은 이때 방랑을 계속하던 드워프족의 왕이었다.

이 검은 그람드링과 같은 시기에 엘프의 수도에서 만들어져 '고블린 퇴치'를 뜻하는 오르크리스트라 이름 지었다. 고블린들은 이 검을 일러 '물어뜯는 칼' 이라고 하며 그람드링처럼 두려워하고 있었다.

그리고 이 검은 갠달프의 그람드링과 짝을 이루어, 그 모습이 마치 한 형제와 같았다.

토린은 용 스머그가 죽어 막대한 보물을 얻었을 때, 그것을 노리는 자들과 이 검을 들고 맹렬하게 싸웠다. 그러나 그는 한창 싸우다가 적에게 포위되어 창에 찔리고 말았다.

그가 죽자 드워프들은 그의 무덤에 오르크리스트를 꽂았다. 이 검은 적이 다가오면 빛이 더 강해지므로 드워프들은 고향에 위기가 다가온다는 것을 이 검을 보고 알 수 있게 되었다.

꿰뚫는 검

호비트 빌보가 얻은 지배의 반지를 분화구에 버리러 조카 후로드가 모험여행에 나설 때 가지고 갔던 검이다. 이 검은 본래 그람드링이나 오르크리스트와 마찬가지로 빌보가 트롤의 동굴에서 발견하여 갖고 있었던 것이다. 그는 캄캄한 고블린의 소굴을 탈출할 때 희미하게 빛을 발하는 칼날의 광채에 의지해서 출구를 찾았다. 또 이 검은 고블린이 가까이에 있으면 그 빛이 강해졌으므로 빌보는 칼날의 밝기로 위험을 경계할 수 있었다.

빌보는 지배의 반지를 얻었던 이 모험이 끝난 뒤, 꿰뚫는 검을 소중히 간직해두었다. 그리고 조카 후로드가 반지를 버리러 출발할 때 이 검을 그에게 건네주었다.

꿰뚫는 검은 역시 엘프가 만든 명검인데, 그람드링보다 날이 짧은 단검이었다. 키가 작은 호비트족에게는 이 크기가 딱 좋았던 것이다.

이 검은 이렇게 후로드의 차지가 되어 모험 내내 그의 허리에 매달려 있었다. 그리고 지배의 반지가 작열하는 분화구 속에 던져질 때까지 후로드를 지켜주었다.

그 밖의 검

이 이야기에는 엘프가 만든 명검말고도 용사의 검, 악마의 검 등 여러 마검이 등장한다. 결국 『반지전쟁』에서 검이라는 존재는 힘과 명예 그리고 공포 등 수많은 이미지를 상징하는 것이다.

아라고룬의 검 안두릴

아라고룬은 '달리는 말' 이라 불리던 용감한 전사로, 인간의 나라의 왕자였다. 반지를 둘러싼 전쟁에서 화려하게 활약하던 그의 손에는 안두릴이라는 검이 쥐어져 있었다. 이는 드워프족 최고의 대장장이 테르하알이 만든 것이다. 일찍이 드워프족에도 엘프와 마찬가지로 예리한 검을 만드는 기술을 가진 자가 있었다.

이 검은 본래 사울론과 싸우다 함께 죽은 에렌딜이라는 왕이 가지고 있던 나르실이라는 검이었다. 그러나 에렌딜이 죽을 때 이 검도 두 동강이 나고 말았다. 그의 아들은 부러진 검을 가져다가 죽은 사울론의 손가락을 베고 지배의 반지를 뽑아냈다. 반지는 그뒤 다시 종적을 감추지만, 부러진 검은 대대로 전해져서 아라고룬의 차지가 되었다.

부러진 검은 잃어버린 지배의 반지가 다시 나타날 때 다시 만들어져 다음 왕의 차지가 될 예정이었기 때문이다. 이 '부러진 마검' 은 게르만의 영웅 전설에 등장하는 지크프리트의 검을 연상케 한다('그람' 편 참조).

아라고룬은 이 검을 원래 모습으로 다시 만들게 하고 안두릴, 즉 '서녘의 불꽃' 이라는 뜻을 가진 이름을 붙였다. 그는 이 검을 들고 반지전쟁을 치렀으며, 전쟁이 승리로 끝난 뒤 왕이 되어 인간들의 지도자가 되었다.

이 검의 몸에는 초승달과 태양, 그리고 일곱 개의 별이 새겨져 있고, 그 주위에 룬 문자가 새겨져 있었다.

힘과 전쟁의 역사

『반지전쟁』은 모험과 전쟁, 힘과 지배, 권력 그리고 권력에 대한 욕망을 그린 격렬한 이야기다. 여기서 일찍이 게르만 혹은 켈트 민족이 가지고 있던 사나운 전설이 새롭게 전개되는 것이다.

여기에 등장하는 검 이야기는 그들의 전투로 향하는 용기 그리고 전장에서 적과 맞서는 결의를 표현해준다.

등장하는 영웅들은 현대인의 눈으로 보자면 지나치게 호전적인 이상주의자들이다. 하지만 이는 곧 톨킨이 모티브로 삼았던, 영웅 전설에 등장하는 자들의 인물상이다. 결국 이 전설은 우리 인류가 이러한 폭력을 두려워하면서도 한편으로는 숭배했다는 것을 잘 말해준다.

이야기의 근간을 이루는 '지배의 반지' 라는 모티브는 권력에 대한 욕망과 거기에서 벗어나지 못하는 인간의 나약함을 보여준다. 그리고 검 역시, 사람들이 이를 얻음으로써 영웅이 되고, 악을 배척하고 이상을 이루기 위해 폭력을 휘두르는 모습을 보여준다.

이렇듯 검을 가진 영웅의 이미지는 우리를 힘으로 유혹한다.

제4장

명검

베오울프가 빌렸던 명검

흐룬팅

Hrunting

DATA

| 소유자 : 베오울프 | 시대 : 중세 유럽 | 지역 : 북구 | 출전 : 베오울프 |
| 무기의 종류 : 검 |

베오울프는 숙적 그렌델의 어미인 바다의 괴물을 죽이기 위해, 주군의 신하에게 명검 흐룬팅을 빌린다. 그런데 이 천하의 명검도 바다의 괴물 앞에서는 전혀 효과가 없었다.

베오울프의 또 다른 검

고대 게르만의 영웅 베오울프의 모험이라면 괴물 그렌델과 그 어미를 죽인 싸움과, 왕이 된 뒤 용과 결전을 벌이다 죽게 되는 처절한 최후의 결전이 있다.

하지만 이 이름난 두 싸움에서 베오울프의 검 가운데 가장 유명한 명검 흐룬팅은 전혀 활약하지 못한다.

그는 맨손으로 그렌델을 죽였고, 그 어미를 고대 거인의 검으로 죽였다('거인의 검' 편 참조). 또 용과 싸울 때는 그의 부하의 검이 용의 약점을 찔러 상처를 내었고, 최후의 쐐기를 박는 공격은 베오울프의 주머니에 들어 있던 단검이 맡았다.

베오울프에게는 명검이라 불리는 무기가 많이 있었지만 이 검들은 이야기에서 주역을 맡지 못한다. 그렇다면 이 검들은 전설에서 어떤 역할을 했을까?

베오울프, 흐룬팅을 얻다

베오울프는 그렌델을 죽인 뒤 잠시 동안 흐로트가르 왕의 궁정에 머물고

있었다. 그는 왕으로부터 많은 보물을 하사받았고, 매일밤 축하연이 계속되는 궁정의 거실에는 베오울프가 뽑아낸 그렌델의 팔이 장식되어 있었다.

그런데 그때 그렌델의 어미가 아들의 원수를 갚겠다고 성으로 다가오고 있었다.

그렌델의 어미는 바다에 사는 괴물이었다. 그녀는 흐로트가르 왕의 궁정으로 쳐들어와 전사 몇 명을 죽이고 벽에 걸려 있던 아들의 팔을 거두어 사라졌다.

이에 다시 베오울프가 나서게 되었다. 그는 목숨을 걸고 바다의 괴물을 죽이겠다고 약속하고 무장을 갖추어 나서려고 했다.

그러자 궁정의 광대였던 운페르스가 예전부터 전해오는 명검 흐룬팅을 그에게 빌려주었다. 운페르스는 베오울프가 흐로트가르 왕의 궁정에 온 이후로 그와 대립하여 말다툼을 벌이던 사내였다. 하지만 그도 이때만은 베오울프의 신상을 염려하여 흐룬팅을 주었던 것이다.

혼자 괴물 퇴치에 나서는 베오울프가 싸우다 죽는다면 아마 흐룬팅도 돌아오지 못할 것이다. 그래서 베오울프는 그가 가지고 있던, 자기 일족에게 대대로 전해오던 보검을 운페르스에게 주었다. 만약 내가 죽어 흐룬팅을 되찾지 못한다면 그 대가로 이 검을 거두라는 뜻이었다.

하지만 베오울프는 무사히 돌아왔다. 흐룬팅은 바다의 괴물에게 전혀 무력했지만, 베오울프는 싸우는 와중에 거인의 검을 발견하고 그것으로 괴물을 죽일 수 있었다.

흐룬팅이 싸움에서 위력을 발휘하지 못한 것은 이번이 처음이다. 이 검은 그때까지 허다한 싸움터에서 활약해왔다. 그리고 많은 전사들의 피를 마시며 점점 날을 벼려왔던 것이다. 그 칼날에는 아름다운 무늬가 새겨져 있고 자루는 황금으로 되어 있었다.

베오울프는 괴물의 소굴에 있던 보물에는 손도 대지 않았다. 그러나 빌려온 명검 흐룬팅만은 잘 챙겨서 운페르스에게 돌려주었다. 한편 거인의 검은 싸움이 끝나고 보니 칼자루만 남아 있었다.

베오울프의 명검

흐룬팅말고도 이 이야기에는 명검이 여럿 등장한다. 베오울프가 그렌델의 소문을 듣고 흐로트가르 왕을 찾아갔을 때 그의 허리에는 선조에게 물려받은 명검이 매달려 있었다.

그렌델을 죽였을 때, 그리고 그렌델의 어미를 죽였을 때 흐로트가르 왕은 베오울프에게 막대한 보물을 주었다. 그 중에도 역시 명검으로 알려진 검이 포함되어 있었다.

그리고 그가 나중에 왕이 되었을 때 베오울프는 다시 대대로 물려 내려온 명검을 차지한다. 용과 싸울 때 그 검은 전혀 도움이 되지 않았지만, 이때 홀로 그를 따르던 부하 윌라프의 검이 용에 상처를 낸다. 이 검도 내력이 많은 날카로운 명검이었다.

이렇게 보면 명검이라는 것이 명예로운 기사에게 주는 증정품으로 사용되었다는 것을 알 수 있다. 일본에서도 무공이 있는 다이묘에게 명도를 증정하는 일이 흔했는데, 이와 마찬가지였다.

흐룬팅말고는 특별히 이름이 소개되는 검은 나오지 않는 것도 이것이 증정품 이상의 의미를 갖지 않기 때문이다. 즉 명검을 받은 영웅의 영예를 드러내는 것에 지나지 않았다는 것이다.

흐룬팅의 의미

이로써 흐룬팅이라는 검의 의미가 분명해진다. 이 검이 별 도움이 되지 못했음에도 불구하고 이름이 전해지는 것은 왜일까?

이름난 명검도 전혀 힘을 쓰지 못하는 적(敵). 그렌델과 그 어미가 그랬다. 그런 난적을 베오울프가 맨손으로, 또는 전설의 무기로 죽였다.

이는 그가 참으로 힘이 있는 영웅이며, 그 검은 다만 그의 명성을 상징하는 것에 지나지 않는다는 것을 의미한다. 이 점이 아더 왕의 엑스칼리버나 지크프리트의 그람과 크게 다른 점이다.

엑스칼리버나 그람은 아더 왕이나 지크프리트의 영웅성 자체를 상징하는 무기였다. 하지만 베오울프를 상징하는 무기는 전설에 등장하지 않는다. 그에게는 무기가 필요없었다. 그는 무기가 필요하지 않을 만큼 강력한 남자였음을 보여주기 위해서 감히 흐룬팅을 등장시키지 않는 것이다.

물론 그렇다고 흐룬팅의 명성이 떨어지는 것은 아니다. 다만 이 명검보다 베오울프 자체가 참으로 명예로운 영웅이었다는 점을 보여주었을 뿐이다.

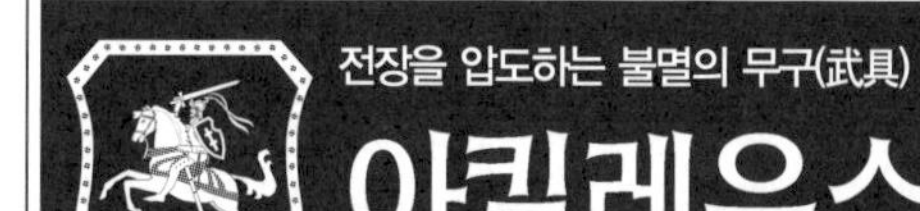

전장을 압도하는 불멸의 무구(武具)

아킬레우스의 무구

The Arms of Achires

DATA

| 소유자: 아킬레우스 외 | 시대: 고대 그리스 | 지역: 그리스, 로마 | 출전: 켈트 신화 |
| 무기의 종류: 무구한 벌 |

트로이 전쟁의 최고 영웅은 누가 뭐라 해도 역시 아킬레우스다. 그의 무구는 대장장이의 신 헤파이스토스가 만든 것으로, 갑옷, 방패, 창, 검 등은 가공할 위력을 가지고 있었다. 이 무구는 아킬레우스의 생전과 사후에 많은 영웅들에게 전해지며 활약했다.

대장장이의 신 헤파이스토스

그리스나 북구 등지의 고대 다신교 신화에서는 태양이나 달, 대지, 전쟁 등 다양한 신격이 존재한다. 그 중에서도 대장장이는 고대 근동에서 바이킹이 활약하던 북구에 이르기까지 어디에서나 존재했다.

그리스 신화에서 대장장이의 신은 헤파이스토스다. 그는 하늘의 주신 제우스와 그 아내 헤라의 아들로, 태양신 아폴론의 배다른 형제다. 그의 이름은 로마 신화에서는 불카누스라 불리는데, 이 두 신은 본래 다른 신격이었다가 나중에 결합되었다고 한다.

불꽃의 화신 헤파이스토스는 태어나자마자 불꽃을 휘날리고 빛을 뿜어냈는데, 그 불타오르는 듯한 형상에 혐오감을 느낀 어머니 헤라는 그를 올림포스에서 추방해버렸다. 미술 작품에서 그는 주로 수염이 나고 체구가 작은 중년의 사내의 모습으로 묘사된다.

그는 에게 해 북부의 트로이와 가까운 렘노스 섬으로 내려왔다. 그리고 이탈리아 남부 시칠리아 섬의 에토나 화산에 정착하여 자신의 불꽃을 이용하여 무기와 방어구를 만들기 시작했다. 그는 외눈박이 거인 키클로프스(사이클로프스)를 사정없이 부리고, 에토나 산 분화구에서 불꽃을 뿜어올려서 작업에 열중했다. 그 작품은 검, 창, 갑옷, 방패뿐만 아니라 아폴론이 타는 전차, 황금 장화 그리고 보석에까지 미쳤다.

그의 아내는 아프로디테, 즉 로마 신화의 비너스다. 그는 아름다운 무기와 갑옷을 만들면서도 언제나 자기 작품이 아내의 아름다움에 미치지 못한다고 생각하고 있었다. 아름다운 아내에 대한 그의 사랑이 자기가 만드는 무기에 실용성뿐만 아니라 아름다움까지 갖추게 하는 동기가 되었던 것이다.

헤파이스토스가 이렇게 만들어낸 명품들은 여러 신에게 널리 애용되었고 지상의 영웅들에게도 전해졌다.

그 가운데 하나가 트로이 전쟁의 영웅 아킬레우스의 무구다.

트로이 전쟁

호메로스의 『일리아드』에 묘사되는 트로이 전쟁은 미케네 문명 시대에 해당하는 기원전 13세기경에 소아시아의 도시국가 트로이와 고대 그리스의 국가들이 벌인 전쟁이다.

전설에 따르면 전쟁의 발단은 아테나, 헤라, 아프로디테 등 세 여신이 트로이의 왕자 파리스에게 자기 셋 가운데 누가 제일 아름다운지 판정을 내려 달라고 부탁한 데 있다. 파리스는 아프로디테가 가장 아름다운 여신이라고 선언하고, 이 판정의 보답으로 아프로디테의 힘을 빌려 그리스에 사는 메넬라오스 왕의 아내 헬레네를 납치한다.

이에 분노한 헤라와 아테나는 그리스의 영웅들을 돕게 되고, 왕비를 되찾으려고 하는 메넬라오스를 비롯한 그리스의 군대가 에게 해를 건너 트로이를 공격한다.

전쟁은 금방 결판이 나지 않았다. 트로이 성벽의 방비가 굳건하였을 뿐만 아니라 아폴론이나 아프로디테 등의 신들도 트로이의 영웅들에게 힘을 보태고 있었다.

그리스 군대는 먼저 주변 나라들을 제압하여 트로이를 고립시키는 포위 작전으로 나왔다. 그 결과 전쟁은 장기화되어 10년이 지나도록 끝이 날 줄을 몰랐다.

마침내 최후의 결전이 벌어지는 해. 트로이의 영웅과 그리스의 영웅이 격

돌했다. 그들은 집단으로 혹은 일 대 일로 화려하게 싸워서 그 이름을 세상에 떨쳤다.

이 전쟁은 결국 트로이의 멸망으로 끝나지만, 승리한 그리스 측도 마냥 좋은 일만 있는 것은 아니었다. 그들은 트로이를 멸한 뒤 승리에 취해 난폭하게 행동하다가 여러 신들의 노여움을 사서 선단이 태풍에 괴멸되고 말았다.

이 전쟁에서 살아남아 본국으로 돌아간 그리스 영웅은, 다른 서사시에서 그 모험이 노래되는 오디세우스나, 귀가하자마자 아내에게 죽음을 당하는 아가멤논 등 몇몇에 지나지 않았다. 한편 패배한 트로이의 영웅 아이네아스는 이탈리아로 달아났고, 훗날 그의 자손들이 로마를 건설하게 된다.

아킬레우스의 갑옷

트로이 전쟁이 벌어지던 당시는 양쪽 군대의 지휘관으로 선두에 서는 영웅들이 먼저 일 대 일로 대결했으며, 이 승패가 전투의 향방에 큰 영향을 미치는 시대였다.

트로이 측을 대표하는 영웅은 헥토르이고, 그리스 측의 최고 영웅은 아킬레우스였다. 둘 다 쟁쟁한 전사 가문의 출신이었다.

헥토르는 전쟁의 불씨를 던진 파리스의 형으로, 늘 선봉에 서서 그리스의 영웅들과 싸웠다. 그를 감당할 수 있는 자는 아킬레우스와, 기량은 조금 떨어지지만 힘에서는 그에 필적하는 아이아스뿐이다. 하지만 아킬레우스는 그리스측 대장 아가멤논과 서로 모욕을 퍼부으며 크게 다투고는 전장에 나가지 않았다.

아킬레우스의 친구 파트로클로스는 그의 갑옷을 빌려 전장으로 나갔다. 그리고 트로이 측을 돕는 아폴론의 간계에 빠져 부상을 당한 뒤 헥토르에게 죽음의 일격을 당한다. 이때 그가 입고 있던 아킬레우스의 갑옷도 헥토르에게 빼앗기고 만다.

당시 전장의 일 대 일 승부에서는 이긴 측이 상대편 무구를 빼앗는 관습이 있었다. 파트로클로스는 동료의 무구를 빼앗으러 온 적과 싸우다가 자신도 패하고 만 것이다.

그뒤 파트로클로스의 사체를 둘러싸고 트로이 측에서 헥토르와 아이네아스, 그리스 측에서 아이아스와 메넬라오스가 나서서 싸우지만 결판이 나지 않았다.

그 동안 친구의 죽음을 알게 된 아킬레우스는 출전할 뜻을 굳히고, 그의 어머니는 헤파이스토스에게 새로운 무구를 만들어달라고 간청한다.

그리하여 대장장이의 신이 급하게 만들어낸 무구를 들고 그리스 최고의 영웅은 마침내 전장으로 나선다.

그의 용맹한 활약은 트로이 측을 압도한다. 아이네아스는 잘 싸웠지만 포세이돈에게 설득되어 전장을 이탈하고 말았다. 헥토르와 아킬레우스의 첫 대결은 아폴론이 열세에 빠진 헥토르를 전장에서 구출해준 탓에 승부를 가리지 못하고 끝났다.

하지만 헥토르는 자기 운명은 아킬레우스와 싸우다가 죽는 것임을 알고 있었다. 그는 파트로클로스에게 빼앗은 아킬레우스의 무구로 무장하고 아킬레우스에게 목숨을 걸고 도전했다. 그들이 격렬하게 맞붙자 무기와 방어구에서 불꽃이 튀었다.

아킬레우스는 자기 갑옷을 입고 있는 헥토르를 상대로 그의 약점이 어디인지를 생각했다. 그리고 목과 어깨를 연결하는 부분에서 작은 틈새를 발견했다. 그는 그곳에 거대한 창을 찔렀다. 창끝이 목덜미를 찔러 헥토르는 숨을 거두고 아킬레우스는 친구의 복수를 갚고 빼앗긴 무구를 되찾았다.

하지만 아킬레우스도 그리스로 살아서 돌아가지는 못했다. 트로이 성에서

사납게 폭력을 휘둘러 적의 영웅들을 학살했는데, 이것이 트로이 측의 신 아폴론의 노여움을 샀던 것이다.

아폴론은 트로이의 왕자 파리스에게 자기 활을 내주고 아킬레우스의 유일한 약점인 뒤꿈치를 쏘게 했다('아폴론의 활' 편 참조). 아폴론의 화살은 아무도 피할 수 없었다. 급소를 맞은 아킬레우스는 그대로 쓰러져 숨을 거두었다.

아킬레우스가 죽은 뒤 전쟁은 곧 막을 내렸다. 그리스 측은 승리에 가장 공헌한 영웅에게 전장에서 죽은 아킬레우스의 무구를 주기로 했다.

그 후보로 나선 것이 아킬레우스 사후에 가장 강력한 영웅이 된 아이아스와, 수많은 난국을 지략으로 헤쳐온 오디세우스 두 사람이었다.

과연 누가 아킬레우스의 갑옷을 차지할 것인지를 놓고 투표를 하게 되었다. 그리고 근소한 차로 오디세우스가 차지하게 되었는데, 이 경쟁은 애초에 아이아스에게 불리했다. 변론에 능한 오디세우스가 많은 영웅을 제편으로 만들어버렸기 때문이다.

아이아스는 이에 격정을 이기지 못하고 자살을 하고 말았다. 한편 무구를 차지한 오디세우스는 그것을 아킬레우스의 아들 네오프톨레모스에게 양보했다. 그는 아버지를 꼭 빼어닮아 그 갑옷이 몸에 잘 맞았다.

한편 이야기에는 아킬레우스의 무구가 두 벌 등장하는데, 왜 아이아스와 오디세우스가 다투어야 했는지 그 까닭은 분명히 설명되지 않는다.

아킬레우스의 창

아킬레우스의 무구란 흉갑, 투구, 팔받이, 방패, 검 그리고 창이다. 이 창에는 다른 무구에 없는 특수한 마력이 깃들여 있었다.

먼저 그 창은 매우 크고 무거웠다. 아킬레우스의 무구를 빌려 출전한 파트로클로스도 이 창만은 들고 가지 못했을 정도였다.

게다가 그 창끝에 다치면 예사 치료법으로는 낫질 않았다. 그 상처는 아킬레우스의 창끝을 갈아내어 그 가루를 상처에 뿌려야만 고칠 수 있었다.

아킬레우스는 이 강력한 창으로 수많은 승리를 거두었다. 트로이의 영웅 헥토르를 비롯하여 아마존의 여전사 펜테실레아, 코로나이의 왕이며 외눈박이 거인인 키클로프스 등 창에 희생된 영웅을 일일이 헤아리기가 어려울 정도다.

여러 영웅들의 손을 전전한 아킬레우스의 무구 가운데 이 창만은 끝까지 그와 함께 전장에 있었다.

생김새와 재질

고대 그리스라고 해도 그 기간이 매우 길어서, 시대에 따라 전투 방식이나 무기 따위도 크게 다르다. 그리스라고 하면 값비싼 갑옷으로 온몸을 감싼 장

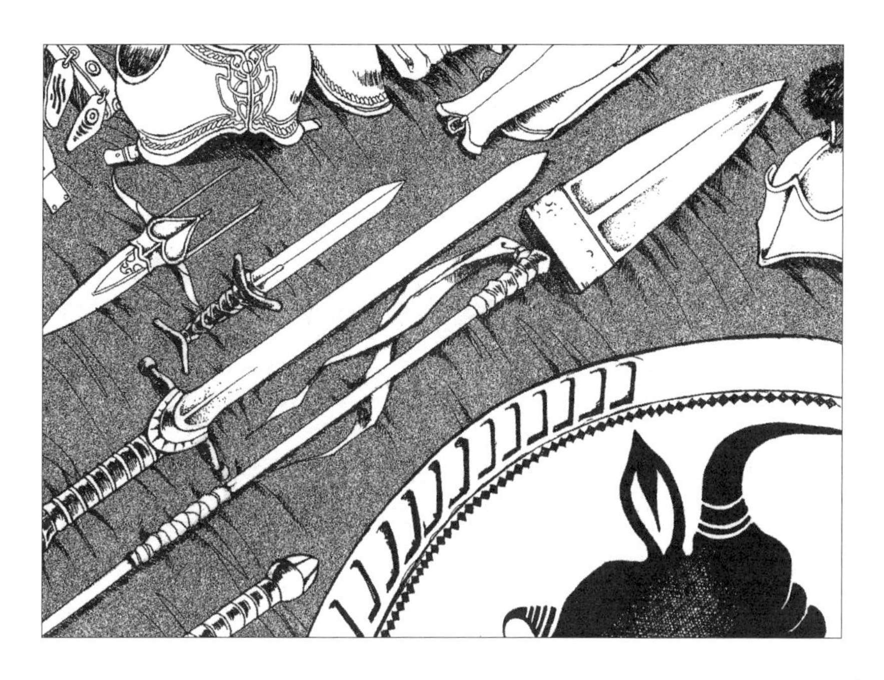

갑 보병(호플리테스)이나 장창을 든 알렉산드로스의 마케도니아 밀집 군단이 떠오르겠지만, 이는 페르시아 전쟁 이후의 비교적 나중 시대에 사용된 전법이다.

호메로스가 묘사한 『일리아드』는 기원전 13세기경 그리스의 지배가 크레타 섬을 본거지로 하는 미노아 문명에서 그리스 본토의 미케네 문명으로 옮아갈 무렵의 사건이다.

이 즈음의 무기나 갑옷은 청동제로서, 이를 소유할 수 있었던 것은 부유한 귀족들로 제한되었다. 당시의 전투는 갑옷을 입은 귀족들이 각각 일 대 일 승부를 벌이는 형태로 진행되었다.

보병은 짧은 투창과 검을 들었으며, 여기에 궁병, 기병, 전차가 더해진 복합군이 중심을 이루며, 그들의 전술은 그리스적이라기보다는 고대 이집트나 메소포타미아의 전법에 가까웠다.

헤파이스토스가 만든 아킬레우스의 무구는 이런 시대의 소산이다. 그 검은 청동제였는데, 한 손에 방패를 들고 싸워야 하는데다가 청동은 강도가 떨어지므로 편수검으로 만들어졌다.

갑옷은 흉갑, 팔받이, 투구로 이루어지며 모두 청동으로 만들어졌다. 이것들은 전장에서 마치 태양처럼 빛을 반사했다고 한다.

초기의 방패는 쇠가죽 열 장을 겹쳐 대고 바깥쪽에 청동판을 대고 테두리와 중앙을 고정시킨 것이었다. 헤파이스토스가 새로 만든 것은 쇠가죽 다섯 장 사이에 두 장의 청동판과 세 장의 주석판, 그리고 한 장의 황금판을 샌드위치처럼 겹쳐서 청동 틀로 고정하고 은손잡이를 댄 것이었다. 그 거대한 둥근 방패의 표면에는 헤파이스토스가 그린 다양한 그림이 아름답게 새겨져 있었다.

아킬레우스는 약점인 발뒤꿈치말고는 불사신의 몸이었으므로 방패나 갑옷 따위는 필요없었다. 이들 무구는 아킬레우스가 신의 은총을 받은 신의 영웅임을 알려주는 영예의 상징이었던 것이다. 때문에 전장에서는 이 무구를 둘러싸고 처절한 싸움이 벌어지고, 아이아스는 이 무구를 차지하지 못한 수치심을 씻기 위해 스스로 목숨을 끊었던 것이다.

아이아스의 방패

아이아스는 아킬레우스와 나란히 트로이 전쟁을 치른 용감한 영웅이다. 『일리아드』에는 수많은 영웅이 묘사되는데, 아이아스의 강인함은 그리스 최고의 영웅 아킬레우스, 그리스에 맞서는 트로이가 자랑하는 헥토르 다음 갈 정도이며, 속이 좁고 성격이 급하다는 결점을 제외하면 그들과도 호각지세를 이루며 싸울 수 있을 만한 호걸이었다. 그런 그가 사용하던 방패가 '아이아스의 방패' 다.

아이아스의 방패

앞서 말한 대로 당시의 전투는 영웅들끼리 일 대 일 승부를 겨루는 것이었다. 원하는 상대를 발견하면 서로 창을 던지고, 그 다음에 접근하여 검으로 대결했던 것이다. 방패는 날아오는 창을 막는 데 이용되었다. 무거운데다가 창이 뚫지 못하도록 두껍게 만들어져 있어서 방패를 다루기는 매우 어려웠다. 큰 방패를 들고 있었다는 것은 그 영웅의 힘이 장사였음을 말해준다.

아이아스의 방패를 만든 자는 티키오스라는 뛰어난 장인이다. 방패는 두꺼운 쇠가죽 일곱 겹을 겹쳐 대고 표면에 청동판을 붙이고 청동 테두리를 했다고 한다. 이러한 공정을 거친 거대한 방패는 아이아스말고는 아무도 다룰 수 없었다. 실제로 『일리아드』에서는 아이아스가 매우 덩치 큰 인물로 묘사되고 있다.

이렇게 무겁고 다루기 힘든 만큼 아이아스의 방패가 갖는 위력은 뛰어났다. 그 효과가 제대로 발휘된 것이 트로이의 영웅 헥토르와 싸울 때였다.

헥토르와 맞대결

오랫동안 계속된 그리스와 트로이의 전쟁도 쌍방 모두 힘을 소진하여 소강 상태를 맞이했다. 트로이 최고 용사 헥토르가 전장 한가운데로 나와 그리스 군을 향해, 자신을 이기는 자에게는 자신의 갑옷을 주겠다면서 대결을 제안하고 나섰다. 그리스를 대표하는 영웅 아킬레우스는 그 자리에 없었고, 남은 자들 가운데 제비뽑기를 하여 헥토르와 대결할 영웅으로 선발된 것이 아이아스였다.

아이아스는 전장 한가운데로 나아갔다. 먼저 공격을 시작한 것은 헥토르였다. 그가 던진 창은 아이아스의 방패의 쇠가죽을 여섯 겹이나 뚫고 일곱 장째에서 멈추었다. 한편 아이아스가 던진 창은 헥토르의 방패를 멋지게 관통하고 그에게 상처를 냈다. 전투는 접근전으로 바뀌어 쌍방 모두 짧은 창으로 싸웠는데, 여기에서도 아이아스의 방패는 헥토르의 공격을 잘 막아내어 전투는 아이아스에게 유리하게 돌아갔다.

사력을 다하는 두 사람의 싸움은 해가 질 때까지 계속되었다. 아이아스는 방패를 버리고, 두 사람 모두 마지막 무기인 검을 들고 싸웠지만 헥토르는 아이아스가 던진 창에 당한 부상 때문에 실력을 제대로 발휘하지 못했다. 마침내 어둠이 내리기 시작하자 전투도 끝이 났다.

헥토르는 자신과 훌륭하게 싸운 용사 아이아스에게 감복하여 자신의 애검을 건네주었다. 아이아스도 몸에 지니고 있던 붉은 허리띠를 헥토르에게 내주었다. 이렇게 해서 두 사람 사이에 우정이 싹텄다. 전투는 무승부로 끝났지만, 아이아스가 가지고 있던 방패는 그의 목숨을 지켜주었을 뿐만 아니라 그를 참된 용사로 만들어주었다.

DATA

| 소유자 : 페르세우스 | 시대 : 고대 그리스 | 지역 : 그리스 | 출전 : 그리스 · 로마 신화 |
| 무기의 종류 : 검 |

페르세우스는 메두사 퇴치와 소녀 안드로메다 구출 등으로 우리에게 잘 알려진 영웅이다. 그의 손에도 올림포스의 신들한테 받은 명검이 쥐어져 있었다. 그는 이 검으로 많은 승리를 거두었다.

페르세우스의 탄생

헤라클레스와 함께 그리스 신화에서 가장 유명한 영웅 페르세우스는 하늘의 신 제우스와 다나에라는 아름다운 부인 사이에서 태어난 반신반인이다.

다나에의 아버지 아크리시오스는 장차 태어날 다나에의 아들이 자기를 죽일 것이라는 예언을 듣고 딸이 아이를 가질 수 없도록 지하 감옥에 가두어두었다. 하지만 그녀의 아름다움에 반한 제우스가 빛의 화살로 둔갑하여 그녀의 방으로 들어가 페르세우스를 잉태케 한 것이다.

이 사실을 안 아크리시오스는 딸과 손자를 궤짝에 담아 바다에 버리지만 모자는 어부에게 발견되어 목숨을 건졌다. 그리고 페르세우스는 폴리데크테스라는 왕 밑에서 쑥쑥 자랐다.

메두사 퇴치

페르세우스가 어른이 되자 그의 어머니를 아내로 맞이하고 싶은 폴리데크테스는 그녀 곁에서 한시도 떨어지려고 하지 않는 페르세우스가 미워졌다. 그래서 그는 페르세우스에게 왕에 대한 공물로서 말을 바치라고 요구했다.

어촌에서 자란 페르세우스에게 말이 있을 리 없었다. 왕이 자기를 미워한다는 것을 안 페르세우스는 말 대신 메두사의 목을 가져다 바치겠다고 하고 모험 여행에 나서게 된다.

메두사란 무수한 뱀을 머리카락으로 가지고 있는 추악한 마녀다. 그녀는 고르곤 세 자매 가운데 막내였다. 예전에 세 자매는 모두 아름다운 아가씨였다. 그러나 그 아름다움이 신들의 질투를 사서 몸과 마음이 모두 추악하게 변하고 말았던 것이다.

신의 아들 페르세우스는 올림포스 신들의 가호를 받고 있었다. 신들의 사자인 헤르메스는 페르세우스에게 하늘을 날 수 있는 날개 달린 샌들, 불사신의 괴물조차 죽일 수 있는 날이 휘어진 하르페라는 검, 그리고 모습을 감출 수 있는 '하데스의 투구'를 주었다. 여신 아테나는 표면이 거울처럼 반짝반짝 닦여 있고 뒷면에는 아테나 자신의 상이 그려진 커다란 방패를 주었고, 메두사의 목을 담을 수 있는 키비시스라는 자루도 주었다. 페르세우스는 그들의 인도를 받아 메두사가 사는 동굴로 찾아갔다. 그 동굴은 노파의 모습을 한 세 요정 그라이아이가 지키고 있었다.

그라이아이는 눈 하나와 입 하나를 셋이서 함께 쓰고 있었다. 그녀들은 그것을 교대로 몸에 달고서 동굴을 지키고 있었다. 페르세우스는 하데스의 투구로 모습을 감추고 그라이아이에게 다가가 요정들이 눈을 교환하는 순간을 노려서, 즉 아무도 보지 못하는 순간을 노려서 그 눈을 빼앗았다. 그러고는 눈을 돌려주는 대신 메두사가 있는 곳으로 안내하라고 강요했다. 페르세우스는 그라이아이의 안내를 받으며 어렵지 않게 메두사가 사는 동굴로 들어갈 수 있었다.

페르세우스가 찾아갔을 때 메두사는 잠을 자고 있었다. 하지만 그녀의 얼굴을 본 자는 즉시 돌로 변해버리므로 함부로 다가갈 수 없었다. 그는 하데스의 투구로 모습을 감추고 아테나한테 받은 방패로 메두사의 모습을 비추어 보며 휘어진 칼로 그 목을 쳤다.

메두사는 이렇게 죽었지만, 쳐다보는 자를 돌로 바꾸어버리는 그 목의 괴력은 여전히 힘을 발휘하고 있었다. 페르세우스는 그 목을 키비시스에 담아 그 자리를 떠났다.

안드로메다

페르세우스는 메두사의 목을 가지고 귀로에 올랐다. 그는 고향으로 가는 여행 도중에 거인 아틀라스를 돌로 바꾸기도 하고, 사막에 메두사의 피를 뚝뚝 떨어뜨려 사막에 뱀을 살게 했다고 한다. 그러다가 그는 어느 해변의 바위밭에 당도하여 한숨을 돌리고 있었다.

그런데 그 바위밭에서 아름다운 소녀가 쇠사슬에 묶여 있는 것을 발견했다. 그녀는 너무나 아름다워 페르세우스는 처음 그녀가 사람이 아니라 동상이라고 착각했을 정도였다. 그녀는 안드로메다라고 하는데, 그녀의 어머니가 바다의 님프인 네레이데스보다 자기가 더 아름답다고 자랑하다가 아폴론 신의 노여움을 사서 그녀의 딸 안드로메다가 산제물로 바쳐지는 신세가 된 것이다. 메두사와 마찬가지로 그 미모를 자만하다가 벌을 받은 것이다.

페르세우스는 가지고 있던 하르페로 그녀의 쇠사슬을 끊어내고 바다에서 나타난 거대한 괴물과 싸웠다. 헤르메스가 준 날개 달린 샌들 덕분에 페르세우스는 공중을 날면서 싸울 수 있었고, 하르페의 위력은 바다 괴수를 죽이는데 부족함이 없었다.

이리하여 안드로메다는 해방되었다. 페르세우스는 그녀에게 구혼하고 함께 고향으로 돌아가기로 한다.

페르세우스의 복수

페르세우스는 안드로메다를 데리고 다시 고향으로 가는 여행을 시작하려 했다. 그런데 예전에 그녀와 약혼했던 피네우스라는 사내가 페르세우스 앞에 나타나 안드로메다를 내놓으라고 했다. 페르세우스는 약혼자가 산제물로 바쳐져도 아무 도움도 주지 못하더니 이제 그녀를 살려놓으니 고맙다는 인사는커녕 비난을 하고 나서는 피네우스에게 화가 났다. 피네우스는 부하들을 데리고 와서 페르세우스를 공격했다. 그리하여 안드로메다의 가족들이 가세한 페르세우스와 옛 약혼자 측은 무서운 전쟁을 벌여 쌍방에 많은 사상자가 나왔다. 그러자 페르세우스는 가지고 있던 메두사의 목을 꺼내어 적들을 거의 다 돌로 바꾸어놓았다. 피네우스도 메두사의 목을 정면으로 보았다가 돌로 변하고 만다. 페르세우스는 이렇게 승리를 했지만, 적지 않은 아군들까지 돌로 변한 것을 못내 안타까워했다.

페르세우스는 안드로메다와 함께 모험을 마친 뒤 폴리데크테스가 기다리는 고향으로 돌아왔다. 그리고 그가 겪은 수많은 이야기들을 들려주었다.

하지만 페르세우스가 설마 그 시련을 다 극복하리라고 생각하지 않았던 왕은 그의 공적을 믿으려 하지 않았다. 그리고 네가 정말로 메두사를 죽였다면 그 증거를 보이라면서 페르세우스를 조롱했다.

이에 화가 난 페르세우스는 정 그렇다면 증거를 보여주겠다면서 키비시스에서 메두사의 머리를 꺼내어 왕에게 디밀었다. 그러자 폴리데크테스는 그 자리에서 돌이 되고 말았다.

페르세우스와 안드로메다는 결혼하여 행복하게 살았다. 무서운 메두사의 목은 찬란하게 빛나는 방패와 함께 아테나에게 바쳐졌다. 아테나는 그 목을 방패 한가운데 박아서 자신의 표식으로 삼았다. 또 휘어진 검 하르페는 본래의 주인인 헤르메스에게 돌려주었다. 헤르메스는 훗날 이 검을 페르세우스의 자손인 헤라클레스에게 빌려주게 된다.

생김새

페르세우스가 메두사의 목을 친 검 하르페. 그 모습은 전설에 따라 여러 가지로 묘사된다.

어떤 전설에 따르면 그 칼날은 낫처럼 둥글게 휘어 있다고도 하고, 다른 전설에서는 초승달처럼 완만하게 휘어 있다고도 한다. 또 칼등에 발톱 같은 돌기물이 튀어나와 있다는 이야기도 있다.

이 하르페라는 검은 아마도 그리스에서 사용하는 양날 직도가 아니라 외날 곡도였을 것이다. 이렇게 생긴 검은 고대 영웅 전설에는 좀처럼 등장하지 않는다.

로마 시대가 되면 트라케의 검투사들이 쓰던 곡도가 이런 이름으로 불리게 된다. 그 생김새는 독수리나 매처럼 사나운 새의 발톱을 닮았다고 하는데, 페르세우스의 검도 발톱처럼 곡선을 하고 있었는지도 모른다.

페르세우스는 헤르메스한테 날개 달린 샌들과 이 검을 받으니, 말하자면 새의 날개와 발톱을 얻은 셈이다. 바다 괴물과 싸울 때 그는 날개 달린 샌들로 하늘을 날면서 적의 등이나 머리를 하르페로 공격했다. 이는 독수리나 매의 전법이다.

페르세우스가 얻은 것은 새의 힘이었다. 결국 하르페는 새가 가진 자유롭고 공격적인 모습을 상징하는 것이다.

페르세우스의 방패

영웅 페르세우스가 메두사를 죽일 때 검 못지않게 위력을 발휘한 것이 여신 아테나가 준 방패다.

이 원형 방패는 페르세우스의 온몸을 가릴 수 있을 만큼 컸다. 그 표면은 청동판이며, 거울처럼 반짝반짝 닦여 있었다. 그리고 뒤쪽에는 여신 아테나의 상이 돋을새김으로 되어 있어서, 페르세우스는 싸울 때 여신의 가호를 받으며 싸울 수 있었던 것이다.

페르세우스는 메두사와 싸울 때 이 방패의 거울 같은 표면에 상대방의 모습을 비추어 보면서 검을 휘둘렀다. 이리하여 페르세우스는 메두사의 모습을 보고 돌이 되는 사태를 피할 수 있었던 것이다.

광명의 신을 구한 아일랜드의 젊은 영웅

핀 마쿨의 검

The Sword of Finn MacCool

DATA

| 소유자 : 핀 마쿨 | 시대 : 고대 켈트 | 지역 : 아일랜드 | 출전 : 아일랜드 전설 |
| 무기의 종류 : 검 |

신의 아들 쿠 훌린과 함께 켈트 전설에서 가장 이름이 알려진 영웅 핀 마쿨. 그는 두 자루의 명검을 가지고 광명의 신 루를 어둠의 족쇄에서 구출해냈다. 두 자루의 명검이란 아버지한테 물려받은 명검과, 그 검을 만든 대장장이의 아들한테 빼앗은 명검이다.

피아나의 기사

아일랜드의 신화 체계는 크게 세 시기로 나눌 수 있다. 첫 번째는 광명의 신 루와 사안(邪眼) 발로르의 싸움을 비롯한 신들의 활약을 묘사한 시기. 다음은 쿠 훌린을 비롯한 신의 자식들이 활약하는 시기. 그리고 세 번째는 피아나 기사단이 활약하는 시기가 된다.

피아나 기사단은 쿠 훌린의 시대보다 2백 년 정도 나중에 아일랜드에서 설립되어 외적 방어를 담당했다. 전쟁이 없을 때는 사냥이나 무술 경기로 기량을 연마하는 직업 군인의 집단이었다.

이 기사단은 세습제가 아니라 엄격한 시험에 합격한 자만이 입단할 수 있는 엘리트 집단이었다. 그 시험은 다음과 같다. 먼저 모래 속에 허리까지 묻은 채 나무 방패와 지팡이만으로 9명의 기사가 던지는 창을 막아내야 한다. 조금이라도 상처를 입으면 실격이다. 다음으로 창 한 자루 거리에서 뒤쫓아오는 기사에게 잡히지 않도록 말을 타고 숲 속을 달린다. 이때 숲 속의 나뭇가지를 부러뜨리면 안 된다. 다 끝났을 때 숨이 가빠서도 안 된다.

이러한 관문을 전부 통과한 자만이 기사단의 일원으로서 제 몫을 하게 된다. 그들은 게슈라 불리는 맹세를 하고 그것을 지켰다. 이는 '~을 하지 않는다' 는 식의, 말하자면 서약 같은 것인데 그것을 어기면 비참한 운명이 닥친다고 믿었다.

핀 마쿨은 이 피아나 기사단에서 가장 유명한 전사이며, 그 이름이 후세에 길이 전해지는 영웅이다.

핀 마쿨

핀 마쿨의 아버지는 컴헤일(쿨)이라는 피아나의 기사이고 어머니는 켈트 신의 자손이었다. 그는 그 이전의 쿠 훌린과 같은 켈트의 용사와는 달리 힘뿐만 아니라 지혜와 기지로 난국을 극복할 수 있는 새로운 유형의 영웅이었다.

핀은 어릴 적에 그가 가르치던 마법사에게 요리를 하라는 부탁을 받았다. 그저 연어를 굽기만 하면 되는 일이었는데, 단 그 고기를 절대 먹어서는 안 된다는 것이었다.

하지만 핀 마쿨은 조리를 하다가 엄지손가락을 불에 데어 너무 뜨거운 나머지 생선 기름이 묻은 손가락을 입 안에 넣고 만다. 그런데 그 연어는 '지혜의 연어' 라 불리는 것으로, 먹으면 이 세상 모든 지식을 다 가질 수 있는 생선이었다. 그 이후로 핀은 엄지를 입에 넣기만 하면 즉시 최선책을 찾아낼 수 있는 능력을 갖게 되었다.

그는 이렇게 쑥쑥 커나갔다. 힘이 셀 뿐만 아니라 총명했으므로 자기보다 나이 많은 전사하고도 대등하게 교류할 수 있었다. 그리고 그의 허리에는 피아나 기사였던 아버지가 쓰던, 암흑의 지하에 사는 대장장이가 벼려낸 명검이 매달려 있었다.

어느 날 아직 어린 핀은 아버지와 마찬가지로 피아나 기사단에 가입하고 싶다고 말했다. 그러자 기사단은 그에게 여러 시련을 적은 두루말이를 건네주었다. 이 시련을 전부 이겨내면 입단을 허락하겠다는 것이었다.

그 시련들을 맞아 그의 검이 위력을 발휘하게 된다.

광명의 신 루를 구출하다

어느 날 광명의 신 루는 어둠과 얼음의 신의 계략에 빠져서 어두운 지하 동굴에 갇히고 말았다. 그곳은 냉기가 심하고 단단하게 막혀 있어서 제아무리 광명의 신 루라 해도 그 얼음을 녹일 수 없었다. 게다가 그곳에는 무서운 용이 있어서 아무도 루를 구하러 들어갈 수 없었다.

핀은 모험을 하다가 알게 된 여성과 함께 이 동굴로 들어갔다. 그리고 동굴을 지키는 용과 싸우는 사이에 아버지한테 물려받은 명검을 그 여성에게 주고 그것으로 루를 얽매고 있던 쇠사슬을 끊게 했다.

광명의 신은 이 덕분에 탈출할 수 있었다. 그가 힘을 되찾자 핀과 싸우던 용은 패주했다. 하지만 정작 핀은 탈출에 실패하여 얼음의 신의 부하인 대장장이의 노예가 되고 말았다.

운석에서 생겨난 검

핀은 이때도 기지를 발휘했다. 매일 풀무를 밟고 무서운 돌을 실어나르고 재를 치우고 있던 어느 날, 그는 대장장이에게 이렇게 제안했다.

"내 아버지의 애검을 벼려낸 대장장이의 아들이여. 아버지의 검은 광명의 신 루의 멍에를 베어냈소. 하지만 그대에게는 아버지만한 솜씨는 없구려."

그러자 대장장이는 벌컥 화를 내며 아버지보다 더 뛰어난 명검을 만들어 네 놈의 목을 싹뚝 잘라주마 하고 소리쳤다. 그리고 자기가 가지고 있는 온갖 재료와 실력을 다 동원하여 새로 검을 벼려냈다.

이 검은 머나먼 옛날 우주에서 떨어진 운석에 포함되어 있던 금속으로 만들어졌다. 그 금속은 푸르스름한 빛을 희미하게 발하며, 불꽃과 물로 세 번 담금질하고 동물의 피를 먹였다. 때문에 그 날은 날카롭기 그지없었고 칼집 속에 넣어두어도 녹스는 일이 없었다.

이 양날검에 송아지 가죽과 황금 실을 감은 칼자루를 달았다. 이제 이 검은 손에 쥐면 들러붙듯 잘 쥐어져서 격렬한 전투에서도 결코 놓치는 일이 없었다.

게다가 이 검에는 멋진 칼밑도 달려 있었다. 이는 꽃잎처럼 얇은 놋쇠를 여러 겹 겹쳐서 만든 것으로, 이 칼밑을 자를 무기는 없었다.

핀, 명검을 차지하다

이리하여 대장장이는 훌륭한 검을 단 하룻밤 만에 만들어냈다. 그는 핀에게 이 검을 주며 시험삼아 쇠받침대를 잘라보라고 했다. 그러나 핀은 그 검으로 자기를 묶고 있는 쇠사슬을 끊어버렸다. 대장장이는 크게 당황했지만 때는 이미 늦었다. 검은 허공을 가르며 핀의 머리 위에서 둥근 빛의 고리를 만들었다. 그리고 번쩍 하는 섬광과 함께 대장장이의 머리가 바닥에 굴렀다. 이리하여 핀은 어둠과 얼음의 나라에서 탈출하는 데 성공했다.

이 검은 그가 탈출할 때부터 일찌감치 위력을 발휘했다. 어둠의 나라를 지키던 보초도 바다의 무서운 상어들도 그 칼날에 희생되었다. 또 혼자서 차가운 어둠 속에서 하룻밤을 보내야 했을 때도 이 검은 어스름한 빛을 발하여 핀의 주위를 비추어주고 따뜻한 온기를 주었던 것이다.

피아나의 기사

이렇게 명검을 차지한 핀 마쿨은 마침내 피아나 기사단에 가입하는 것이 승인되었다. 하지만 마지막 시련으로 기사단의 단장인 골 맥모나와 맞대결을 해야 했다.

하지만 핀 마쿨에게 권력을 양보하고 싶지 않았던 골은 어둠과 얼음의 신의 힘을 빌려 핀을 기다리고 있었다.

핀의 검은 어둠의 힘 때문에 그 위력을 발휘하지 못했다. 왜냐하면 핀의 검은 어둠의 신의 것이었기 때문이다.

그러자 숲의 여신이 그에게 창 한 자루를 주었다. 그것은 떡갈나무로 만든 창으로, 대지의 힘을 빨아들여 그 주인에게 줄 수 있었다.

핀은 그 창을 들고 전장으로 향했다. 하지만 골이 기다리는 전장에는 핀을 함정에 빠뜨릴 다양한 마법이 숨겨져 있었다.

그곳에는 괴물도 있었다. 그 괴물은 신비한 하프를 들고 있는데, 그 소리를 들은 자는 바로 잠에 빠져서 괴물에서 죽음을 당하는 것이다. 핀은 이 괴물에게 다가갔다. 졸음기가 맹렬하게 밀려들었지만, 가지고 있던 창을 이마에 대자 바로 기운을 회복하여 싸울 수 있었다.

마침내 골에 대한 핀의 도전이 시작되었다. 골이 핀의 이마에 무섭게 도끼를 휘두르자 핀의 이마에서 피가 흘러나왔다. 하지만 핀이 떡갈나무 창을 이마에 대자 다시 힘을 회복되고 투지가 솟구쳤다.

이렇게 핀은 스러지지 않는 체력과 투지로 골에게 승리를 거두고 피아나 기사단의 단장이 되었다. 이때 그는 새파랗게 어린아이였다.

핀의 자식들

핀 마쿨은 피아나 기사단을 이끌고 전투를 벌이고 사냥을 하며 지냈다. 그리고 아름다운 아내도 얻었다. 기사단은 그의 지휘 아래서 그 절정기를 맞이한다.

그뒤 그가 어떻게 되었는지, 그의 최후가 어떠했는지는 전해지지 않는다.

다음 세대의 기사에게 그 자리를 빼앗겼는지도 모른다. 어쨌든 그는 아들을 낳았고, 전설은 계속 이어진다.

핀에게는 아들이 둘 있었다. 하나는 로난이고 또 하나는 오신(오시안)이라

고 했는데, 특히 오신의 이야기가 잘 알려져 있다. 그는 아버지를 닮아 시작(詩作)에 재능이 있어 아버지의 모험과 자신의 경험을 노래로 지어 남겼다.

오신은 신의 나라인 '영원한 젊음의 나라' 로 모험을 떠나 3백 살에 이르는 인생을 경험했다. 그뒤 지상 세계를 다시 보고 싶어 인간으로 돌아왔다. 그리고 다시는 신의 나라를 보지 못했다.

오신과 핀이 모험을 하는 때는 아일랜드가 신화 시대에서 인간의 역사 시대로 옮겨가는 시기의 말기에 해당한다. 그리고 예전의 영웅 쿠 훌린과 함께 지금도 여전히 민족을 대표하는 영웅으로 이야기되고 있다.

무엇보다, 핀의 명검이 그뒤 어떻게 되었는지는 아무도 알지 못한다.

아더 왕을 따르던 용사들의 검

원탁의 기사들의 검

Sword of the Knight of Round Table

DATA

| 소유자 : 랜슬롯 외 | 시대 : 중세 유럽 | 지역 : 영국 | 출전 : 아더 왕 전설 |
| 무기의 종류 : 검 |

아더 왕 전설에는 많은 성검과 명검이 등장한다. 아더 왕이 가졌던 엑스칼리버나 성배 탐색을 성공시킨 갤러해드 경의 검은 잘 알려져 있거니와, 가웨인 경이나 랜슬롯 경을 비롯한 원탁의 기사들도 저마다 이름난 검을 가지고 있었다.

랜슬롯 경의 검, 아론다이트

아더 왕을 따르는 원탁의 기사 가운데 가장 강력하고 가장 화려한 인물이 랜슬롯 경이었다.

그는 프랑스의 한 지방을 다스리던 밴이라는 왕의 아들로, 호수의 미녀라는 요정 밑에서 자랐다. 때문에 랜슬롯 경은 '호수의 기사' 라 불리기도 한다.

그는 어른이 되자 무사의 훈련을 위해 영국으로 건너왔다. 그리고 아더 왕의 기량에 감복하여 그를 따르겠다고 결심했다.

그날부터 랜슬롯 경은 영국 최고의 기사로서 명성을 날리게 되었다. 마상창 시합, 검술, 승마, 사냥 등 어떤 점에서도 그에 견줄 자는 없었다. 그의 모습은 화려하고 아름다워서 궁정의 여성들 모두가 그를 사모했다. 그 중에는 아더 왕의 아내 기네비어도 있었다.

랜슬롯 경과 왕비의 불륜은 은밀하게 이루어졌으며, 유괴된 왕비를 그가 구출한 적도 있었다. 그러나 결국 그 관계는 만천하에 발각되고 만다. 랜슬롯과 아더 왕은 결별하고 이로 인해 기사단이 양분되고 말았다. 아더 왕의 치세는 이렇게 종말을 고했다.

최고의 기사 랜슬롯 경의 검 아론다이트는 뛰어난 검으로 알려졌지만, 그 검이 활약한 장면은 그리 많지 않다. 가장 유명한 것은 왕비와의 불륜 관계가 드러난 뒤 왕비와 함께 궁정에서 도망칠 때 가웨인 경의 세 동생, 즉 가레스 경, 가헤리스 경, 아그라베인 경을 죽이는 장면이다. 이 사건은 친구였던 가웨인 경과의 사이를 돌이킬 수 없는 관계로 만들고 말았다.

가웨인 경의 검 가라틴

랜슬롯 경의 친구요 경쟁자, 그리고 결국에는 숙적이 되고 만 가웨인 경은 오크니의 왕 로트의 아들로, 아더 왕 전설에서는 오래 전부터 등장하는 기사 가운데 하나다.

그는 켈트적인 마력을 가지고 있는데, 그 힘은 오전에 쑥쑥 커져서 정오에는 최고조에 달한다. 그리고 그뒤 저녁까지 빠르게 사그라진다. 그는 정오에는 랜슬롯 경보다 강했다.

그는 강하고 용감하고 성실하지만 감정적이고 쉽게 노한다는 약점을 가지고 있었다. 때문에 랜슬롯 경이 동생들을 죽이자 격분하여 복수를 다짐하며 기사단을 분열시키고 말았다. 이는 당연한 분노이기는 하지만, 원탁의 기사단을 대표하는 영웅으로서는 경솔한 짓이었다.

그런 그가 가지고 있던 검이 가라틴이다. 이 검은 엑스칼리버와 마찬가지로 요정이 벼려낸 마검이라고 하는데, 어떠한 마력을 가지고 있었는지는 분명치가 않다. 하지만 그 칼날은 매우 날카롭고 단단해서 결코 이가 빠지는 일이 없었다.

트리스탄 경의 검

콘월의 기사 트리스탄 경(영어로는 트리스트람이지만, 여기에서는 잘 알려진 이름을 택한다)은 아더 왕 전설에 등장하는 이색적인 기사다. 그는 아더 왕의 궁정 캐멀롯에 거의 나타나지 않는다. 본래 다른 전설의 주인공이었다가 나중에 아더 왕 전설에 편입되었기 때문이다.

그는 전쟁 상태에 있던 콘월과 아일랜드를 그 기량과 용기, 인망으로 화해시켰다. 그리고 화해의 증거로 아일랜드에서 콘월로 시집을 가게 된 이졸데 공주를 호위하게 되었다.

하지만 이것이 비극의 출발이었다. 트리스탄과 이졸데는 이졸데의 어머니가 딸과 사위를 위해 준비해둔 사랑의 묘약을 마시고 만 것이다.

두 사람은 이내 사랑에 빠졌다. 하지만 양국의 평화를 바라는 이졸데와 주군에 대한 충성심을 지키려는 트리스탄은 서로 애를 태우면서도 욕망을 참고 육체를 접하지 않았다.

트리스탄은 이졸데를 궁정에서 데리고 나와 숲에서 밤을 지새운 적도 있었다. 이때 그들을 발견한 콘월의 마크 왕은 잠을 자는 두 사람 사이에 날카로운 칼이 가로놓여 있는 것을 보았다. 왕은 이 칼이 두 사람의 결백을 증명하는 것으로 보고 그들을 용서한다.

이 일화에서 검은 남녀의 정절을 지켜주는 존재로 묘사되어 있다. 이와 비슷한 이야기는 북구 전설에도 있다('그람' 편 참조). 이러한 일화는 일찍이 검이 정의의 상징이며, 정의란 곧 힘으로 얻는 승리에 다름아니라고 보았음을 짐작케 한다.

지그프리트를 죽인 호그니의 검

다인슬레프

Dainslef

DATA

| 소유자 : 호그니 | 시대 : 고대 게르만 | 지역 : 독일, 북구 |
| 출전 : 빌숭 그 일족의 사가, 니벨룽겐의 노래 | 무기의 종류 : 검 |

라인 황금의 저주는 지크프리트를 죽인 교키 족까지 엄습했다. 다인슬레프는 북구의 『빌숭 그 일족의 사가』 및 중세 독일의 서사시 『니벨룽겐의 노래』의 후반부를 장식하는 교키 가의 전사 호그니가 가지고 있던 날카로운 검이다.

지크프리트의 사후

북구의 영웅 전설 『빌숭그 일족의 사가』는 지크프리트와 브룬힐트가 죽은 뒤에도 계속 진행된다('그람' 편 참조). 지크프리트가 죽은 뒤에도 그를 죽인 군나르와 그 동생 호그니(독일에서는 각각 군터와 하겐)가, 북구에서 아틀리(독일에서는 에첼)라 불리는 훈족의 왕 아틸라와 전쟁을 하다가 멸망하는 모습이 극명하게 묘사되고 있다.

특히 『니벨룽겐의 노래』에서는 지크프리트의 죽음은 이야기가 중반에 접어들 즈음에 나오며, 이 부분부터 군나르와 호그니의 비극이 길게 전개된다. 다인슬레프는 이 호그니가 가지고 있던 명검이다. 호그니는 강하고 용감하기는 하지만 교활하고 음험한 면도 있는, 고대 전설에서는 보기 드문 인물상이다.

황금의 저주

이 전설에서는 신들이 라인 강의 소인한테 빼앗은 황금에 깃들인 저주가 이야기 전체를 차지한다.

황금은 신에게서 거인 파프니르로, 그리고 파프니르를 퇴치한 지크프리트로 이어지고, 마침내 지크프리트를 죽인 교키 가의 차지가 되었다. 하지만 황금을 차지한 자는 어김없이 그것을 빼앗으려는 새로운 적에게 멸망을 당했다.

호그니와 군나르를 멸한 것은 훈족의 왕 아틸라였다. 아틸라는 지크프리트가 죽은 뒤 그의 아내였던 군나르의 누이동생 구드룬(독일에서는 크림힐트)에게 구혼했다. 이들 일족이 막대한 라인의 황금을 가지고 있다는 것을 알았기 때문이다.

구드룬은 이 결혼이 내키지 않았지만 그녀의 어머니는 강대한 힘을 가진 아틸라와 인연을 맺으려고 혼담을 진행시킨다.

군나르와 호그니는 나날이 아틸라와 대립을 심화시키다가 마침내 전쟁에 돌입한다. 아틸라는 이 두 사람을 제거하려고 화해를 가장하고 자기 성으로 유인한다.

호그니의 검

하지만 호그니는 아틸라의 속셈을 눈치채고 있었지만 감히 적의 소굴로 뛰어든다.

군나르와 호그니는 아틸라의 군대에 에워싸인 채 필사적으로 싸웠다. 이때 호그니가 휘두르던 검이, 지크프리트가 파프니르로부터 얻은 보물 가운데 섞여 있던 보검인 다인슬레프였다. 이 검은 양날 장검으로, 왼손에 방패를 들고 사용할 수 있었다. 다인슬레프는 지크프리트의 성검 그람과 마찬가지로 라인 강의 소인이 벼려낸 것으로, 그 칼날이 매우 날카로워 아틸라의 병사들은 단 두 사람의 전사에게 추풍낙엽처럼 쓰러졌다.

하지만 운명은 그들의 죽음을 원하고 있었다. 군나르와 호그니는 파도처럼 밀려오는 아틸라의 병사들을 상대로 한 치도 물러서지 않고 싸웠다. 하지만 그들도 무수한 적과 싸우다 지쳐서 결국 생포되고야 말았다.

아틸라는 사로잡힌 호그니의 심장을 칼로 후벼 파내어 죽인다. 호걸 호그니는 가슴에서 피를 뿜어내면서도 웃는 낯으로 죽었다. 다인슬레프는 명검이기는 했어도 황금의 저주가 깃들여 있어 영웅의 운명을 바꿀 수는 없었다.

운명의 매듭을 끊어낸 검

알렉산드로스의 검

The Sword of Alexander

DATA

| 소유자 : 알렉산드로스 대왕 | 시대 : 고대 그리스 | 지역 : 마케도니아 |
| 출전 : 알렉산더 전설 | 무기의 종류 : 검

알렉산드로스 대왕은 고대 그리스의 제왕으로서 그의 군대는 페르시아를 격파하고 아시아를 짓밟으며 멀리 인도까지 다다랐다. 비할 바 없이 뛰어난 군사 지도자였던 그의 운명은 한 가닥의 매듭을 끊어낸 그의 검에 맡겨져 있었다.

마케도니아와 왕자

알렉산드로스(알렉산더)는 마케도니아 왕 필리포스 2세의 아들로 기원전 356년에 태어났다. 그는 어린 시절에 그리스의 철학자 아리스토텔레스를 가정교사로 두고 수준 높은 교육을 받아 장차 유럽과 아시아의 융합이라는 거대한 이상을 품어낼 기초를 다져나갔다.

아버지 필리포스가 죽자 왕위를 승계한 그는 아버지가 통일한 그리스의 군대를 이끌고 강대한 아시아의 제국 페르시아로 쳐들어갔다.

페르시아와 그리스는 오랜 적대 관계에 있어 전쟁도 여러 차례 치러왔다. 일찍이 페르시아 제국은 미케네 문명이 있던 소아시아 연안의 영지를 차지하려고 그리스를 침공한 적이 있었다. 알렉산드로스의 동방 원정은 그 침공에 대한 복수라는 명분을 내건 거사였다.

무적의 제왕

양국의 군대는 그라니코스 강, 이소스, 가우가멜라 등 메소포타미아 각지에서 격돌했는데, 전투는 언제나 알렉산드로스의 승리로 끝나 아케메네스 왕조의 페르시아는 이로써 멸망했다.

게다가 그는 페르시아 북동부에 위치한 박트리아, 소그디아나, 파르티아로 원정하여 현재 아프가니스탄에 해당하는 산악 지대에서 격렬한 게릴라 전을 치렀다. 그리고 이 전쟁에서 일정한 지배권을 확보하자 인더스 강 상류에서 인도로 침공했다. 여기에서는 히다스페스 강 전투에서 인도군에 승리했다.

알렉산드로스는 인도로 더 밀고 들어가려 했지만 병사들 고향을 떠난 지 벌써 8년, 2만km가 넘는 대원정에 지칠 대로 지쳐 있었다. 그는 더 진격하기를 그치고 일찍이 페르시아의 대도시 바빌론으로 귀환했다. 알렉산드로스는 여기서 병에 걸려 기원전 323년에 서른세 살의 젊은 나이로 세상을 떴다.

알렉산드로스는 부하의 반대를 물리치며 점령지의 아시아계 주민을 고관으로 등용하고, 파르티아인 록사나를 아내로 맞이했다. 그가 죽자 그가 점령했던 광대한 지역은 네 왕국으로 분리되어, 동서 문화가 융합된 독자적인 헬레니즘 문화를 탄생시켰다.

고르디오스 왕의 매듭

알렉산드로스가 페르시아령 소아시아에 침입한 기원전 333년. 그는 일찍이 그곳에 번성했던 고대 리디아 왕국의 수도 고르디움을 점령했다.

이 도시 한가운데 하늘의 신 제우스를 받드는 신전이 있었다. 그리고 거기에 한 대의 낡은 전차가 놓여 있었는데, 그 전차에는 유명한 '고르디우스 왕의 매듭' 이라 불리는 복잡하게 얽힌 밧줄이 매여 있었다. 전설에 따르면 이 매듭을 푸는 자가 아시아의 지배자가 된다고 했다.

도시에 도착한 알렉산드로스는 이 신전을 찾아갔다. 그리고 매듭을 보자 즉시 허리에 차고 있던 검을 빼들고 그 밧줄을 단칼에 잘라버리고 말았다.

그에게 운명이란 개척하는 것이었다. 시련이 닥치면 자기 나름의 방식으로

대처하면 된다. 규칙은 스스로 만들면 되는 것이다. 그는 이때 자기 부하들이야말로 그의 검이며, 왕은 그 검을 휘둘러 미래를 차지하는 존재임을 만천하에 천명한 셈이다.

부록

일본의 신검·마검·명검

아마타노오로치를 퇴치한 뭇 신들의 신검

도츠카노츠루기

十握劍 · 天羽々斬

DATA

| 소유자 : 이자나기, 스사노오 등 | 시대 : 신대(神代, 일본사에서 신이 지배했다고 하는 시대) |
| 지역 : 일본 | 출전 : 고사기(古事記), 일본서기(日本書紀) 등 | 무기의 종류 : 검 |

아마테라스의 동생 스사노오는 난폭한 기질 때문에 다카마가하라(高天原)에서 추방당하여 복종을 모르는 신, 사나운 신이 되었다. 그러한 스사노오의 용맹함을 뒷받침하여 야마타노오로치(八岐大蛇)를 죽인 명검이 있으니, 아버지 이자나기에게 물려받은 도츠카노츠루기라는 날카로운 신검이 바로 그것이다.

여러 신들이 이용한 신검

독자 여러분에게는 낯선 이름일 테지만 도츠카노츠루기는 기키(記紀) 신화에 여러 번 등장하며, 또 이 검이 계기가 되어 탄생한 신도 여럿이다. 그야말로 신들의 검이다.

이 검을 처음 소유한 자는 뭇 신들의 아버지인 이자나기노미코토이다.

태어나면서부터 모신 이자나미의 음부를 불태워, 결과적으로는 죽음에 이르게 한 카구츠치(이자나기와 이자나미 사이에서 태어난 불의 신)의 목을 친 것이 이 도츠카노츠루기의 첫 역할이었다.

이때 검의 끝에서 튄 핏방울에서 세 신, 검의 날 밑에 묻었던 피에서 세 신, 칼자루에 고여 손가락 사이로 떨어진 피에서 두 신이 탄생했다. 이들은 전부 검을 벼리는 데 관계하는 신들이었다고 한다(여기서 도츠카노츠루기에 아메노오오바리(天之尾羽張)라는 이름이 생겨났다). 이 도츠카노츠루기는 모든 검의 시조가 되었다.

그뒤 이자나기가 이자나미를 좇아 황천국을 찾아가는 유명한 이야기가 나오는데, 도츠카노츠루기는 추격해오는 요모츠히사메(泉津日狭女)를 격퇴하는 데도 사용된다.

마침내 이자나기가 신화의 무대에서 물러나자 도츠카노츠루기는 그 아들인 스사노오노미코토의 것이 된다.

스사노오는 아버지 이자나기로부터 바다를 다스리라는 명을 받지만 모신 이자나미를 사랑하여 매일 울기만 할 뿐 전혀 임무에 나설 기색이 없었다. 이를 알고 분노한 이자나기는 스사노오에게 국외 추방을 명한다.

스사노오는 누이이며 다카마가하라의 지배자인 아마테라스오미카미(天照大神)에게 도움을 청하러 갔다. 하지만 아마테라스오미카미는 스사노오가 나라를 찬탈할 마음을 품고 있다고 짐작하고 그의 본뜻을 선뜻 믿어주려 하지 않았다. 그래서 두 신은 하늘의 야스가와(安川)를 사이에 두고 우케이(이를테면 동전을 던져 앞면이 나오느냐 뒷면이 나오느냐에 따라 일을 결정하듯 상호간에 미리 정한 행동을 해서 진실을 가리는 방법)를 했다.

아마테라스오미카미는 스사노오의 허리에 찬 도츠카노츠루기를 받아 세 동강으로 부러뜨려서 입에 넣고 산산조각이 나도록 우적우적 씹은 뒤 후욱 불어냈다. 그러자 거기에서 세 여신이 탄생했다.

스사노오는 아마테라스오미카미의 야사카니노마가타마(八尺瓊曲玉)를 받아 역시 산산조각이 나도록 씹은 뒤 불어냈다. 그러자 거기에서 다섯 남신이 탄생했다.

여신을 낳은 쪽이 결백한 것으로 미리 정해둔 터이므로, 도츠카노츠루기의 소유자인 스사노오의 마음은 결백한 것으로 증명되었다.

도츠카노츠루기는 이때 산산조각이 났지만 신화에서는 그뒤로도 계속 등장한다. 유감스럽게도 이에 관한 설명이 전혀 없다. 부러졌다고 되어 있는 부분이 우화인지, 아니면 나중에 등장하는 검이 또 다른 검인지, 아니면 신검인 만큼 금방 재생된 것인지, 아무튼 수수께끼다.

그뒤 스사노오는 아시하라나카츠쿠니(葦原中原)로 내려가 야마타노오로치를 퇴치하게 된다. 이때 그 큰뱀을 베는 데 사용한 검 역시 도츠카노츠루기였다('아메노무라쿠모노츠루기' 편 참조). 이 때문에 도츠카노츠루기는 아메노하바키리(天羽々斬)라 불리게 된다. '아메(天)'는 존칭이고, '하바(羽羽)'는 큰뱀이라는 뜻이다. 즉 아메노하바키리란 큰뱀을 벤 성검이라는 뜻이 된다. 『일본서기』에는 아메노하에키리(天蠅斫劍)라 기록되어 있는데, 이 말은 칼날에 앉은 파리가 베어져 떨어질 정도의 명검이라는 속설을 낳았다. 물론 아메노하바키리가 옳다.

도츠카노츠루기는 아지시키타카히코네노카미(阿遲志貴高日子根神)가 죽은 아메와카히코(天若日子)와 자신을 사람들이 분간하지 못하자 화가 나서 빈소를 베어 쓰러뜨릴 때, 그리고 다케미카즈치노카미(建御雷神)가 아시하라나카츠쿠니를 위협할 때 사용되었다.

아메노하바키리의 행방에 관해서는 이소노카미 신사('후츠노미타마' 편 참조)에 안치되었다는 설과, 키비(吉備)의 신주 곁에 있었다는 설이 있는데, 아무튼 지금은 전해지지 않고 있다.

신들 사이를 빈번하게 오간 이 신보(神寶)가 정말로 단 한 자루밖에 없었던 것인지에 대해서는 여전히 의문으로 남는다. 자루가 긴 검을 전부 '도츠카노츠루기'라 불렀을 가능성도 있다(사실 신화에는 '九握劍', '八握劍' 등 그 실상을 파악하기 힘든 검의 이름들이 나온다. 아지시키타카히코네노카미의 검을 '八握劍'이라 기록한 책도 있다). 현재 남아 있는 사료로는 뭐라고 확정지을 수 없는 것이 유감이다. 일단 여기에서는 유일한 검이었다고 간주하고 진행하겠다.

생김새

실물이 전해지지 않고 생김새에 관한 기록도 남아 있지 않으므로 알 길이 없다. 다만 도츠카노츠루기라는 이름은 자루가 10악(十握)인 검이라는 뜻이다. 1악(一握)은 손가락 네 개를 쭉 폈을 때의 길이를 말하므로 칼자루가 상당히 길었다고 생각된다. 그런 칼자루를 필요로 하는 검이라면 상당히 큰 검이 아니었을까.

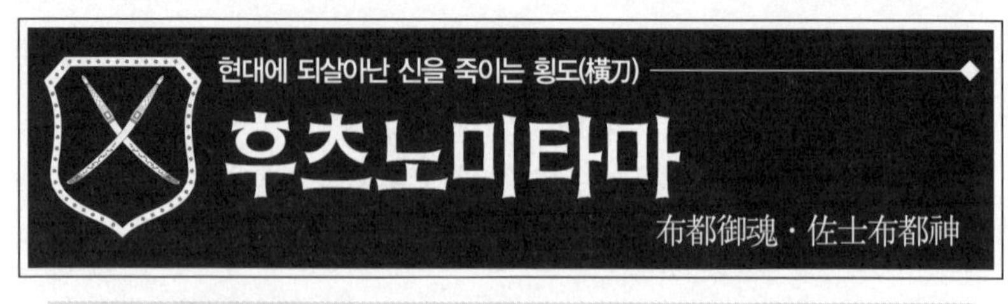

현대에 되살아난 신을 죽이는 횡도(橫刀)

후츠노미타마

布都御魂・佐士布都神

DATA

| 소유자 : 다케미카즈치노카미, 진무 천황 | 시대 : 신대, 현대 | 지역 : 일본 |

| 출전 : 고사기, 일본서기 등 | 무기의 종류 : 직도(直刀) |

천손강림 때 텐무(天武) 천황의 동방 정벌을 요력(妖力)으로 방해한 불가사의한 큰 곰이 있었다. 이는 다케미카즈치노카미(建御雷神)가 평정한 반항 세력, 즉 구마노(熊野)의 신의 화신이었다. 곤경에 몰린 니니기노미코토를 구하기 위해 다케미카즈치노카미가 아시하라나카츠쿠니에 내던졌던 검이 삼령검(三靈劍) 가운데 하나인 후츠노미타마다.

삼령검

『원평성쇠기(源平盛衰記)』에 이런 내용이 있다.

'신대에 세 자루의 영검이 있었다. 아메노토츠카노츠루기(天十握劍), 아메노무라쿠모노츠루기(天叢雲劍), 후루노츠루기(布流劍)가 그것이다.'

이 가운데 아메노토츠카노츠루기는 아메노하바키리, 즉 야마타노오로치를 죽인 스사노오의 검이며, 아메노무라쿠모노츠루기는 저 유명한 삼종(三種)의 신기(神器) 가운데 하나다.

나머지 한 자루. 이름은 낯설지만 실은 이것이 아시하라나카츠쿠니(葦原中國)를 평정한 다케미카즈치노카미의 검으로, 『고사기』에 후츠노미타마 혹은 사지후츠신(佐士布都神)으로 등장하는 영검이다.

구마노의 사나운 신을 퇴치

진무(神武) 천황이 동방을 정벌할 때의 일이다.

군대가 구마노를 진격하고 있을 때 갑자기 큰 곰 한 마리가 나타났다가 사라졌다. 그러자 천황과 병사들이 곰의 독기에 쐬어 이내 기절해버렸다. 이 큰 곰은 사나운 신의 화신이었던 것이다.

그때 다카쿠라지(高倉下)라는 자가 나타났다. 그가 진무 천황에게 달려와 장검을 바치니 신기하게도 천황이 금방 눈을 떴다. 그리고 천황이 그 장검으로 사나운 신을 베어 죽이니 이번에는 모든 병사들이 깨어났다.

"이 장검을 어떻게 구했느냐?"

천황이 묻자 다카쿠라지는 대답했다.

"어젯밤 꿈을 꾸었는데, 아마테라스오미카미와 다카기노카미(高木ノ神)가 다케미카즈치노카미를 책망하시는 모습이 보였습니다. 아시하라나카츠쿠니는 네가 평정한 나라인데, 이제 저렇게 소란스러우니 자손들이 괴로워하고 있다, 네가 내려가 바로잡아라 하시었습니다. 그러자 다케미카즈치노카미께서 대답하시길, 제가 몸소 내려갈 것도 없습니다, 그 나라를 평정하는 데 사용할 장검을 다카쿠라지의 창고에 구멍을 뚫고 그곳으로 떨어뜨려 놓겠습니다, 하였습니다. 그리고 다케미카즈치노카미께서 저를 보고 이르시기를, 너는 아침에 눈을 뜨면 창고에 있는 영검을 찾아들고 신의 아드님께 바쳐라, 하셨습니다. 그 꿈이 하도 기이해서 아침에 창고를 조사해보니 과연 꿈에서 들은 대로 영검이 있었습니다. 그래서 이렇게 가져온 것이옵니다."

이 검을 『고사기』에서는 사지후츠신 또는 후츠노미타마(布都御魂)라 하고 『일본서기』에서는 후츠다마(韴魂)라 하는데, 모두 같은 검이며, 이 검은 곧 신 자체이기도 하다. 후츠노미타마는 진무 천황의 구마소(熊曾) 평정을 돕고, 스진(崇神) 천황 대에 이르러 주제신(主祭神, 제사를 관장하는 신)으로서 이소노카미(石上) 신궁에 모셔졌다.

이소노카미 신궁

이소노카미 신궁이라는 곳은 기키 신화에서 대단히 중요한 장소다. 여기에는 후츠노미타마를 필두로 아메노히보코(天日槍)의 창이나 야사카니노마가타마, 아메노하바키리 등 다양한 보물이 수장되어 있다는 전설이 전해진다. 기묘한 형상으로 유명한 칠지도('칠지도' 편 참조)도 이 신궁에서 발견되었다. 아마도 이곳은 조정의 무기고였던 듯한데, 그래서인지 귀중한 유물들이 많이 보관되어 있었다(그 대부분은 전국 시대에 약탈을 당해 흩어졌지만).

또 이소노카미 신궁은 오랜 기간 본전(本殿)이 없고 그 대신 금족지(禁足地)가 있었던 색다른 신궁이다. 금족지의 땅 속에 신검 후츠노미타마가 들어 있는 돌상자가 있다는 전승이 전해지고 있다.

이 전승을 확인한 인물이 있다. 메이지 시대의 다이구지(大宮司, 신궁이나 신사에서 신관의 우두머리) 스가 마사토모(菅政友)였다.

진기칸(神祇官, 제사에 관련된 일을 주관하는 관청으로 1868년에 설치됨)의 허가를 얻어 금족지를 발굴한 스가는 구옥(勾玉) 등과 함께 과연 장검 한 자루를 발견했다. 그는 이것을 전설의 삼령검 가운데 하나인 후츠노미타마라고 단정했다. 신검은 현재 신체(神體, 신령이 깃들인 것으로서, 제사에 이용되며 예배의 대상이 되는 신성한 물체)로서 이소노카미 신궁에 모셔져 있다.

가고시마 신궁

그런데 후츠노미타마라고 전해지는 검이 또 한 자루 존재한다. 이소노카미 신궁과 마찬가지로 후츠노미타마를 주제신으로 하는 가고시마(鹿島) 신궁에 있는데, 이곳에 있는 검은 국보로 지정되어 일반에 공개되고 있다.

가고시마 신궁에 전해지는 후츠노미타마는 엄청나게 장대한 외날 직도(直刀)다. 칼날의 길이는 224cm(자루를 포함하면 270cm)로서 상식을 벗어난 위용을 자랑한다. 그 길이에 비해 칼몸은 가늘어 칼 밑 부근이 4.2cm밖에 안 된다(칼끝은 2.85cm). 사실 이 정도만 해도 일반적인 검보다 월등히 굵은 편이지만.

철제이므로 예전에는 녹이 심하게 슬어 있었다고 한다. 녹을 닦아내면서 알게 된 사실은 이 칼몸은 네 조각을 용접하여 만들어졌다는 것이다.

후츠노미타마에 부속된 칼집과 칼자루는 헤이안 시대(794~1192) 초기에 제작된 것으로 보인다. 칼 자체의 제작 연대는 그 형식을 볼 때 쇼쇼인(正倉院)의 보물인 장검류와 유사한 것으로 추측되지만 정확한 사실은 알 수 없다.

장검이라 해도 일본의 도검이 대부분 70cm 전후의 칼몸을 가진 것을 생각하면 가고시마 신궁의 후츠노미타마는 이채를 띠는 특이한 존재다. 이색적인 검이라 해도 좋을 것이다. 이렇게 장대하니 보통 사람은 도저히 다루지 못할 뿐더러 들고 다니기도 힘들다. 이 검을 제대로 휘두르려면 인간을 초월한

힘이 필요하다. 이는 기술을 운운하기 이전의 문제다. 설령 사용할 수 있었다 해도 과연 그 칼몸이 격렬한 충격에 온전할 수 있었을까? 아니, 그 전에 칼집에서 뽑아낼 수나 있었을까? 의문은 꼬리에 꼬리를 문다.

아무튼 현재 일본에는 후츠노미타마라고 전해지는 검이 두 자루가 있는 셈이다. 어느 쪽이 진짜인지는 그리 중요하지 않다. 전설 속의 이야기로만 생각되던 신대의 신검이 현존할 가능성이 크다는 것만도 반가운 이야기다. 게다가 가고시마 신궁의 횡도는 상식을 초월한 칼이다. 과연 이소노카미 신궁의 후츠노미타마는 어떤 것이었을까? 역시 매우 긴 횡도였을까? 과연 어느 쪽이 모사품이었을까? 그것도 신대의 유물답게 양날검이었을까?

큰 뱀의 꼬리에서 얻은 삼종의 신기 가운데 하나

아메노무라쿠모노츠루기

天叢雲劍・草薙の劍

DATA

| 소유자 : 야마토타케루, 역대의 천황들 | 시대 : 시대~현대 | 지역 : 일본 |
| 출전 : 고사기, 일본서기 등 | 무기의 종류 : 검 |

가공할 큰뱀 야마타노오로치의 몸 속에서 찾아낸 신검은 뭇 신들의 검인 도츠카노츠루기에 흠집을 낼 만큼 날카롭다. 후에 야마토타케루의 대검으로서, 그리고 일본의 삼종의 신기 가운데 하나로서 이름을 날린 검은 과연 어떤 것이었을까? 그 실상을 추적해보자.

삼종의 신기

일본 황실에는 신대로부터 '삼종의 신기'가 전해지고 있다. 아마테라스오미카미가 천손강림 때 니니기노미코토에게 받은 야타노카가미(八咫鏡), 야사카니노마가타마(八尺瓊曲玉) 그리고 아메노무라쿠모노츠루기(天叢雲劍)가 그것이다. 이들 신기(神器) 없이는 천황의 즉위가 인정되지 않는, 말하자면 일본 왕권의 상징이라고 할 수 있는 물건들이다.

이 가운데 거울과 곡옥은 다카마가하라에서 만들어진 유서깊은 보물로서 참으로 신기라는 이름에 걸맞는다. 특히 야타노카가미는 아마테라스오미카미(天照大神)의 분신이라고도 할 수 있는 귀한 신보(神寶)다.

하지만 나머지 하나, 아메노무라쿠모노츠루기는 무시무시하고 이상하게 생긴 큰뱀의 몸 안에서 찾아낸 것으로, 그 내력이 신기라 일컫기에는 걸맞지 않는 듯하다.

왜 아메노무라쿠모노츠루기는 삼종의 신기 가운데 하나로 꼽히게 되었을까?

사실 이 검은 '왕권의 상징' 이라는 측면 외에도 '정복의 상징' 이라는 측면도 가지고 있다. 그 부분을 포함해서, 일본에서도 가장 유명하되 의외로 잘 알려지지 않은 신검 아메노무라쿠모노츠루기에 대해서 살펴보도록 한다.

야마타노오로치와 신검 출현

아메노무라쿠모노츠루기가 신화에 처음 등장하는 것은 『고사기』와 『일본서기』 모두 스사노오노미코토의 야마타노오로치 퇴치 장면에서다.

이 야마타노오로치라는 괴물은 그 이름대로 머리와 꼬리가 여덟 갈래로 갈라진 거대한 뱀으로, 눈은 꽈리처럼 새빨갛게 빛나고 등에는 소나무나 전나무가 자라며 그 몸뚱이는 여덟 계곡과 여덟 봉우리에 걸친다는 엄청나게 큰 괴물이다.

이 큰뱀은 매년 인신공양으로 바쳐진 인간을 잡아먹는다. 그런데 이 괴물에게 일곱 딸을 빼앗기고 그해에는 막내딸마저 바쳐야 하는 노인이 있었다. 스사노오노미코토는 이 노인의 한탄을 듣고, 노인에게 그 딸을 구하면 아내로 주겠다는 약속을 받아내고 야마타노오로치 퇴치에 나섰다. 당시 스사노오노미코토는 지나치게 난폭하게 행동하다가 다카마가하라에서 추방당하여 아시하라나카츠쿠니(지상)를 유랑하는 처지였다.

스사노오노미코토는 큰 나무통 여덟 개에 술을 채워놓고 큰뱀이 아가씨를 잡아먹으러 오기를 기다렸다. 얼마 지나지 않아 과연 야마타노오로치가 나타났는데, 아니나다를까 그 괴물은 여덟 개의 머리를 여덟 개의 술통에 처박고 술을 다 마시고는 잔뜩 취해서 잠에 빠지고 말았다. 스사노오노미코토는 이 기회를 놓칠세라 허리에 찬 도츠카노츠루기('도츠카노츠루기' 편 참조)를 뽑아들고 큰뱀을 토막내어 죽였다. 이때 괴물의 거대한 몸뚱이에서 흘러나온 피가 자못 큰 강을 이루었다고 한다.

이때 스사노오노미코토가 큰뱀의 꼬리를 치는데 신들의 검인 도츠카노츠루기의 칼날이 뭔가 딱딱한 것에 부딪혀 흠집이 생겼다. 놀라서 꼬리를 갈라 보니 거기에서 매우 날카로운 장검이 나왔다. 야마타노오로치의 머리 위쪽이 늘 구름에 싸여 있었으므로, 그 모양을 빌어 이 검을 (아메노)무라쿠모노츠루기([天]叢雲劍, '아메노(天)'는 존칭)라 이름짓고, 너무나도 진기한 것인지라 아마테라스오미카미에게 헌상했다.

아메노무라쿠모노츠루기는 이렇게 한때 다카마가하라에 있었다. 그러다가 아시하라나카츠쿠니를 여행하는 니니기노미코토에게 넘어가 다시 지상으로 돌아온 사정은 앞에서 말한 그대로다.

야마토타케루

다음으로 아메노무라쿠모츠루기가 각광을 받은 것은 세월이 훨씬 흘러 일본 신화의 비극의 주인공 야마토타케루노미코토가 등장하면서였다.

야마토타케루노미코토의 인물상과 묘사는 『고사기』와 『일본서기』가 서로 다르다. 『고사기』에서 야마토타케루노미코토(倭建命)는 성격이 거칠고 수단 방법을 가리지 않는 난세형 영웅이다. 이에 반해 『일본서기』의 야마토타케루노미코토(日本武命)는 천황의 명령에 끝까지 충실한 모범생으로서, 한치의 도의에 어긋남이 없다.

이 차이는 『일본서기』가 야마토 조정의 권위를 높이기 위해 편찬된 관선 역사서라는 데 기인한다. 공식 문서이므로 조정에 적절치 못한 내용, 권위에 흠이 가게 할 내용은 삭제된 것이다(이 때문에 오늘날 『일본서기』의 사료적 가치에 의심을 품는 사람이 많다). 보다 원형에 가까운 전승을 알고자 한다면 『고사기』가 더 낫다. 때문에 여기에서는 주로 『고사기』의 기록에 기초하여 야마토타케루노미코토 이야기를 엮어나가기로 한다.

야마토타케루노미코토는 게이코(景行) 천황의 아들이다. 어릴 적에는 고스노미코토(小碓命)라 불리고, 세 태자(고대 일본에서는 황태자를 여러 명 정하고 그 가운데서 후계자를 고르기도 했다) 가운데 하나로 꼽혔다.

고스노미코토에게는 오스노미코토(大碓命)라는 형이 있었는데, 어느 날 아버지(게이코 천황)가 이 형에게 아름답기로 소문난 어떤 자매를 불러오라는 명을 내렸다. 그런데 자매를 처음 본 오스노미코토는 그 미모에 마음을 빼앗겨 그 자매를 자기가 차지해버리고, 아침 저녁에 열리는 정례 회식에도 출석하지 않았다.

아들의 결석을 걱정한 게이코 천황은 동생 고스노미코토에게, "정해진 자리에는 반드시 나와야 한다. 번거롭더라도 얼굴을 내밀라고 네가 가서 정중하게 이르고 오너라" 하고 명했다. 그런데 며칠이 지나도록 오스노미코토가 모습을 나타내지 않았다. 이를 수상쩍게 생각한 천황이 고스노미코토에게 물으니, "오스노미코토는 벌써 제가 팔다리를 분질러서 멍석에 말아 던져버렸습니다!" 하고 대답하는 것이었다.

아들의 난폭하기 짝이 없는 행동에 두려움을 느낀 천황은 고스노미코토를 도저히 곁에 둘 수 없겠다고 생각하고, "서국에 고마소타케루라는 성에 적이 두 명이 있다. 네가 가서 무찌르고 오너라" 하고 원정을 내보내고 말았다.

이래서 야마토타케루의 파란만장한 방랑이 시작되었다.

서국에 도착한 고스노미코토는 경계가 삼엄한 구마소타케루 성에 여장을 하고 들어가 적을 죽였다. 그 용맹함에 경탄한 구마소타케루의 한 적장이 칼에 찔려 죽으면서 바친 이름, 그것이 바로 야마토타케루다. 이후 사람들은 고스노미코토를 찬양하여 야마토타케루라 부르게 되었다.

야마토타케루는 복종치 않는 신들을 잇달아 평정하고 이즈모(出雲)의 용자

(勇者) 이즈모타케루를 기만술로 토벌하여 서방을 평정하고 개선했다.

하지만 야마토타케루노미코토를 기다리고 있던 것은 칭송이나 보상이 아니라 또다시 동방으로 출정하라는 명령이었다. 조정에서 볼 때 야마토타케루노미코토는 이미 난폭한 신과 다를 게 없는 무서운 존재가 되어 있었던 것이다. 쫓기듯이 동방 원정에 나선 야마토타케루는 도중에 이세(伊勢) 신궁에 들러서 숙모 야마토히메(倭比賣)에게 속마음을 비쳤다.

"천황은 내가 죽기를 바라고 있습니다."

실의에 빠진 조카에게 야마토히메는 검과 자루를 건네주며 말했다.

"이 검은 이 궁의 신보(神寶) 구사나기노츠루기(草邦藝劍, 아메노무라쿠모노츠루기)다. 난폭한 신을 무찌르는 데 큰 도움이 될 것이다. 또 이 자루는 절체절명의 위기에 처했을 때 열어보거라."

구사나기의 유래

삼종의 신기는 천손강림 이래 오래도록 궁중에 있었다. 하지만 이 가운데 검과 거울은 스진(崇神) 천황 대에 이르러 신의(神意)가 상할까 염려하여 모조품을 만들어놓고 진품은 다른 곳으로 옮겼다. 이세 신궁은 이들 신기를 보관하기 위해 만들어진 곳이었다(여담이지만, 단노우라에서 안토쿠(安德) 천황과 함께 바닷속으로 가라앉은 검은 물론 모조품이었다).

신검을 받고 용기를 되찾은 야마토타케루는 오하리(尾張)에서 구니노미야코(國造, 세습적으로 지방을 다스리는 호족)의 딸 미야즈히메(美夜受比賣)와 약혼하고 동쪽으로 진군했다. 그리고 사가미(相模) 국에서 절체절명의 위기에 빠진다.

"이 들판 한가운데 큰 연못이 있습니다. 그 연못에 무서운 재앙을 내리는 사나운 신이 살고 있습니다."

에비스(야만인 혹은 간토[關東] 지방의 사나운 무사) 우두머리의 말을 곧이 믿은 야마토타케루는 들판 한가운데로 들어갔다가 그들이 놓은 불길에 사방이 가로막히고 만다. 진퇴양난에 빠진 야마토타케루가 숙모의 말을 문득 떠올리고 자루를 열어보니 그 안에 부싯돌이 들어 있었다.

황태자는 신검을 뽑아 주위 풀을 베고 맞불을 놓아 궁지에서 벗어나 적을 남김없이 베어 죽였다. 또 일설에 따르면 검이 저절로 칼집에서 미끄러져 나와 주위의 풀을 베어버렸다고 한다. 아메노무라쿠모노츠루기를 '구사나기노츠루기(草薙劍)' 라는 별명으로 일컫게 된 것은 이 사건에서 유래했다고 한다

(한편 아메노무라쿠모노츠루기라는 명칭이 후대에 권위를 세우기 위해 만든 것이므로, 본래 '구사나기(기묘한 뱀)' 라는 이름을 가지고 있었다는 설도 있다).

기적적으로 목숨을 구한 야마토타케루노미코토는 동방 정벌을 계속하다가 아내를 잃는 비극을 겪으면서도 사나운 온갖 신들, 온갖 적들을 무찔렀다. 오하리에 개선한 황태자는 정식으로 미야즈히메와 결혼한다. 이어서 이부키야마(伊吹山)의 악신을 퇴치하려고 나선다.

이때 황태자는 사랑하는 미야즈히메 곁에 신검을 두고 간다. 그 때문인지 신의 화신인 흰멧돼지(『일본서기』에서는 큰뱀)를 그저 신의 사자로 착각하고는 폭언을 퍼붓고 무시해버린다. 그 직후 그는 심한 우박을 만나 급병이 나서 어쩔 수 없이 야마토로 돌아가다가 숨을 거둔다. 일대의 영웅 야마토타케루도 마침내 그 명이 다했던 것이다.

아츠타 신궁

미야즈히메는 황태자가 죽은 뒤 오래도록 신검을 지켰지만 마침내 몸이 노쇠해지자 일족을 모아 아츠타 땅에 신궁을 건립하고 여기에 아메노무라쿠모노츠루기를 모셨다. 이것이 아츠타(熱田) 신궁의 기원이다. 조정에서는 이를 그다지 문제시하지 않았는지, 이후 신검은 아츠타 신궁에 주신으로서 오래도록 보관되었다.

하지만 다이카의 개신(改新) 23년 뒤(668년) 한 사건이 발생한다. 신라의 승려 도행(道行)이 신검을 훔친 것이다.

도행은 신사에 숨어들어가 검을 훔쳐 가사에 둘둘 말아서 이세까지 도주했다. 하지만 하룻밤이 지나고 보니 검은 온데간데없었다. 어느새 신사에 돌아가 있었던 것이다. 그러자 도행은 다시 검을 훔쳐서 세츠로 도주했다. 도행은 세츠에서 신라로 가는 배를 탔으나 사나운 태풍을 만나 어쩔 수 없이 귀항

하지 않을 수 없었다.

그 즈음 신탁을 통해 신체(神體)가 도난당한 것을 안 사람들이 사방팔방으로 수색을 벌이고 있었다. 이대로 가다가는 잡히겠다고 생각한 도행은 검을 버리려고 했지만 어찌된 일인지 아무리 애를 써도 검이 몸에서 떨어지지 않았다. 결국 도행은 도주하지 못하리라는 것을 깨닫고 자수했다고 한다.

조정은 신기가 국외로 유출될 뻔한 사태에 크게 놀라 아메노무라쿠모노츠루기를 아츠타에서 궁중으로 옮겼다. 그러나 688년 텐무 천황이 병으로 쓰러지자 그 원인이 신검의 재앙 탓이라고 하므로 아메노무라쿠모노츠루기를 다시 아츠타 신궁으로 돌려보냈다.

이후 신검은 제2차 세계대전 직후 등 극히 제한된 시기를 제외하고는 지금까지 줄곧 아츠타 신궁에 모셔져 있다.

생김새

일본에서 가장 귀중하게 여기는 보물인 삼종의 신기. 이는 설령 천황이라 하더라도 마음대로 볼 수 없는 보물이므로, 그 형상에 대해서는 정확한 자료를 얻기가 힘들다.

하지만 다행히 에도 시대의 책 『옥첨집(玉籤集)』에 신관 4, 5명이 은밀히 신검을 훔쳐보았다는 기록이 남아 있다.

'……가까이 다가가 보니 운무가 피어올라 아무것도 보이지 않았다. 모두들 부채질을 하여 운무를 걷고 불을 비추어보니 그곳에 5척쯤 되는 나무 상자가 있었다. 나무 상자 속에는 돌상자가 들어 있었는데, 그 사이의 틈은 붉은 흙으로 메워져 있었다. 돌상자에는 속을 뚫은 녹나무로 된 통나무가 담겨 있고, 녹나무와 돌 상자 사이도 역시 붉은 흙으로 메워져 있었다. 통나무 안쪽에 황금판이 깔려 있고, 그 위에 신체가 모셔져 있었다.

신체의 길이는 2척 7~8촌(약 80cm). 칼 끝은 창포 잎을 닮았고, 가운데께는 불룩한 모양새였다. 손잡이 쪽의 8촌 남짓은 울퉁불퉁하여 마치 물고기 등뼈를 닮았다. 색은 전체적으로 희었다.'

그후 이 신관들은 신검의 재앙으로 잇달아 불행을 당하여 결국 이 이야기를 기록한 사람만이 살아남았다고 한다.

이 관람기를 믿는다면 아메노무라쿠모노츠루기는 유적지에서 출토되는 고대 검과 유사한 형상을 하고 있었던 듯하다. 중국 대륙에서 출토된 검과 유사하다고 지적하는 사람도 있다. 또 고래로부터 아메노무라쿠모노츠루기는 철검이라고 믿어왔지만, 표면에 녹이 슬지 않았고 색이 흰 것으로 보아 실제로는 주석을 함유한 동검이 아닐까 하는 설도 있다.

정복의 상징

아메노무라쿠모노츠루기는 본래 야마타노오로치의 몸 안에서 얻은 검이다. 신화에서 야마타노오로치는 구(舊) 토착 세력을 상징한다. 스사노오노미코토는 이 세력을 타도하고 권력의 상징인 검을 빼앗았다(헌상받았다).

구 세력으로부터 검을 빼앗았다는 것은 정복자가 전임자 이상의 무력을 가졌다는 것을 웅변해준다. 그것은 지배의 정당성을 '힘' 으로 증명한 것이다.

이후 아메노무라쿠모노츠루기는 역사상 두 번에 걸쳐 중요한 역할을 한다. 니니기노미코토의 천손강림과, 야마토타케루노미코토의 동방 정벌이 그것이다. 이 두 경우 모두 토착민을 정벌하고 왕권을 힘으로 확립(혹은 보강)하는 과정이다. 다른 두 신기가 안에서 권위를 뒷받침하는 것이라면 이 검은 밖에서 권위를 세우는 것으로서 다루어졌다.

따라서 아메노무라쿠모노츠루기가 신기로 꼽히는 것은 전혀 이상할 것이 없다. 오히려 그것은 조정의 무력을 증명해야 하므로 '획득' 된 물건이어야 한다. 우리는 이만한 힘을 가지고 있다는 것을 말해주는 '정복의 상징'으로서 말이다.

고대로부터 전해지는 이 귀중한 신검이 두 번 다시 제 역할을 하는 사태가 벌어지지 않기를 간절히 바란다.

도쿠카와가(家)를 저주한 요도(妖刀)

무라마사

村正

DATA

| 소유자 : 다수 | 시대 : 전국 시대에서 막부 말기까지 | 지역 : 일본 | 출전 : 역사적 사실 |
| 무기의 종류 : 칼 |

일본의 도검을 말할 때 빠뜨릴 수 없는 것이 요도로 이름난 무라마사에 얽힌 전설이다. 일본에서 이른바 피에 굶주린 칼, 저주가 깃들인 칼에 얽힌 일화들은 대부분 무라마사를 모델로 한 것이다. 당대 권력자에게 기피를 당하여 어둠 속으로 배척당한 이 불우한 명도(名刀)의 내력을 알아보자.

무라마사

'무라마사' 란 무로마치 시대부터 에도 시대 초기(15세기 말부터 16세기 말까지)에 걸쳐 이세(伊勢, 현재의 미에[三重] 현)의 구와나(桑名)에 살던 도장(刀匠)의 이름이자, 그들의 손을 거쳐 탄생한 명품들의 이름이기도 하다. 초대부터 3대를 헤아린 도공 무라마사는 칼뿐만 아니라 단도, 창 등 많은 작품들을 만들었다. 이 작품들이 모두 '무라마사' 라 불리니, 독자들은 먼저 이 사실을 기억해 두길 바란다.

초대 무라마사는 마사무네(正宗)의 제자였다는 민간 전승이 전해질 만큼 명공이었으며, 그의 후계자들도 기술이 뛰어났다. 오노타레바(칼 무늬의 하나로서, 파도가 출렁이는 듯한 곡선 무늬)를 즐겨 만들고, 칼무늬를 앞뒤에 똑같이 장식하는 데 능했던 그들의 작품은 겉모양은 화려하지 않았으나 칼날은 요사스러움이 느껴질 정도의 예리함을 자랑했다.

현존하는 칼 가운데서는 '묘호무라마사(妙法村正)' 라 불리는 칼이 유명하다. 칼몸에 쿠리카라(俱利伽羅, 범어 kulika의 음역으로서, 구리가라 용왕을 말한다)

가 조각되고, 슴베(칼몸 중에 자루에 박히는 부분)에 니치렌(日蓮)의 기일(忌日)과 '묘법연화경(妙法蓮華經)' 의 글이 새겨져 있다. 무라마사가 일련종(日蓮宗)과 깊은 관계에 있었음을 짐작케 한다. 이 칼은 1513년에 만들어졌으므로 3대 무라마사가 만든 것으로 추측된다.

도쿠가와를 저주하는 칼

요도 무라마사의 내력은 에도 막부를 연 도쿠가와(德川) 가(家)와의 기괴한 인연에서부터 비롯된다.

그 이유는 분명치 않지만, 도쿠가와 가는 미카와(三河, 현재의 아이치[愛知]현)의 한쪽 구석에서 마츠다이라(松平)라는 구성(舊姓)으로 불리던 시절부터 무라마사의 칼과 인연을 맺었는데, 그 궁합이 썩 좋지 않았다.

먼저 도쿠가와 이에야스(德川家康)의 할아버지 마츠다이라 기요야스(松平清康)가 1535년 미하리(尾張)에 출정하여 오다(織田)가와 싸울 때 부하 아베 야시치로(阿部彌七郞)가 휘두른 센지무라마사(千子村正)에 베여 죽었다. 오른쪽 어깨에서 왼쪽 옆구리까지를 단칼에 잘랐다니, 그 예리함은 듣기만 해도 소름이 돋는다.

이 사건은 악연의 시작일 뿐이었다.

이어서 재앙을 당한 것이 이에야스의 아버지 마츠다이라 히로타다(松平廣忠)였다. 1545년 히로타다는 측근 이와마츠 하치야(岩松八彌)에게 기습 공격을 받아 다행히 목숨에는 지장이 없었지만 허벅지가 잘리고 말았다. 이 범행에 사용된 단도도 역시 무라마사였다.

그리고 이에야스의 아들 노부야스(信康)가 오다 노부나가(織田信長)에게 다케다(武田) 가와 내통한다는 의심을 사 할복을 강요당했을 때 그 가이샤쿠(할복할 때 곁에서 목을 쳐주는 자)가 쓴 칼도 역시 무라마사였다.

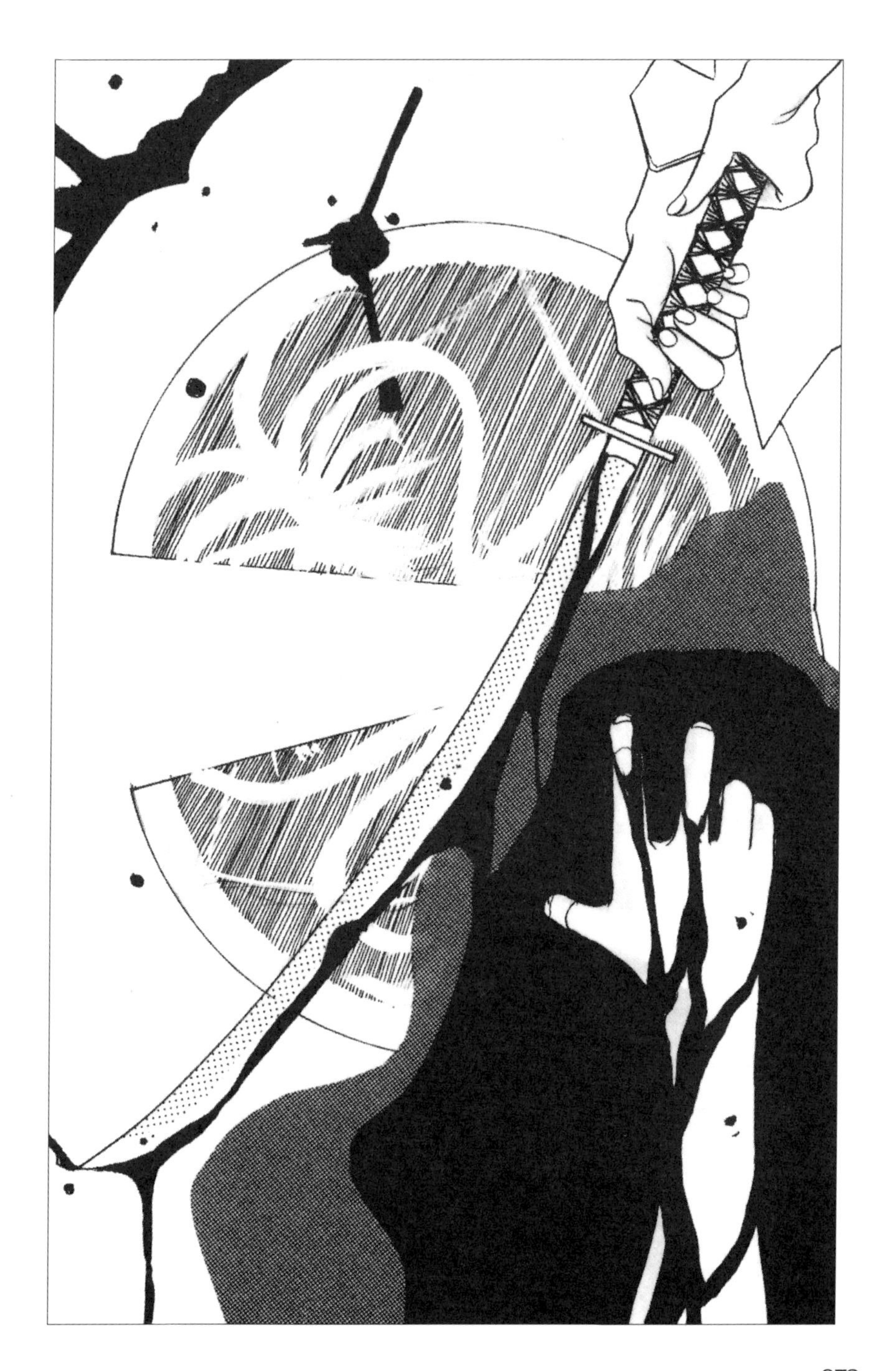

세키가하라 전투는 도요토미 히데요시(豊臣秀吉)가 죽은 뒤, 일본의 여러 세력이 동군과 서군으로 패를 지어 싸운 전투로, 도쿠카와 이에야스가 주도한 동군이 승리했다. 천하의 향방을 결정지은 전투로 유명하다. 도쿠카와 이에야스도 세키가하라 전투에서 오다 우라쿠사이(織田有樂齊)의 아들이 썼던 무라마사 창을 검사하다가 실수를 하여 손가락이 베이고 말았다. 이때 이에야스가 창을 검사한 것은 이 창이 놀랍게도 갑옷을 뚫었기 때문이었다.

거듭되는 흉사에 불길함을 느낀 이에야스는 자기 진영에 있는 무라마사를 전부 모아서 폐기처분하라고 명했다. 경위야 어찌되었든 가문의 적통이 상처를 입은 것은 분명 불길한 징조였다. 전국 시대의 무장들은 요즘 우리가 상상도 못할 만큼 징크스를 따졌으므로 이에야스의 이러한 반응도 그리 놀랄만한 일은 못 된다. 결과적으로 요도 무라마사의 운명을 결정지은 것은 이에야스의 이 한마디 명령이었다.

'도쿠카와 가를 저주하는 요도 무라마사' 라는 전설은 이 무렵부터 형성되기 시작한다.

요도 전설

당대 권력자의 한마디 명령이 불러일으킨 파문은 매우 컸다.

도쿠카와의 후다이다이묘(譜代大名, 주군을 대대로 섬겨온 측근 영주)나 측근들이 한결같이 무라마사를 차고 다니기를 꺼려하자, 막부로부터 공연한 의심을 살까 염려한 도자마다이묘(外樣大名, 직계인 후다이다이묘 이외의 방계 영주를 말함)들도 이에 따랐다. 그리하여 무라마사는 곧 도쿠카와 정권하에서 일종의 금기가 되고 말았다.

그 날카로운 칼날을 아쉬워하는 자들은 '무라마사' 라는 이름을 '마사무네' '마사히로' 따위로 고쳐 새기거나 아예 지워버리고 계속 소지했으나, 이는 당시로서는 결코 용서할 수 없는 일이었다.

1634년에 이러한 분위기를 잘 전해주는 사건이 일어났다.

나가사키를 관장하는 다케우치 시게요시(竹中重義)가 부정을 저지른 혐의를 받아 막부의 조사를 받을 때의 일이다. 조사를 하는 과정에서 시게요시의 집에서 24자루의 무라마사가 발견되었다. 시게요시의 죄는 본래 섬으로 유배되는 정도가 타당했으나 무라마사를 소지하고 있었기 때문에 막부에 대한 반역 혐의가 추가되어 '신군(神君, 도쿠카와 이에야스를 가리킴)의 유훈을 어긴 것은 불충의 증거'라 하여 할복을 명령받는다.

당시 막부에는 '요도 무라마사'를 두려워하는 분위기가 그토록 깊이 침투해 있었던 것이다. 때문에 도쿠카와 막부에 반감을 품은 후쿠시마 마사노리(福島正則), 사나다 유키무라(眞田幸村), 시마즈(島津) 등의 방계 다이묘들은 오히려 무라마사를 귀히 여기고 막부 타도의 의지를 다지며 은밀히 소지했다고 한다.

막부의 이러한 대응이 무라마사 전설을 민중에 널리 퍼뜨리는 데 일조했음은 의심할 여지가 없다. 민중이란 어느 시대든 체제에 비판적이게 마련이다. 체제의 상징인 도쿠카와 가를 적대한다는 칼 이야기가 그들의 호응을 얻지 않을 리 없다. 그리고 소문이 퍼져나가는 과정에서 많은 허구가 섞여 어느새 소유자에게 불행을 가져다주는 요도라는 식으로 자리를 잡아갔다.

때는 분명치 않지만, 마츠다이라 게키(松平外記)라는 무사가 광기에 빠져 친구를 죽이고 스스로 자살하는 사건이 있었는데, 이때 사용된 칼이 무명의 무라마사였다는 이야기(『반일한화半日閑話』), 무라마사를 구한 도상(刀商)이 이것을 팔려고 이름을 마사무네(正宗)라고 고쳤으나 저주를 받아 아내가 그 단도로 자살을 했다는 일화(『이낭耳囊』), 한 도둑이 대대로 전해오는 무라마사를 훔치려고 칼을 뽑았다가 팔이 잘렸다는 이야기(후쿠이[福井] 현의 민화) 등 도쿠카와와 관계 없는 무라마사 괴담은 점점 늘어났다.

요즘 우리에게 잘 알려진 저주받은 칼 무라마사라는 이미지는 이 단계에서 이미 확고해졌다. 일반 백성들이 이를 정말로 믿었는지 아닌지는 알 수 없지만, 무라마사가 원인이라는 괴사건은 에도 시대 내내 수없이 기록되었다.

막부 타도의 검이 되다

그러나 이토록 금기시되고 경원시되던 무라마사가 각광을 받는 시대가 도래했다. 막부 말기에 막부를 타도하려는 지사들은 기꺼이 무라마사를 허리에 찼다. 때문에 무라마사의 가격은 하늘 높은 줄 모르고 치솟았다고 한다. 가난해서 무라마사를 사지 못하는 지사는 이름 없는 칼에 굳이 '무라마사'라고 새겨서 허리에 차고 다녔다는 웃지 못할 일화까지 남아 있다.

그 덕분에 무라마사가 양지로 나오게 되었느냐 하면 그렇지도 않았다. 한 번 어둠에 갇혔던 칼에는 영원히 어두운 그림자가 따르는 것일까?

'무라마사는 야습을 하는 도구.'

당시 유행하던 이 말처럼, 무섭도록 날카로웠던 무라마사는 암살을 음모하는 지사들에게 더없이 좋은 무기로 애용되었다.

요도 무라마사의 이미지는 현대에 이르기까지 없어지지 않고 있다.

무라마사는 정말 요도였나?

무라마사가 정말로 도쿠카와를 저주했느냐는 점은 적이 의문스럽다. 도쿠카와 가문이 자리잡았던 미카와와 무라마사가 살았던 이세는 지리적으로 가까웠고, 무라마사는 날카롭기로 이름난 명도요 명공이었다. 따라서 당연히 미카와의 적지 않은 사무라이들이 무라마사를 소지하고 있었을 터이고, 도쿠카와 가문이 재난을 당한 것은 우연에 지나지 않는다고 할 수 있다.

참고로, 도쿠카와 가의 맹장으로서 그 이름을 전국에 떨쳤던 혼다 다다카츠의 명창(名槍)도 무라마사의 일파인 마사시게(正重)의 작품이다. 이를 보더라도 무라마사가 도쿠카와가에 재앙을 내렸다고 말하기는 힘들다.

무라마사는 일본에서 요도의 대표적인 존재로 알려졌지만, 그 실상은 당대의 권력자에 의해 비롯되고 민중에 의해 부풀려진 '조작된' 요도 전설이었다고 할 수 있다. 달리 견줄 만한 칼이 없을 정도로 날카로웠기 때문에 오히려 금기시되었던 불우한 명도. 그것이 바로 '요도 무라마사'의 참모습일 것이다.

마사무네(正宗)

세계적으로 유명한 공예품 일본도에는 '명도' 라 불리는 칼이 매우 많다. 하지만 그 순위를 매긴다면 마사무네가 의심할 바 없이 최고 자리에 선다. 그 명성은 해외에도 널리 알려져 일본도의 대명사와 같은 존재라 할 수 있다.

'마사무네' 라 명명된 도공은 역사상 8명이 있었다는 것이 확인되었다. 이 가운데 명인으로 알려진 사람은 가마쿠라 중기에 막부의 전속 도공이던 소슈 마사무네(相州正宗)다. 매끈한 칼날과 칼무늬를 가진 '소슈덴(相州傳)' 이라는 작풍을 완성시킨 인물이다. 그의 칼은 미관과 실용을 겸비하여 일본도의 이상으로 받드는 경지에 도달해 있었지만, 생존하는 동안은 그리 높은 평가를 받지 못했다. 막부를 받들던 마사무네는 자신의 이름을 새긴 칼을 많이 남기지 못했다. 귀인에게 헌상하는 칼에는 도공의 이름을 새기지 않기 때문이다. 그의 명성은 전국 시대부터 비약적으로 높아졌는데, 그 뛰어난 품질 때문에 대부분 전장에 동원되었다가 사라지고, 현재 그의 이름이 새겨진 칼은 단도 몇 자루 말고는 현존하지 않는다.

귀신을 물리친 장검

오니마루쿠니즈나, 오니키리 도지키리야스츠나

鬼丸國綱, 鬼切, 童子切安綱

DATA

| 소유자 : 미나모토노요리미츠, 와타나베노츠나, 호조 도키마사 | 시대 : 헤이안 시대 |

| 지역 : 일본 | 출전 : 민간 전승 | 무기의 종류 : 칼 |

헤이안의 수도를 공포의 도가니로 몰아넣은 오에 산의 슌텐도지는 여자와 보물을 약탈하고 인육을 먹어치우는 귀신들의 왕이었다. 이 무서운 존재에 얽힌 일화 중에는 당시 발흥 세력이었던 무사의 대표, 미나모토노요리미츠(源頼光)와 사천왕(四天王), 그리고 세 자루의 명도가 등장한다.

슌텐도지

본 내용에 들어가기에 앞서 먼저 슌텐도지(酒呑童子)의 전설에 대해서 간략해 소개하겠다. 여기서 소개하는 칼은 모두 이 전설과 깊은 관계가 있기 때문이다.

헤이안(平安) 시대 중기, 오에(大江) 산에는 슌텐도지라는 귀신이 수많은 졸개 귀신들을 거느리고 살았다. 백성들은 사람을 납치해다 잡아먹는 이 귀신을 두려워하였고, 수도는 그 흉문으로 들끓고 있었다. 그 즈음 이케다(池田) 주나곤(中納言, 종 3위에 해당하는 고관으로, 천황 옆에서 상소와 칙령을 전하는 일을 맡았다)의 딸이 행방불명된다. 음양사 아베노세이메이(安倍晴明)에게 점을 치게 하니 범인은 오에 산의 귀신이라는 점괘가 나왔다.

사태를 우려한 이치조(一條) 천황은 곧 호걸로 이름난 미나모토노요리미츠에게 슌텐도지 토벌 칙령을 내렸다. 이에 미나모토노요리미츠와 사천왕(와타나베노츠나[渡邊綱], 사카다노킨도키[坂田金時], 우라베스에타케[卜部季武], 우스이마

사미츠(碓井貞光), 그리고 후지와라노야스마사(藤原保昌) 6명이 그 명을 받들었다. 이시키요미즈하치반(石清水八幡), 스미요시(住吉), 구마노(熊野)의 세 신사에 가호를 청한 그들은 오에 산으로 향했다.

"상대는 마성을 지닌 자다. 대군이 몰려가도 하늘을 날아 다른 곳으로 도망치면 소용없는 일이다. 그자는 계략으로 치는 수밖에 없다."

가는 도중 1천 기가 넘는 무사가 참여하고자 달려왔지만 여섯 사람은 이렇게 판단하고 승려로 변장하여 산으로 들어갔다. 일행이 한참을 가다가 만개한 벚꽃을 보려고 잠시 발길을 멈추니 어디선가 세 노인이 나타났다.

"그대들은 슌텐도지를 치러 가는 일행이구려. 이곳에 있는 신편귀독주(神便鬼毒酒)와 투구를 가져가시오. 귀신들은 술이라면 사족을 못 쓰니, 사람에게는 묘약이요, 귀신에게는 맹독이 되는 이 술을 마시게 하시오. 그럼 무운을 빌겠소."

세 노인은 일행에게 귀신이 득실대는 바윗집으로 가는 길을 일러주고 어느새 자취를 감추었다. 세 노인의 정체는 그들이 길을 떠나기 전에 가호를 청했던 하치반, 스미요시, 구마노의 세 신이었던 것이다. 이 일로 용기백배한 일행은 산 속으로 더 들어가 마침내 귀신들이 있는 바윗집에 당도했다.

역시 귀신들은 일행을 의심했지만 요리미츠의 매끈한 언변과 향그러운 술 냄새에 어느새 경계심이 풀어졌다(일행은 슌텐도지 앞에서 자기들도 귀신과 한패라는 것을 믿게 하려고 한 낭자의 허벅지 살을 먹어 보였다는 이야기도 있다). 일행은 성대한 술자리로 환대를 받고 귀신들은 신주에 취해 깊은 잠에 떨어지고 말았다.

요리미츠는 기회는 이때다 하고 수하를 데리고 슌텐도지의 침실로 숨어들어갔다. 술자리에서는 동자 모습이던 슌텐도지는 이제 키가 3미터가 넘고 새빨간 머리카락 사이로 뿔 두 개가 돋친 귀신의 본모습을 드러낸 채 잠에 떨

어져 있었다. 하지만 요리미츠가 칼을 뽑아들고 다가가자 과연 귀신의 우두머리답게 눈을 떴지만 신주를 마신 탓에 몸을 움직이지 못했다.

"네 놈은 요리미츠였구나, 분하다!"

그렇게 외치는 소리와 함께 요리미츠의 칼이 번뜩였다. 슌텐도지는 이 칼에 목이 떨어졌다. 귀신의 힘은 대단하여 공중으로 날아오른 목이 요리미츠의 머리를 깨물려고 달려들었지만 그는 노인들이 준 투구를 쓴 덕분에 가까스로 위기를 면했다.

우두머리를 잃은 귀신들은 요리미츠 일행에게 달려들었지만 이미 신주를 마셔서 움직이지 못하는 처지인지라 하나같이 칼에 베이고 말았다.

귀신을 훌륭하게 퇴치하고 납치된 낭자들을 구출한 일행은 천황으로부터 후한 상을 하사받았다고 한다.

미나모토노요리미츠와 사천왕

이 이야기에 등장하는 미나모토노요리미츠와 사천왕은 마성을 가진 자와 인연이 깊은 무장이었다. 그들은 통달한 무예로 마도(魔道)를 넘나들며 악귀들을 남김없이 무찔렀다. 이계(異界)는 종교 관계자의 영역이지, 무사의 몫이 아니라는 일본의 경향 속에서 요리미츠들은 희귀한 예외라 할 수 있겠다.

그 때문인지 괴물 퇴치에 사용된 칼은 명도로 받들어져 보물로 보존되었고, 그 일부는 현존해 있다. 다양한 전승이 전해지는데다 여러 전설이 서로 얽히고 설켜서 어느 칼이 그 주인공인지 판별하기 힘든 경우도 있지만, 그들이 휘둘렀다는 전설 속의 퇴마검을 몇 자루 소개하겠다.

도지키리야스츠나

슈텐도지의 목을 쳤다는 장검이다.

야스키리라는 도공은 헤이안 시대에 호키(伯耆) 국에 살던 이름난 장인이다. 도지키리야스츠나(童子切安綱)는 그의 최고 걸작으로, 무로마치 시대에는 '천하 5검' 가운데 하나로 꼽힐 정도였다.

슈텐도지 퇴치 일화와 함께 널리 알려진 이 칼은 무로마치 쇼군 가에 전래되어 도요토미 히데요시, 도쿠가와 이에야스, 이에타다로 이어져 지금은 국보로서 도쿄 국립박물관에 수장되어 있다.

칼몸은 80cm로, 장검으로서는 표준이거나 표준보다 조금 긴 편이다. 고도(古刀)답게 칼무늬가 곧고 칼끝이 휘어 올라갔다. 당시의 칼치고는 드물게 충분히 휘어 올라갔으므로 잘 베어졌으리라 추측된다. 칼의 폭은 칼밑 부분이 2cm, 칼끝 부분이 1.9cm이다.

유감스럽게도 슈텐도지를 베는 장면말고는 특별히 재미난 일화가 전해지지 않는다.

오니키리

미나모토씨의 다다노미치나카(多田滿仲)가 천하를 지키고자 만든 칼이 두 자루가 있으니 각각 히자키리(膝切), 히게키리(髭切)라 불렸다. 이 이름은 시험삼아 죄인을 베니 하나는 무릎까지, 또 하나는 수염까지 베었다는 데서 유래한다.

두 자루의 명도는 미나모토노요리미츠에게 전해졌는데, 요리미츠는 사천왕 가운데 하나인 와타나베노츠나에게 히게키리를 맡겼다.

그 히게키리를 허리에 찬 츠나가 이치조호리가와(一條堀川)의 모도리바시로 나갔을 때(라세이몬[羅城門]이라는 이야기도 있다) 우연히 한 아름다운 여인을 보았다. 밤길은 위험하므로 동행을 해주게 되었는데, 이 여인은 슌텐도지의 졸개인 이바라키도지(茨木童子)가 둔갑한 것이었다. 고조노와타시에서 정체를 드러낸 귀신은 츠나의 투구를 쥐고 하늘로 날아오르려고 했지만 히게키리를 한 번 휘두르자 한쪽 팔을 잃고 공중을 날아 아다고야마(愛宕山) 쪽으로 도주했다.

손가락이 셋인 기괴한 귀신의 팔을 얻은 츠나는 요리미츠와 아베노세이메이와 상의하고, 세이메이의 조언에 따라 일 주일 동안 재계(齋戒)하게 된다. 그런데 엿새째 저녁에 양모가 찾아왔다. 하는 수 없이 집으로 들여 환대를 하는데 양모가 문득 귀신의 팔을 보고 싶다고 했다.

그 청을 들어주니 양모는 잠시 찬찬히 팔을 보다가 갑자기 "이건 내 팔이야! 돌려줘!" 하고 외치더니 귀신의 본색을 드러내고는 천장의 박공을 뚫고 도망치고 말았다.

이 전승에는 이설이 매우 많지만 팔을 잘린 귀신이 노모로 둔갑하여 팔을 되찾으러 왔다는 줄거리는 모두 같다(참고로, 이바라키도지는 슌텐도지 퇴치 때 다른 귀신들과 함께 죽음을 당했다).

이 사건 이후로 히게키리는 '오니키리(鬼切)' 라 불리게 되었다. 오니키리는 그후 기소요시나카(木曾義仲)에게 전해져 토가쿠시야마(戸隱山)에서 귀신을 벨 때 사용되었다는 일화가 있다.

책에 따라서는 다음에 언급될 '오니마루(鬼丸)' 와 혼동하고 있는데, 양자는 분명 다른 칼이다. 니타 요시마사(新田義貞)가 이 '양날검' 을 가지고 있다가, 패망할 때 나고시다카츠네(名越高經)에게 넘어갔다는 이야기가 전해지고 있다. 이름이 유사한 탓에 잘못 전해진 것이리라.

또한 히자키리에도 퇴마담이 전해진다.

슌텐도지를 퇴치한 이후의 이야기다. 미나모토노요리미츠가 학질에 걸려 병상에 드러누워 있던 어느 날 밤, 희미한 등잔 그늘에서 요상한 법사가 나타나 요리미츠를 오랏줄로 묶으려 했다. 이에 요리미츠는 깜짝 놀라 베갯맡의 히자마루(膝丸, 히자키리를 말함. 일본에서는 칼이나 선박 등의 이름에 흔히 마루[丸]을 붙여 씀)를 쥐고 요상한 중을 베었다. 그 순간 법사는 홀연히 사라지고 그 자리에는 핏자국만 점점이 남아 있었다. 사천왕이 달려와 혈흔을 추적하니 기타노(北野)에 있는 무덤까지 이어져 있고, 무덤 안에는 황소만한 땅거미가 둥지를 틀고 있었다. 땅거미는 그 자리에서 죽음을 당하고 쇠꼬챙이에 꾀어져 수도의 대로에 내걸렸다고 한다. 이후로 땅거미를 죽인 히자키리는 '구모키리(蜘蛛切)' 라 불리기도 했다고 전해진다.

오니마루

오슈(奧州)의 산노마사쿠니(三ノ眞國)라는 대장장이가 3년간 재계하고 만들었다는 명도다.

가마쿠라 막부의 초대 싯켄(執權, 쇼군의 보좌역)이었던 호조 도키마사(北條時政)가 천하를 평정한 뒤 매일밤 도깨비에 시달리게 되었다. 잠을 방해받아

슈켄자(修驗者, 슈켄도[修驗道]라는 종교의 수행자)나 음양사에게 기도를 올리게 해보았지만 전혀 효과가 없었다. 오히려 도키마사가 병으로 쓰러져 고통받는 처지가 되고 말았다. 그러던 어느 날 도키마사의 꿈에 오니마루가 둔갑한 노인이 나타나 "내 몸이 부정을 타서 너를 구하지 못하는구나. 청정한 자로 하여금 나의 부정을 씻게 하라" 하고는 다시 장검의 모습으로 돌아갔다.

잠에서 깬 도키마사는 다음날 아침 즉시 장검의 부정을 씻어내고 칼집에서 빼어 기둥에 세워놓았다. 그리고 겨울 추위를 느낀 도키마사가 화로를 가까이 놓게 했는데, 문득 화로 받침대에 새겨져 있는 도깨비상을 발견했다. 도키마사가 '아무래도 매일밤 나타나는 귀신과 묘하게 닮았는데……' 하고 생각할 때 눈앞에서 세워두었던 칼이 스르륵 화로로 쓰러지더니 도깨비의 머리를 싹뚝 잘라버리는 것이었다. 그 순간 이상하게도 도키마사의 기분이 나

아지고 병이 회복되기 시작했다.

그래서 도키마사는 이 장검을 '오니마루' 라 이름짓고 호조 가문의 진보로 삼아 대대로 물렸다. 호조 가(家)가 멸망한 뒤 니타 요시마사(新田義貞)의 손으로 넘어갔다가 다시 아시카(足利) 가, 오다 가, 도요토미 가 등 당대 권력자의 손을 거치며 전해졌다고 한다. 도요토미 히데요시는 이 칼을 도검 감정으로 유명한 홍아미(本阿彌) 가에 주었고, 이후 오래도록 홍아미 가에 머물다가 메이지 시대에 천황가에 헌상되었다. 때문에 실물에 대한 상세한 자료는 알 수 없지만, 현존한다는 것만은 분명하다.

또한 이 '오니마루' 도 전술한 '오니키리' 처럼 와타나베노츠나가 귀신의 팔을 자른 적이 있다는 일화가 남아 있다. 책에 따라서는 히게키리가 오니마루로 개칭되었다고 기록한 것도 있어 진상을 알기가 쉽지 않다.

'오니마루' 라는 칼의 전승은 매우 많은데, 아마도 이름이 같은 장검이 여러 자루(전술한 오니키리를 포함해서)가 존재했던 것으로 짐작된다.

고대와 현대를 연결하는 명문(銘文)

칠지도

七支刀

DATA

| 소유자 : 없음 | 시대 : 신대 | 지역 : 일본 | 출전 : 일본서기 |
| 무기의 종류 : 의식검(창) |

칼몸에서 돌출한 여섯 개의 곁가지 칼날. 실용에 쓰인 검으로 보이지는 않지만 묘하게 흥미를 자아내는 이 칼은 과연 언제 어떤 목적으로 만들어졌을까? 칼몸에 새겨진 명문의 판독이 이 의문에 답을 주었다. 칠지도는 우리를 1,600년 전 과거로 안내한다.

유례가 없는 독특한 생김새

칠지도라는 기묘한 검이 있다.

이소나카미 신사의 보물로서 고대로부터 전해져온 이 철제 양날검은 칼몸 좌우에 곁가지 칼날이 세 개씩 어긋지게 돌출해 있는, 매우 독특하게 생긴 검이다. 칼몸은 65.5cm, 칼자루까지 포함하면 74.9cm로서, 검의 두께는 얇은 편이다. 폭은 칼밑이 3.2cm이다.

검으로 만들어졌지만, 이 무기가 실전에 전혀 도움이 되지 못한다는 것은 첫눈에 알 수 있다. 좌우에 어긋지게 돌출한 곁가지 칼날이 걸리적거려서 검 본래의 용도에는 전혀 어울리지가 않는다. 이것으로 베이면 곁가지 칼날에 쓰라린 열상(裂傷)은 입겠지만 치명상 입을 일은 거의 없을 것이다.

그뿐만이 아니다. 이 검에는 꼭 있어야만 하는 칼자루 구멍(칼자루에 꽂고 못을 박을 수 있도록 뚫어놓은 구멍)도 없다. 이래서는 전장에서 휘두르는 순간 칼몸이 칼자루에서 쑥 빠져버릴 것이다.

즉, 칠지도는 무기 모양을 하고 있지만 실제로는 전혀 다른 목적을 위해 만들어진 것이다. 무기 아닌 무기인 셈인데, 그 정체를 알려면 칼몸에 금상감(金

象嵌)된 61개 문자에 주목할 필요가 있다.

일본서기에 기록된 칠지도

에도 시대에는 '여섯 갈퀴의 창'으로 알려져 있던 이 무기가 주목을 끌게 된 것은 메이지 시대였다.

이소나카미 신궁의 다이구지(大宮司)였던 스가 마사토모(菅政友, '후츠노미타마' 참조)가 신보(神寶)를 점검할 때 이 검을 발견했는데, 그가 녹이 두텁게 낀 칼몸에서 금빛으로 반짝이는 것을 보면서 모든 일이 드러나기 시작했다. 학자이기도 했던 마사토모는 호기심을 참지 못하고 새겨 있는 문자를 읽으려고 녹을 문질러 없앴다. 그리고 앞에서 34개 문자, 뒤에 27개 문자를 확인했지만, 많은 글자가 판독할 수 없는 상태여서 전체적인 의미가 통할 만큼 읽어낼 수가 없었다.

내력이 이러하니 이 중대한 발견을 공표하지는 못했지만, 스가 마사토모는 대궁사를 퇴임할 때 명문의 옮겨 적은 자료를 신궁에 남겼다. 그리고 나중에 이 기록을 본 호시노타다시(星野恒)라는 사람이 학술 잡지에 『일본서기』「신공기(神功記)」에 있는, '백제왕이 칠지도 한 자루와 칠자경(七子鏡), 그리고 여러 보물을 바쳤다'는 내용과 관련지으면서 이 신보는 일약 각광을 받게 되었다.

이후 이 문자는 연구자들에 의해 계속 고증되어, 결손된 문자를 보완한 가정형이기는 하지만, 이제는 그 뜻을 대략 읽어낼 수 있게 되었다.

'태○년 ○월 16일 병오 한낮에 백 번 단련한 강철의 칠지도를 만들었다. 전장에 나가 많은 병사를 물리칠 수 있으므로 마땅히 후왕에게 바친다. ○○○만들다.'(앞)

'선세 이래 이와 같이 좋은 칼은 없었다. 백제의 왕세○ 기생이 임금의 분

부로 왜왕 지를 위하여 만들었으니 후세에 전하여 보일지어다.'(뒤)

세월을 건너뛰어 입증된 '사건'

명문을 보면 칠지도가 무슨 의도로 만들어졌는지 명백하다. 의례용으로 쓰이는 장식용 검이었던 것이다. 따라서 실용성은 애초부터 도외시되었다. 장식적인 선물이었으므로 가능한 한 진기하고 귀한 물건으로 만들려는 의도로 제작되었을 것이다. 도검 중에는 이렇게 색다른 목적으로 만들어진 것도 존재한다는 것을 기억해두길 바란다.

따라서 현재 칠지도가 국보로 지정되어 있는 것은 도검으로서의 가치 때문이 아니다. 고고학적인 자료로서 그 가치를 인정받았기 때문이다.

명문과 『일본서기』 내용의 관련성, 그리고 조정의 무기고였다고 추측되는 이소노카미 신궁에 소장되어 있다는 사실에서, 현존하는 칠지도가 『일본서기』가 말하는 바로 그 '칠지도' 인 것은 분명하다.

이에 따라 『일본서기』의 서술대로 신공황후 시대에 일본과 백제가 밀접한 외교 관계에 있었다는 것이 입증되었다. 물증이 적어서 『일본서기』 『고사기』와 같은 불확실한 사료에 의지하는 수밖에 없었던 일본 고대사에 칠지도는 커다란 빛을 던져주었다고 할 수 있다.

장장 16세기 세월을 지나서 다시 살아난 한일간 교역의 증거물 칠지도는 단순한 도검의 역할을 벗어나는 귀중한 문화 유산인 것이다.

[참고문헌]

◆ 원전

에다(*Edda* – 古代北歐歌謠集, 新潮社), 谷口幸男 譯

아이슬란드 사가(*Iceland Saga*, 新潮社), 谷口幸男 譯

일리아드(*Ilias*, Homeros, 岩波文庫), 吳茂一 譯

칼레와라(*Kalevala*, 講談社學術文庫), 森本覺丹 譯

니벨룽겐의 노래(*Das Nibelungenlied*, 岩波文庫), 相良守峯 譯

베오울프(*Beowulf*, 岩波文庫), 忍足欣四郎 譯

오비디우스의 변신이야기(*Metamorphoses Ovidius*, 人文書院), 田中秀央 · 前田敬作 譯

영국 왕의 역사(*Historie Regime Buritanie*, Geoffrey of Monmouth/*The History of the Kings of Britain*, Lewis Thorpe, Penguin Books)

아더 왕의 죽음(*Le Morte Arthur* – 八行連詩, ドルフィンプレス), 清水あや 譯

아더 왕의 죽음(*Morte Arthure* – 頭韻詩, ドルフィンプレス), 清水あや 譯

아더 왕의 죽음(*Le Morte D' Arthur*, Sir Thomas Malory, Penguin Books)

아더 왕의 죽음(*Le Morte D' Arthur*, Sir Thomas Malory, ちくま文庫), 廚川文夫/圭子 譯

롤랑의 노래(*La Chanson De Roland*, ちくま文庫), 佐藤輝夫 譯

맬러리의 작품들(*Malory Works*, Eugene Vinaver, Oxford University Press)

파르치발(*Parzibar*, Wolfram von Eschenbach, 郁分堂), 加倉井肅之 · 伊東泰治 · 馬場勝彌 · 小栗友一 譯

트리스탄과 이졸데(*Tristan und Isolde*, Gottfried von Strasburg, 郁分堂), 石川敬三 譯

성배 이야기(*Li Conte du Graal*, Chreatien de Troyes[フランス中世文學集2], 白水社), 天澤退二郎 譯

랜슬롯 – 수레에 탄 기사(*Le Chavalier de la Charrette*, Chreatien de Troyes[フランス中世文學集2], 白水社), 神澤榮三 譯

테니슨의 시(*Tennyson' s Poetry*, Alfred Tennyson, W.W.Norton & Company), Robert W. Hill, JR編

반지전쟁(*The Lord of the Rings*, J.R.R.Tolkien, 評論社), 瀨田貞二 譯

호비트의 모험(*The Hobbit*, J.R.R.Tolkien, 岩波少年文庫), 瀨田貞二 譯

실마릴리온 이야기(*The Silmarillion*, J.R.R.Tolkien, 評論社), 田中明子 譯

스톰브링거(*Stormbringer* – エルリック · サーガ6, Michael Moorcock, ハヤカワ文庫), 井辻朱美 譯

공동번역성서(1997, 대한성서 성공회발행)
신역 고사기(新譯古事記, 石川淳, ちくま文庫)
신 · 고사기전(新 · 古事記傳, 中山千夏, 築地書館)
일본서기(日本書紀, 岩波文庫)
일본서기 현대어번역(日本書紀現代語譯, 宇治谷孟, 講談社學術文庫)
태평기(太平記, 新潮社)
일본서기(日本書紀, 日本古典文學全集)

평역서

북구신화(*The Norse Myth*/Kevin Crossley-Holland, 青土社), 山室靜 · 米原まり子 譯
북구신화와 전설(*Nordiske Myter og Sagn*, Vilhelm Grenbeck, 新潮社), 山室靜 譯
켈트신화와 전설(*Celtic Myth and Legend*, Charles Squire, Newcastle Publishing)
아더 왕과 원탁의 기사(*King Arthur and His Knight of the Round Table*, R.L.Green, 岩波少年文庫), 廚川文夫/圭子 譯
아더 왕 이야기(*Chronicles of King Arthur*, Andrea Hopkins, 原書房), 山本史朗 譯
베오울프-드래곤 슬레이어(*Beowulf-Dragon Slayer*, Rosemary Sutcliff, 沖積舍), 井辻朱美 譯
트리스탄과 이졸데(Tristan and Iseult, Rosemary Sutcliff, 沖積舍), 井辻朱美 譯
아더 왕 이야기(アーサー王ロマンス, 井村君江, ちくま文庫)
켈트 신화(ケルトの神話, 井村君江, ちくま文庫)
핀 마쿨의 모험(*The Green Hero : Early Adventure of Finn MacCool*, Bernard Evslin, 教養文庫), 喜多元子 譯
트리스탄과 이졸데 이야기(*Le Roman de Tristan et Iseut*, Joseph Bedier, 岩波文庫), 佐藤輝夫 譯
중세기사 이야기(*The Age of Chivalry*, Thomas Bulfinch, 岩波文庫), 野上彌生子 譯
그리스 · 로마 신화(*The Age of Fable*, Thomas Bulfinch, 岩波文庫), 野上彌生子 譯
세계에서 가장 오래된 이야기(*The Oldest Stories in the World*, Th.H.Gaster, 教養文庫), 矢島文夫 譯
그리스 · 로마 신화(*Sagen des Klassischen Altertums* Ⅰ～Ⅲ, Gustav Schwab, 白水社), 角信雄 譯

일본 민화(日本の民話, ぎょうせい)
신일본전설100선(新日本傳說100選, 村松定考, 秋田書店)
신일본명도100선(新日本名刀100選, 佐藤寒山, 秋田書店)

◘ 연구서

아더 왕 백과사전(*The Arthuran Encyclopedia*, Norris J.Lacy, Boydell Press)
트로이 전쟁(*Creation de Troyes*, Nouvelle edition revue et augmentee, illustree, Jean Frappier, 朝日出版社), 松村剛 譯
아더 왕 전설(*King Arthur & The Grail*, Richard Cabendish, 昌文社), 高市順一朗 譯
톨킨의 반지전쟁 사전(*Tolkien The Illustrated Encyclopedia*, David Day, 原書房), 仁保眞佐子 譯
민간전승과 신화 사전(*Dictionary of Mythology Folklore and Symbols*, Gertrude Jobes, The Scarecrow Press)
민간전승과 신화 표준사전(*Standard Dictionary of Folklore Mythology and Legend*, Maria Leach, Harper and Row)
그리스 신화-영웅의 시대(*Die Mythologie der Griechen*, Karl Kerenyi, 中公文庫), 植田兼義 譯
게르만족 신화(*Mythologie Germanique*, E. Tonnelat, みすず書房), 淸水茂 譯
켈트족 신화(*Mythologie Celtique*, G. Roth & F.Guirand, みすず書房), 淸水茂 譯
인도 신화(*Mythologie de L'Inde*, P. Masson Oursel & Louise Morin, みすず書房), 美田稔 譯
고대북구의 종교와 신화(*Nordisk Hedendom*, Folke Strom, 人文書院), 管原邦城 譯
에다와 사가(エッダとサガ, 谷田幸男, 新潮選書)
켈트 신화(*Celtic Mythology*, Proinsias MacCana, 青土社), 松田幸雄 譯
트리스탄 전설 유포본계의 연구(トリスタン傳說 流布本系の硏究, 佐藤輝夫, 中央公論社)
국보대사전(國寶大事典④工藝考古, 講談社)
일본 갑주무구대사전(日本の甲冑武具大事典, 柏書房)
일본무도사전(日本武道事典, 柏書房)
신도사전(神道事典, 弘文堂)

신도대사전(神道大事典, 臨川書店)
신도의 책(神道の本, 學習研究社)
일본신기유래사전(日本神祈由來事典, 柏書房)
일본역사대사전(日本歷史大辭典, 河出出版)
칼의 직단사(刀の値段史, 光藝出版)
입문일본도도감(入門日本刀圖鑑, 得能一男, 光藝出版)
작도의 전통기법(作刀の傳統技法, 鈴木卓夫, 理工學社)
칠지도의 수수께끼(謎の七支刀, 宮崎市定, 中公新書)
일본가공전승인명사전(日本架空傳乘人名事典, 平凡社)
슌텐도지의 색다른 이야기(酒呑童子異聞, 佐竹昭廣, 平凡社)
무장열전(武將列傳, 海音寺潮五郎, 文春文庫)

〔찾아보기〕

【ㄹ】

【ㅁ】

【ㅂ】

【ㅅ】

【ㅇ】

【ㅈ】

【ㅋ】